W0273318

KEN FOLLETT

DAS ZWEITE GEDÄCHTNIS

Reader's Digest

DEUTSCHLAND · SCHWEIZ · ÖSTERREICH

Die Kurzfassung in diesem Buch
erscheint mit freundlicher Genehmigung
des Autors und des Verlags.

DAS ZWEITE GEDÄCHTNIS:
Die Originalausgabe *Code to Zero* erschien bei Hodder &
Stoughton, London
© 2000 by Ken Follett
© für die deutsche Ausgabe 2001 by Verlagsgruppe Lübbe GmbH
& Co. KG, Bergisch Gladbach
Nach der Übersetzung von Till R. Lohmeyer und Christel Rost

Cover, S. 3 und Kapitelvignetten: Hulton Getty; The Photographers
Library; Fotomontage: John Calvert

© 2002 by Reader's Digest – Deutschland, Schweiz, Österreich
Verlag Das Beste GmbH – Stuttgart, Zürich, Wien

Alle Rechte, insbesondere das der Übersetzung, Verfilmung und
Funkbearbeitung, im In- und Ausland vorbehalten.

Printed in Germany

ISBN 3-89915-000-7

KEN FOLLETT

DAS ZWEITE GEDÄCHTNIS

Reader's Digest BESTSELLER

Der Start des ersten amerikanischen Weltraumsatelliten, Explorer 1, war ursprünglich für Mittwoch, den 29. Januar 1958, vorgesehen. Am späten Abend wurde er wegen ungünstiger Wetterbedingungen auf den nächsten Tag verschoben. Beobachter in Cape Canaveral begriffen das nicht, denn in Florida herrschte strahlender Sonnenschein. Am nächsten Abend kam es erneut zu einer Verschiebung – aus den gleichen Gründen, wie es hieß.

Am Freitag, dem 31. Januar, wurde es ernst.

ERSTER TEIL

Die Jupiter-C-Rakete steht auf der Abschussrampe im Komplex 26 in Cape Canaveral. Aus Geheimhaltungsgründen ist sie mit riesigen Planen verhängt, die lediglich den unteren Teil der ersten Stufe freilassen, und was sich unter der Hülle verbirgt, ist ganz und gar einzigartig …

5 UHR: ALS er aufwachte, fürchtete er sich. Schlimmer noch: Er hatte eine Höllenangst wie nach einem Albtraum, aber das Aufwachen brachte ihm keine Erlösung. Ihm war, als sei etwas Furchtbares geschehen, er wusste aber nicht, was.

Vorsichtig öffnete er die Augen. Um ihn herum war es fast

ganz dunkel. Das wenige Licht schien aus einem anderen Raum zu kommen, und er konnte nur undeutliche Schemen erkennen. Irgendwo in der Nähe lief Wasser. Er versuchte, sich zu beruhigen, und atmete tief durch. Der Untergrund, auf dem er lag, war steinhart. Ihm war schlecht, er fror, und er hatte Kopfschmerzen.

Schlotternd vor Angst, setzte er sich auf. Es roch unangenehm nach Desinfektionsmittel. Entsetzt erkannte er die Konturen einer Reihe von Waschbecken – er befand sich in einer öffentlichen Bedürfnisanstalt!

Ekel überkam ihn. Er hatte auf dem Fußboden in einer Männertoilette geschlafen. Was zum Teufel war mit ihm geschehen? Er bemerkte, dass er vollständig bekleidet war mit einer Art Mantel und schweren Stiefeln, hatte jedoch das Gefühl, dass es sich dabei nicht um seine eigenen Sachen handelte. Allmählich legte sich die Panik, aber stattdessen empfand er eine abgrundtiefe Angst, die fast noch schlimmer war.

Er brauchte Licht. Langsam rappelte er sich auf, streckte die Arme aus und tastete sich Schritt für Schritt vorwärts, bis er an eine Wand stieß. Von dort bewegte er sich langsam weiter. Schließlich spürte er eine kalte, glatte Oberfläche, die er als Spiegel deutete, dann eine Handtuchrolle und daneben einen Schalter. Er knipste ihn an.

Ringsum weiß gekachelte Wände. In einer Ecke lag etwas, was aussah wie ein Bündel alter Kleider. Er dachte angestrengt nach. Was war gestern Abend passiert? Er hatte keinerlei Erinnerung daran. Wie war sein Name? Er wusste es nicht.

Langsam ging er auf den Spiegel zu. Ein schmutziger, in Lumpen gehüllter Stadtstreicher mit stumpfem Haar, verdrecktem

Gesicht und irrem Blick sah ihn an. Erschrocken schrie er auf und fuhr zurück. Der Mann im Spiegel tat das Gleiche.

„Wer bin ich?“, rief er mit zitternder Stimme.

Da bewegte sich das Kleiderbündel, und das Gesicht eines anderen Stadtstreichers erschien. „Du bist ein Penner, Luke, reg dich ab!“, brummte er.

Luke. Er hieß also Luke. Ein Name bedeutete nicht viel, aber er war immerhin etwas, woran man sich festhalten konnte. Er starrte seinen Gefährten an. Der Mann trug einen zerrissenen Tweedmantel, der um die Taille von einem Stück Schnur zusammengehalten wurde.

„Mir brummt der Schädel“, sagte er und rieb sich die Augen.

„Wer bist du?“, fragte Luke.

„Ich bin Pete, du Schwachkopf, hast du keine Augen im Kopf?“

Luke schluckte. „Ich habe mein Gedächtnis verloren!“

„Is’ ja kein Wunder! Du hast die Pulle Whiskey gestern Abend fast allein geleert. Dass du überhaupt noch bis drei zählen kannst ...“

Eine Flasche Whiskey! Daher also der Kater, dachte Luke. „Warum sollte ich eine ganze Flasche Whiskey in mich hineinkippen?“, wollte er wissen.

Pete lachte spöttisch. „Das ist so ungefähr die dämlichste Frage, die ich je gehört habe. Um dir einen anzusaufen natürlich!“

Ich bin ein versoffener Penner, der nachts in Männerklos schläft, dachte Luke entsetzt.

Er hatte einen Wahnsinnsdurst. Entschlossen beugte er sich über ein Waschbecken, drehte das kalte Wasser auf und trank direkt aus dem Hahn. Danach ging es ihm etwas besser. Er wischte sich den Mund ab und zwang sich erneut zu einem Blick in den Spiegel. Das Spiegelbild zeigte einen dunkelhaarigen, blauäugigen Mann Ende dreißig ohne Bart, aber mit starkem Bartwuchs. Offensichtlich hatte er sich eine Weile nicht rasiert.

Er wandte sich wieder an seinen Gefährten. „Luke wie? Wie heiße ich mit Nachnamen?“

„Woher soll ich das wissen, verdammt noch mal?“ Ächzend stand Pete auf und sah Luke an. „Ich brauch ’n Frühstück“, sagte er.

Luke spürte, dass er auch Hunger hatte. Ob ich Geld bei mir habe, fragte er sich und durchsuchte seine Taschen. Alles leer. „Ich glaub, ich bin pleite“, bemerkte er.

„Was du nicht sagst“, erwiderte Pete. „Komm jetzt!“ Er schlurfte durch eine Tür, und Luke folgte ihm. Sie traten in einen riesigen, menschenleeren Tempel mit einem weißen Marmorfußboden. Es war totenstill. Bänke standen aufgereiht wie in einer Kirche vor Beginn einer gespenstischen Versammlung. Auf Säulen erhoben sich surreale Krieger aus Stein, die über die heilige Stätte wachten.

Luke fragte sich sofort, ob er einem sinistren Kult zum Opfer gefallen war und bei dessen Ritualen das Gedächtnis verloren hatte. „Wo sind wir denn hier?“, fragte er.

„Im Hauptbahnhof von Washington, D. C., der Union Station“, antwortete Pete.

Luke kam sich furchtbar dumm vor. Er befand sich in einer pompösen Bahnhofshalle, die nur darum so leer war, weil um diese frühe Morgenstunde noch niemand zur Arbeit fuhr. Er hatte sich selbst Angst eingejagt wie ein Kind, das sich nachts vor Gespenstern fürchtet.

Pete hielt Kurs auf einen Triumphbogen mit der Aufschrift Exit, und Luke folgte ihm.

„He! He, ihr da!“, rief plötzlich jemand. Es klang aggressiv.

„Oje“, brummte Pete und beschleunigte seinen Schritt.

Luke sah sich um. Ein untersetzter Mann kam auf sie zugerannt. „Ihr habt hier wohl gepennt, was?“, rief er empört. „Ihr wisst doch, dass das verboten ist!“

Luke verkniff sich eine scharfe Entgegnung und ging schneller.

„Wehe, ich erwisch euch hier noch mal! Und jetzt zieht Leine, aber schnell!“ Er gab Luke einen Stoß.

Ohne zu überlegen, drehte Luke sich um und stellte sich dem Mann in den Weg. „Wag es nicht noch mal, mich anzufassen!“, sagte er drohend.

Der Eisenbahner trat einen Schritt zurück, er hatte offenbar Angst.

Pete packte Luke am Arm. „Komm, wir verschwinden.“

Sie traten durch das majestätische Portal ins Freie. Draußen war es noch dunkel, in den Straßen war alles still. Die Luft war bitterkalt. Luke zog die Lumpen, die er trug, enger um sich. So kalt, wie es war, musste es Januar oder Februar sein, aber in welchem Jahr?

„Wohin gehen wir?“, fragte er Pete.

„Ich kenne da eine Kirche ein paar Straßenzüge von hier, da gibt's 'n Frühstück umsonst, wenn du bereit bist, ein paar fromme Lieder zu singen.“

„Meinetwegen ein ganzes Oratorium. Ich bin am Verhungern!“

Wirre, beklemmende Fragen schwirrten ihm durch den Kopf:

Wie lange bin ich schon Alkoholiker? Habe ich eine Familie? Wo habe ich Pete kennen gelernt?

Das alles wusste er nicht, und er hatte auch die kleine Kirche, die trotzig ihren Platz zwischen einem Kino und einem Tabakladen behauptete, noch nie gesehen. Sie gingen durch den Nebeneingang hinein und stiegen eine Treppe hinunter, die in einen lang gestreckten Raum mit niedriger Decke führte. Auf der einen Seite standen ein Klavier und eine kleine Kanzel, auf der anderen befand sich eine Küchenzeile. Dazwischen waren einfache Tische mit Bänken aufgebaut, an denen bereits drei andere Penner saßen und vor sich hin starrten. Am Herd standen eine rundliche Frau, die in einem großen Kochtopf rührte, und ein Mann mit einem grauen Bart und einem Priesterkragen. Er sah von seinem Kaffeebecher auf und lächelte. „Nur herein, nur herein!", sagte er gut gelaunt.

„Morgen, Pastor Lonegan", sagte Pete.

„Waren Sie schon einmal hier?", fragte der Pastor. „Ich habe Ihren Namen vergessen."

„Ich bin Pete – und das da ist Luke."

„Petrus und Lukas, zwei Jünger des Herrn!" Die Jovialität wirkte echt. „Fürs Frühstück ist es noch ein bisschen zu früh, aber frischen Kaffee gibt es schon." Der Pastor goss Kaffee in zwei Steingutbecher. „Milch und Zucker?"

Luke wusste nicht, ob er Milch und Zucker im Kaffee mochte. „Ja, bitte", sagte er etwas ratlos. Der Kaffee schmeckte ekelhaft sahnig und süß – wahrscheinlich trank er ihn normalerweise schwarz; doch immerhin besänftigte das heiße Getränk fürs Erste seinen knurrenden Magen.

Er setzte sich mit Pete an einen der klobigen Tische und sah seinen Gefährten genauer an. Bisher waren ihm nur das dreckige Gesicht und die Lumpen aufgefallen, die der andere trug, doch jetzt bemerkte er, dass die typischen Merkmale des Langzeitsäufers fehlten: keine geplatzten Äderchen, kein aufgedunsenes Gesicht. Pete war noch ziemlich jung, etwa 25, hatte schlechte Zähne und ein kleines dunkelrotes Muttermal vor seinem rechten Ohr. Er wirkte aggressiv – als ob er einen Hass auf die ganze Welt hätte, vielleicht weil er so hässlich war, vielleicht aber auch aus einem ganz anderen Grund.

„Was glotzt du mich so an?“, fragte Pete.

Luke zuckte mit den Schultern und antwortete nicht. Auf dem Tisch lag eine Zeitung, daneben ein Bleistiftstummel; die Seite mit dem Kreuzworträtsel war aufgeschlagen. Luke nahm den Bleistift zur Hand und begann, die gesuchten Wörter einzutragen.

Immer mehr Stadtstreicher schlurften herein. Luke hatte das Kreuzworträtsel fast gelöst, nur ein Wort fehlte noch, ein kleiner Ort in Dänemark mit sechs Buchstaben.

Pastor Lonegan sah ihm über die Schulter. „Etwas ist faul im Staate Dänemark“, sagte er.

Sofort war das fehlende Wort da: HAMLET. Luke trug es ein und fragte sich, woher er das wusste. Dann blätterte er die Zeitung um und sah nach dem Datum auf der Titelseite. Es war Mittwoch, der 29. Januar 1958. Die Schlagzeile interessierte ihn: US-WELTRAUMSATELLIT BLEIBT AUF DEM BODEN, und er las weiter:

> Cape Canaveral, Dienstag: Nach zahlreichen technischen Problemen hat die US-Marine einen zweiten Versuch, ihre Vanguard-Rakete in den Weltraum zu schicken, kurz vor dem geplanten Start abgebrochen. Die Entscheidung fiel

zwei Monate nach dem ersten Versuch, bei dem die Rakete zwei Sekunden nach der Zündung explodierte. Die amerikanischen Hoffnungen auf den Start eines Weltraumsatelliten, der dem sowjetischen Sputnik erfolgreich Paroli bieten kann, richten sich nun auf die Jupiter-C-Rakete der Armee.

Da erklang ein lauter Akkord auf dem Klavier. Luke sah auf. Mrs Lonegan begann ein bekanntes Kirchenlied zu singen, an das sich Luke erinnern konnte. Froh stimmte er mit ein. Der Whiskey hat etwas seltsame Auswirkungen, dachte er. Ich kann ein Kreuzworträtsel lösen und ein Kirchenlied mitsingen, habe aber keine Ahnung, wie meine Mutter heißt.

Nach dem Lied sprach der Pastor noch ein Gebet, bevor Mrs Lonegan begann, den Haferbrei auszuteilen. Mit Heißhunger aß Luke drei Schüsseln voll auf. Danach fühlte er sich schon wesentlich besser. Er wandte sich an den Pastor: „Sagen Sie, Pastor Lonegan, haben Sie mich hier schon einmal gesehen? Ich habe mein Gedächtnis verloren, wissen Sie."

Der Pastor musterte ihn aufmerksam. „Ich glaube nicht. Wie alt sind Sie?"

„Das weiß ich nicht", erwiderte Luke und kam sich dabei sehr dumm vor.

„Ich schätze Sie auf Ende dreißig. Außerdem sind Sie noch nicht lange auf der Straße, das sieht man Ihnen an. Hören Sie auf zu trinken, und dann können Sie bald wieder ein ganz normales Leben führen."

Luke fragte sich, wie oft der Pastor diesen Rat wohl schon erteilt hatte. „Ich werd's versuchen", versprach er, nickte ihm zu und wandte sich an Pete. „Wie lange kennst du mich schon?"

„Weiß nicht. Du hängst hier schon 'ne Weile rum."

„Ich muss wissen, woher ich komme."

Pete zuckte die Achseln. „Was wir jetzt brauchen, ist ein Bier", meinte er. „Damit wir wieder klar denken können." Er wandte sich zum Gehen.

„Ich will kein Bier", sagte Luke entschieden. Er hatte Wichtigeres zu tun, als Pete Gesellschaft zu leisten. „Ehrlich gesagt, möchte ich jetzt gerne ein Weilchen allein sein."

„Für wen hältst du dich? Für Greta Garbo?"

„Ich meine das ernst."

„Allein schaffst du's nicht da draußen, Mann! Du weißt ja nicht mal, wie alt du bist."

Pete wirkte etwas unschlüssig, doch Luke ließ sich davon nicht beirren. „Es ist nett, dass du dir Sorgen um mich machst, aber ich muss herausfinden, wer ich bin", erklärte er.

Pete zögerte einen Augenblick, dann zuckte er mit den Schultern. „Alles klar, Luke, mach's gut."

„Du auch, Pete."

Pete drehte sich um und ging. Luke schüttelte Pastor Lonegan noch die Hand, dann stieg auch er die Treppe hinauf und trat auf die Straße. An der nächsten Straßenecke stand Pete und sprach mit einem Mann in einem grünen Regenmantel und einer dazu passenden Mütze. Wahrscheinlich bettelt er ihn an, damit er sich sein Bier kaufen kann, dachte Luke und schlug die entgegengesetzte Richtung ein. Es war noch immer dunkel. Luke bekam kalte Füße und merkte plötzlich, dass er zwar Stiefel trug, aber keine Socken. Es begann, leicht zu schneien, und er hastete weiter, doch nach ein paar Minuten verlangsamte er seine Schritte wieder. Es gab keinen Grund zur Eile.

6 Uhr: Als Elsbeth aufwachte, dachte sie sofort an Luke. Eine Weile blieb sie noch im Bett liegen. Das Herz war ihr schwer, so sehr bangte sie um den Mann, den sie liebte. Aber schließlich knipste sie doch die Nachttischlampe an und setzte sich auf.

Die Stehlampe hatte die Form einer Rakete, und die Bilder an den Wänden zeigten Planeten, Halbmonde und Umlaufbahnen in einem aberwitzig unrealistischen Nachthimmel.

Das „Starlite" gehörte zu einer Reihe neuer Motels in Florida, die im Dünengelände um Cocoa Beach, zwölf Kilometer südlich von Cape Canaveral, wie Pilze aus dem Boden geschossen waren. Der Innenarchitekt hatte offenbar das Thema „Weltraum" für genau das Richtige gehalten, doch Elsbeth kam sich vor, als hätte man sie im Zimmer eines Zehnjährigen einquartiert.

Sie griff nach dem Telefon, das auf dem Nachttisch stand, und wählte die Nummer von Anthony Carrolls Büro in Washington, D. C., aber dort meldete sich niemand. Auch unter seiner Privatnummer nahm niemand ab, und ihr wurde ganz schlecht vor Angst. Sie beschloss, es in einer halben Stunde noch einmal zu probieren.

Elsbeth duschte schnell und setzte sich dann im Morgenrock an den Frisiertisch, um sich zu schminken. Auch damals, als sie zum ersten Mal mit Luke gesprochen hatte, hatte sie so im Morgenrock in ihrem Zimmer gesessen. Eine Gruppe von Studenten der Harvard University hatte eine so genannte Schlüpferjagd im Studentinnenwohnheim veranstaltet, und Luke war zufällig bei ihr im Zimmer gelandet. Ihm war es ein bisschen peinlich gewesen, mit ihr allein zu sein, aber Elsbeth hatte ruhig gelächelt, auf ihren Kleiderschrank gedeutet und gesagt: „Oberstes Fach." Worauf Luke zwei hübsche weiße Schlüpfer mit Spitzenbesatz an sich genommen hatte, was sie mit leisem Bedauern zur Kenntnis genommen hatte, denn sie waren ziemlich teuer gewesen. Am nächsten Tag hatte er sie um ein Rendezvous gebeten.

Elsbeth konzentrierte sich auf ihr Make-up. Sie hatte schlecht geschlafen und musste etwas mehr Sorgfalt darauf verwenden als sonst. Ärgerlich runzelte sie die Stirn. Obwohl sie ein abgeschlossenes Mathematikstudium von der renommierten Radcliffe University vorweisen konnte, musste sie am Arbeitsplatz aussehen wie ein Mannequin. Sie bürstete sich das Haar. Es war rotbraun und modisch geschnitten: kinnlang und am Hinterkopf nach innen gewellt. Rasch zog sie sich an: ein Kleid mit einem ärmellosen Oberteil aus braun-grün gestreifter Baumwolle und einem breiten Gürtel.

Dann griff sie zum Telefon und wählte noch einmal Anthonys Büronummer. Niemand hob ab.

1941

Elsbeth Twomey verliebte sich in Luke, als er sie zum ersten Mal küsste, fünf Minuten vor Mitternacht im Schatten des Studentinnenheims von Radcliffe. Im folgenden halben Jahr wurde das Gefühl immer stärker, und schließlich sahen sie sich beinahe täglich. Für beide war es das letzte Jahr an der Universität, und sie mussten für ihr Examen lernen, was sie meistens gemeinsam taten. Auch die Wochenenden verbrachten sie fast immer miteinander.

Dass sich eine Radcliffe-Studentin im letzten Studienjahr mit einem Harvard-Studenten oder einem jungen Professor verlobte, war nicht ungewöhnlich. Luke aber hatte nie vom Heiraten gesprochen.

Jetzt sah sie ihn vor sich, wie er in „Flanagan's Bar“ saß und ein Streitgespräch mit seinem Kommilitonen Bernard Rothsten führte, der wie viele Studenten und Professoren in Harvard Kommunist war.

„Dein Vater ist Bankier“, sagte er voller Verachtung zu Luke, „und du wirst auch einer. Ganz klar, dass du den Kapitalismus großartig findest.“

Elsbeth sah, wie sich Lukes Hals rötete. Sein Vater war vor kurzem im *Time Magazine* als einer von zehn Männern porträtiert worden, die seit der Weltwirtschaftskrise Millionäre geworden waren.

„Bankier ist ein anständiger Beruf“, erwiderte Luke. „Man hilft anderen Leuten.“

„Genau wie beim großen Börsencrash damals.“

„Bankiers machen Fehler. Aber Soldaten machen auch Fehler – sie schießen manchmal die falschen Leute tot. Trotzdem behaupte ich nicht, dass du ein Mörder bist.“

Nun war es an Bernard, beleidigt zu sein. Er war älter als seine Kommilitonen und hatte im Spanischen Bürgerkrieg gekämpft. „Außerdem will ich überhaupt nicht Bankier werden“, fügte Luke hinzu.

„Was denn dann?“, fragte Bernards Freundin Peggy, ein intelligentes, aber eher unattraktives Mädchen.

„Wissenschaftler. Ich will wissen, was außerhalb unseres Planeten vorgeht.“

Bernard lachte verächtlich. „Weltraumraketen! Hirngespinste!“

Doch Elsbeth nahm Luke in Schutz: „Komm, hör auf, Bernard, du hast doch keine Ahnung, wovon du redest."

„Ich bin sicher, dass die Raketen kommen werden", erklärte Luke. „Und ich bin fest davon überzeugt, dass Wissenschaft und Forschung mehr fürs einfache Volk tun können als der Kommunismus."

Elsbeth schüttelte den Kopf. Sie liebte Luke, hielt seine politische Einstellung aber für naiv. „Nur eine privilegierte Elite kann einen Nutzen ziehen aus Wissenschaft und Forschung", meinte sie.

„Das stimmt einfach nicht", erwiderte Luke.

In diesem Moment trat eine hoch gewachsene Gestalt an ihren Tisch. „Sind die Herrschaften denn schon alt genug, um in der Öffentlichkeit Alkohol trinken zu dürfen?", fragte Anthony Carroll lachend. Die junge Frau, die er mitgebracht hatte, war klein und zierlich, trug eine modische rote Jacke und einen weiten schwarzen Rock. Unter ihrer roten Kappe quoll dicht gelocktes schwarzes Haar hervor.

„Ich möchte euch Billie Josephson vorstellen", sagte Anthony.

Luke stand auf, um Billie die Hand zu geben. Dabei stieß er ein Glas um, eine Ungeschicklichkeit, die gar nicht zu ihm passte. Elsbeth erkannte mit einem Anflug von Ärger, dass er Billie Josephson durchaus anziehend fand.

„Das ist ja eine Überraschung", sagte Luke und lächelte charmant. „Anthony hat erzählt, er würde jemanden namens Billie mitbringen, und ich habe mir eine Person von einsachtzig vorgestellt mit Schultern wie ein Preisboxer."

Billie lachte fröhlich und setzte sich neben Luke, der sich

auch wieder hingesetzt hatte. „Mein richtiger Name ist Bilhah und stammt aus der Bibel. Bilhah war die Magd Jakobs und die Mutter von Dan. Aber ich bin in Dallas aufgewachsen, und dort hat man mich Billie-Jo genannt."

Anthony setzte sich neben Elsbeth. „Ist sie nicht hübsch?", fragte er sie leise.

Doch Elsbeth fand Billie nicht hübsch im eigentlichen Sinn. Billie hatte ein schmales Gesicht mit einer scharf geschnittenen Nase, großen dunkelbraunen Augen und durchdringendem Blick. Aber sie musste zugeben, dass Billie Josephson eine faszinierende Erscheinung war mit ihrer verwegen aufgesetzten Kappe, dem texanischen Akzent und ihrer lebhaften Art.

„Wo hast du sie denn kennen gelernt?", erkundigte sich Elsbeth.

„Ich hab sie im Fogg Museum entdeckt. Sie trug einen grünen Mantel mit Messingknöpfen und auf dem Kopf ein Barett. Sie kam mir vor wie ein Spielzeugsoldat, frisch aus der Packung."

Ein Spielzeug ist sie bestimmt nicht, dazu ist sie viel zu gefährlich, dachte Elsbeth.

Billie lachte gerade über eine Bemerkung von Luke und gab ihm mit gespielter Entrüstung einen Klaps auf den Arm – eine etwas kokette Geste, wie Elsbeth fand.

„Hast du vor, heute Abend die Sperrstunde zu brechen?", fragte sie Billie.

Die Radcliffe-Studentinnen hatten um zehn Uhr abends auf ihren Zimmern zu sein. Es gab Ausnahmegenehmigungen, doch musste man sich in diesen Fällen in ein Buch eintragen und angeben, wohin man gehen und wann man zurückkommen wollte.

„Ich verbringe die Nacht offiziell bei einer Tante, die auf Besuch ist und sich im ‚Ritz' eine Suite genommen hat", erklärte Billie. „Was hast du dir ausgedacht?"

„Ich verlasse mich auf ein Fenster im Erdgeschoss, das die Nacht über offen bleibt."

Billie senkte die Stimme. „In Wirklichkeit übernachte ich bei Freunden von Anthony."

„Bekannte meiner Mutter mit einer Riesenwohnung", sagte Anthony zu Elsbeth. „Schau mich nicht so altmodisch an, die Leute sind grundsolide."

„Na, hoffentlich", gab Elsbeth zurück und sah zufrieden, dass Billie rot wurde. Sie wandte sich an Luke: „Wann fängt denn der Film im Kino an, Schatz?"

Luke warf einen Blick auf seine Armbanduhr. „In einer halben Stunde, wir müssen los."

Luke hatte sich übers Wochenende einen Wagen geliehen, ein altes zweisitziges Ford Cabriolet. Damit fuhren sie in die Stadt, um sich „Suspicion" anzusehen, den neuesten Film von Alfred Hitchcock. In der Dunkelheit legte Luke seinen Arm um Elsbeth, und sie lehnte den Kopf an seine Schulter. Sie fand es schade, dass sie sich ausgerechnet einen Film über eine Ehekatastrophe ausgesucht hatten.

Gegen Mitternacht fuhren sie nach Cambridge zurück und parkten in der Nähe des Bootshauses am Charles River. Der Wagen hatte keine Heizung. Elsbeth klappte den Pelzkragen ihres Mantels hoch und kuschelte sich an Luke, um die Wärme seines Körpers zu spüren.

Sie unterhielten sich über den Film. Elsbeth war überzeugt, dass sich ein verklemmtes Mädchen, das in einem erzkonservativen Elternhaus aufgewachsen war – im Film dargestellt von

Joan Fontaine –, im wirklichen Leben nie zu einem solchen Tunichtgut hingezogen fühlen konnte, wie Cary Grant ihn verkörpert hatte.

„Aber das ist es doch gerade, was ihn so anziehend für sie gemacht hat – er war gefährlich!“, widersprach Luke.

Elsbeth betrachtete das Spiegelbild des Mondes auf der unruhigen Wasseroberfläche des Flusses. Billie Josephson ist gefährlich, dachte sie.

Luke wechselte das Thema: „Professor Davies hat mir heute Nachmittag angeboten, meinen Magister hier in Harvard zu machen.“

„Und wie kam er darauf?“

„Ich hatte erwähnt, dass ich gern mein Studium an der Columbia University fortsetzen würde. ‚Wozu denn?‘, fragte er. ‚Bleiben Sie doch hier!‘ Ich erklärte ihm, dass meine Familie in New York lebt.“

Luke war das älteste von vier Kindern. Seine Mutter war Französin. Elsbeth wusste, dass Luke seine beiden halbwüchsigen Brüder sehr gern hatte und seine elfjährige Schwester zärtlich liebte.

„Willst du eigentlich nach dem Bachelor noch den Magister machen?“, fragte Luke. „Du bist besser in Mathe als die meisten Männer hier in Harvard.“

„Ich wollte eigentlich immer einen Job im Außenministerium“, erwiderte Elsbeth.

„Das hieße also Washington als Wohnort.“ Die Aussicht, dass sie beide einmal in verschiedene Städte ziehen könnten, schien ihm nicht zu gefallen.

„Warst du jemals verliebt?“, fragte er plötzlich.

„Ja“, antwortete sie langsam. „Ich war mal verliebt.“ Sie sah sein Gesicht im Mondschein und registrierte nicht ohne Genugtuung einen Anflug von Empörung in seiner Miene. „Als ich siebzehn war, gab es in Chicago einen Metallarbeiterstreik. Ich stellte mich als freiwillige Helferin zur Verfügung. Der junge Gewerkschaftsfunktionär, dem ich zugeteilt war, hieß Jack Largo, und ich habe mich in ihn verliebt.“

„Und er sich in dich?“

„Meine Güte, nein! Er war fünfundzwanzig und hielt mich für ein Kind.“ Elsbeth zögerte. „Aber er hat mich einmal geküsst. Wir packten Flugblätter ein. Ich sagte irgendwas, was ihn zum Lachen brachte. Ja, und dann hat er mich geküsst. Ich wäre vor Glück fast gestorben. Aber dann packte er weiter Flugblätter ein, als wäre nichts geschehen.“

„Hast du noch Kontakt zu ihm?“

Elsbeth schüttelte den Kopf. „Man hat ihn umgebracht.“ Sie schluckte die plötzlich aufsteigenden Tränen hinunter. „Zwei Polizisten, die sich außerdienstlich von den Stahlbossen hatten anheuern lassen, drängten ihn in eine enge Gasse und schlugen ihn mit Eisenstangen tot.“

„Das gibt es doch gar nicht!“ Luke sah sie entsetzt an.

„Jeder dort wusste, wer es gewesen war, aber festgenommen wurde niemand. Die Walzen im Stahlwerk müssen sich drehen. Wer quer schießt, wird zum Schweigen gebracht.“

„So, wie du das sagst, klingt es, als wäre die Industrie um keinen Deut besser als ein Gangstersyndikat.“

„Ich sehe da auch keinen großen Unterschied. Aber ich mische mich nicht mehr ein“, sagte sie. „Und du? Warst du schon mal verliebt?“

„Ich bin mir nicht ganz sicher, was Liebe ist.“ So eine Antwort war typisch für einen jungen Mann, doch dann küsste er sie, und Elsbeths Ärger legte sich. Nach einer Weile zog er sich zurück und seufzte schwer. „Ich frage mich, warum Ehepaare sich jemals langweilen. Die brauchen doch nie aufzuhören.“

„Ich glaube, die Kinder hindern sie daran“, sagte sie und lachte.

„Möchtest du Kinder haben – irgendwann?“

Ihr Herz begann schneller zu klopfen. „Selbstverständlich will ich Kinder.“

„Ich möchte vier. Was hältst du davon? Möchtest du vier Kinder haben?“

Sie lächelte glücklich. „Ja, unbedingt“, sagte sie. „Wenn sie von dir sind.“

Er küsste sie wieder.

Als es ihnen zu kalt wurde, machten sie sich langsam auf den Rückweg nach Radcliffe. Plötzlich sahen sie eine Gestalt an der Straße stehen, die ihnen zuwinkte. Luke traute seinen Augen nicht. „Ist das nicht Anthony?“, fragte er.

Er war es, Elsbeth erkannte ihn sofort. Neben ihm stand Billie.

Luke hielt an, und Anthony kam ans Auto. „Ein Glück, dass ich dich erwischt habe“, sagte er. „Du musst mir einen Gefallen tun. Meine Freunde sind übers Wochenende verreist – sie haben anscheinend das Datum verwechselt, und jetzt weiß Billie nicht, wo sie schlafen soll.“

Billie hatte die Tante im Ritz erfunden, um die Nacht außerhalb des Wohnheims verbringen zu können. Kehrte sie jetzt noch dorthin zurück, flog der Schwindel unweigerlich auf.

„Ich habe sie mit in unser Wohnheim genommen“, fuhr Anthony fort. „Ich dachte, sie könnte vielleicht in unserem Zimmer schlafen. Luke und ich hätten in der Bibliothek übernachten können."

„Du spinnst wohl", sagte Elsbeth.

„Hat es alles schon gegeben", warf Luke ein. „Wieso hat das nicht geklappt?"

„Man hat uns gesehen."

„O nein!", rief Elsbeth. Wenn eine Frau sich in einem Männerzimmer erwischen ließ, dann konnten beide von der Universität verwiesen werden.

„Wer hat euch denn gesehen?", fragte Luke.

„Geoff Pidgeon und eine ganze Horde anderer. Es war fast dunkel, und sie waren alle betrunken. Morgen früh rede ich mit ihnen."

Luke nickte. „Und was wollt ihr jetzt machen?"

„Billie hat einen Cousin in Rhode Island", sagte Anthony. „Könntet ihr sie hinfahren?"

„Was?", rief Elsbeth. „Das sind mindestens achtzig Kilometer!"

„Was meinst du, Luke?", fragte Anthony.

„Kann ich machen", antwortete Luke. Elsbeth hatte gewusst, dass er seinem Freund aus der Patsche helfen würde, auch wenn es unbequem war. Trotzdem machte es sie wütend. Sie öffnete die Tür und stieg aus.

„Bitte sehr", sagte sie missmutig. Über eine Stunde würde Luke jetzt mit der kessen Billie Josephson in dem kleinen Wagen verbringen, und Elsbeth gefiel das überhaupt nicht.

Luke spürte ihren Unmut. „Komm, Elsbeth, steig wieder ein", sagte er. „Ich fahr dich zuerst nach Hause."

„Nicht nötig. Anthony kann mich begleiten."

Billie drückte ihr einen Kuss auf die Wange. „Ich weiß gar nicht, wie ich euch danken soll", sagte sie und stieg ins Auto. Luke winkte zum Abschied und fuhr los.

Anthony und Elsbeth blieben noch stehen, bis der Wagen in der Dunkelheit verschwunden war.

6.30 UHR: LANGSAM kroch das Tageslicht in die kalte Stadt. Männer und Frauen verließen ihre Häuser, kniffen die Augen zusammen gegen den beißenden Wind und strebten den warmen, hell erleuchteten Büros zu.

Luke hatte kein Ziel. Für ihn sahen die Straßen alle gleich aus, und er konzentrierte sich auf die Menschen, die ihm entgegenkamen, weil er hoffte, dass jemand stehen bleiben und sagen würde: „He, Luke, was ist denn mit dir passiert? Komm mit nach Hause, lass dir helfen!" Aber niemand schien ihn zu kennen, und ihm wurde schnell klar, dass es keine brauchbare Strategie war, ziellos herumzustreunen und auf einen glücklichen Zufall zu warten. Er brauchte einen Plan.

Vielleicht gab es eine Vermisstenmeldung? Bei der Polizei ließ sich das sicher herausfinden.

Er glaubte sich zu erinnern, dass er erst wenige Minuten zuvor an einer Polizeiwache vorübergekommen war, und machte auf dem Absatz kehrt. Dabei stieß er unversehens mit einem jungen Mann in einem olivgrünen Regenmantel und einer dazu passenden Mütze zusammen. Er hatte das Gefühl, dass er den Mann schon einmal irgendwo gesehen hatte, doch als ihre Blicke sich trafen, wandte der andere sich peinlich berührt ab. Enttäuscht ging Luke weiter und bemühte sich, den Weg zu finden, den er gekommen war. Das war gar nicht so leicht, denn er war immer wieder abgebogen, wie es ihm gerade eingefallen war. Trotzdem ging er einfach weiter, denn er war sich sicher, dass er früher oder später eine Polizeiwache finden würde.

Unterwegs versuchte er, auf eigene Faust Informationen über sich zu sammeln. Ein großer Mann mit einem grauen Homburg auf dem Kopf zündete sich eine Zigarette an und nahm einen tiefen Zug, den er sehr zu genießen schien. Doch Luke hatte bei diesem Anblick nicht das Bedürfnis zu rauchen. Also bin ich wahrscheinlich Nichtraucher, dachte er. Er sah sich die Autos näher an und stellte fest, dass er die meisten Marken- und Modellnamen kannte. Diese Art von Informationen war ihm erhalten geblieben, was ihn mit einem wahren Triumphgefühl erfüllte.

Inzwischen befand er sich in einer Straße mit vielen Billigläden. Er blieb stehen und sah sich um. Keine zehn Meter hinter ihm stand der Mann im olivgrünen Regenmantel und sah in ein Schaufenster, in dem ein Fernsehgerät lief. Luke runzelte die Stirn und fragte sich, ob er beschattet wurde.

Er wusste genau, was er zu tun hatte, um das zu überprüfen. An der nächsten Kreuzung überquerte er die Straße und ging auf der anderen Seite zurück. Am Ende des nächsten Häuserblocks trat er an den Bordstein und sah sich nach beiden Seiten um. Der Mann im olivgrünen Regenmantel war zehn Meter hinter ihm. Wieder überquerte Luke die Straße. Um keinen Verdacht zu erregen, schaute er aufmerksam alle Eingänge an, an denen er vorüberkam, als suche er nach einer bestimmten Hausnummer. Der andere blieb ihm auf den Fersen.

Luke konnte sich keinen Reim darauf machen, aber wenn der Mann ihn tatsächlich verfolgte, dann wusste er etwas über ihn, und das erfüllte Luke mit Hoffnung. Um die letzten Zweifel zu beseitigen, musste er mit dem Bus irgendwohin fahren und seinen Schatten dazu zwingen, das Gleiche zu tun. Doch dazu brauchte er Geld.

Plötzlich sah er seine Umgebung mit anderen Augen: Da waren Zeitungskioske, die man ausrauben, Handtaschen, die man stehlen, und Hosentaschen, in die man greifen konnte. Er betrat ein Café und ließ seine Blicke schweifen. War vielleicht irgendwo das Trinkgeld liegen geblieben? Nein, so leicht war es nicht. Er ging zum Tresen. Was würde ein Penner sagen?

„Ham Se nich 'n alten Berliner für mich?", fragte Luke den Kellner hinter dem Tresen.

„Verschwinde!", knurrte der Kellner unfreundlich.

In dem Moment sah Luke, was er brauchte. Neben der Kasse und problemlos erreichbar stand eine Büchse mit dem Etikett: DENKT AN DIE BLINDEN! Jetzt brauchte er bloß noch den Kellner abzulenken.

„Kann ich vielleicht 'n paar Cents kriegen?", fragte er.

„Jetzt reicht es aber", sagte der Kellner.

Doch um herauszukommen, musste er sich kurz ducken und unter dem Tresen durchschlüpfen. Für eine Sekunde verlor er Luke aus den Augen. Luke packte die Sammelbüchse und ließ sie in die Innentasche seines Mantels gleiten, bevor der Kellner ihn am Kragen packte und mit Gewalt quer durch das Café schleifte. Er wehrte sich erst, als er an der Tür noch einen schmerzhaften Tritt in den Hintern einstecken musste. Sekundenlang vergaß er die Rolle, die er spielte, fuhr herum und ging in Kampfstellung. Der Mann bekam es auf einmal mit der Angst zu tun und wich zurück.

So schnell er konnte, verdrückte sich Luke in die nächste Gasse und öffnete die Sammelbüchse. Es waren fast nur kleine Münzen darin, die zusammen etwa drei Dollar ergaben. Er steckte das Geld in seine Manteltasche und kehrte wieder auf die größere Straße zurück. Er dankte dem Himmel für die Mildtätigkeit seiner Mitmenschen und gelobte im Stillen, der Blindenmission drei Dollar zu spenden, falls er je aus seinem derzeitigen Schlamassel herauskäme. Vielleicht auch dreißig Dollar.

Der Mann im olivgrünen Regenmantel stand jetzt neben einem Kiosk und las Zeitung.

Da hielt ein paar Meter von Luke entfernt ein Bus. Luke hatte keine Ahnung, wohin er fuhr, aber darauf kam es jetzt auch gar nicht an. Er stieg ein.

Der Fahrer sah ihn misstrauisch an. „Einheitspreis siebzehn Cents – es sei denn, du hast 'ne Marke", sagte er. Luke bezahlte, und während er im Bus nach hinten ging, spähte er gespannt aus dem Fenster.

Der Mann im Regenmantel ging gerade mit der Zeitung unterm Arm davon. Luke runzelte die Stirn, denn eigentlich hätte sein Verfolger jetzt ein Taxi anhalten müssen, doch das tat er nicht.

An der dritten Haltestelle stieg er aus und sah sich um, doch der Mann im olivgrünen Regenmantel war nirgends zu sehen. Während er noch darüber nachdachte, was er nun machen sollte, fiel ihm auf, dass einer der anderen Buspassagiere, die mit ihm ausgestiegen waren, in einem Ladeneingang stehen geblieben war und in seinen Taschen herumfingerte.

Luke sah, wie er eine Zigarette hervorkramte, sie anzündete

und einen langen Zug nahm. Es war ein großer Mann mit einem grauen Homburg auf dem Kopf.

Den habe ich doch auch schon mal gesehen, dachte Luke.

7 Uhr: Anthony Carroll war in einem gelben Cadillac, der eigentlich seinen Eltern gehörte, unterwegs zu seinem Arbeitsplatz, einem barackenartigen Gebäude in der Nähe des Lincoln Memorial, das während des Krieges in aller Eile dort errichtet worden war. Anthony hatte als Mitarbeiter des Vorgängers der CIA, des „Office for Strategic Services", kurz OSS genannt, die Kriegszeit zum großen Teil dort in dem so genannten „Q-Gebäude" in der Alphabet Row verbracht.

Jenseits des Potomac, ein ganzes Stück stromaufwärts in Langley im Staat Virginia, entstand gerade das neue, riesige und sehr teure Hauptquartier. Wenn es fertig war, sollten die alten Büros in der Alphabet Row abgerissen werden. Anthony hatte sich vehement gegen den Neubau eingesetzt und dies nicht nur deshalb, weil er mit dem alten Provisorium lieb gewordene Erinnerungen verband. Gegenwärtig verteilten sich die Büros der CIA auf insgesamt 31 Häuser überall in der Stadt, und ausländische Agenten taten sich äußerst schwer, Größe und Macht der CIA richtig einzuschätzen. Waren sie erst einmal alle zusammen in Langley untergebracht, würde sich das ändern: Da brauchte man bloß daran vorbeizufahren, um sich einen Eindruck von der Personalstärke und den verfügbaren Mitteln des Geheimdienstes zu machen.

Zu seinem Bedauern hatte sich Anthony mit seinen Argumenten nicht durchsetzen können – vor allem deswegen nicht, weil die CIA an eine kürzere Leine gelegt werden sollte. Während des Krieges war die Geheimdienstarbeit vor allem ein Betätigungsfeld für Abenteurer und Freibeuter gewesen. Das sollte sich nun ändern.

Als Leiter der technischen Dienste war Anthony Carroll ein mächtiger Mann in der CIA. „Technische Dienste“ war die offizielle Bezeichnung für Einbruch, Telefonüberwachung, Drogentests und andere illegale Machenschaften des Geheimdienstes, inoffiziell wurde die Abteilung auch „Schmutzige Tricks“ genannt. Doch Anthony hatte Feinde: Bürohengste, die nichts hielten von regierungsamtlichen Geheimoperationen und die nur darauf warteten, dass er einen Fehler machte. Und heute hatte er seinen Kopf so weit zum Fenster hinausgestreckt wie nie zuvor.

Während er das Gebäude betrat, konzentrierte er sich auf das Problem des Tages: Dr. Claude Lucas – bekannt als Luke –, in seinen Augen der gefährlichste Mann Amerikas. Der Mann, der alles bedrohte, wofür Anthony sich sein Leben lang eingesetzt hatte. Die Nacht hatte Anthony weitgehend im Büro verbracht und war dann nur kurz nach Hause gefahren, um sich zu rasieren und ein frisches Hemd anzuziehen.

„Guten Morgen, Sir, Mr Maxell wartet schon in Ihrem Büro“, sagte der Wachtposten.

Anthony runzelte die Stirn. Warum war Pete Maxell nicht bei Luke? War etwas schief gegangen? Er rannte die Treppe hinauf.

Pete saß im Sessel gegenüber von Anthonys Schreibtisch. Er trug noch immer sein Lumpenkostüm, und das rote Muttermal auf seinem Gesicht wurde zum Teil von einem Schmutzstreifen überdeckt. Als Anthony das Büro betrat, sprang er sofort auf.

„Was ist passiert?“, fragte Anthony.

„Luke wollte allein sein. Aber keine Sorge, Simons überwacht ihn, und Betts kann jederzeit einspringen."

„Was ist mit Lukes Gedächtnis?"

„Das ist weg. Total weg."

Anthony zog den Mantel aus und setzte sich an den Schreibtisch. Luke machte Schwierigkeiten, aber das hatte er einkalkuliert, und Pete Maxell war ein guter Agent, kompetent und vorsichtig. Zwar fehlte es ihm noch an Erfahrung, doch dafür war er Anthony treu ergeben.

„Erzählen Sie mir genau, was passiert ist", forderte Anthony ihn auf.

Pete setzte sich wieder. „Er war völlig durcheinander, als er aufwachte. ‚Wer bin ich?', schrie er und so weiter. Dann hat er mich nach meinem Namen gefragt, und ich sagte: ‚Pete'. Das ist mir einfach so rausgerutscht, weil ich ihn unbedingt zum Schweigen bringen wollte. Ich habe ihn dann mitgenommen zur Kirche, so wie wir es geplant hatten. Aber er hörte nicht auf, raffinierte Fragen zu stellen."

Anthony nickte. „Das darf uns nicht überraschen. Im Krieg war er unser bester Agent. Er hat sein Gedächtnis verloren, aber nicht seine Instinkte."

„Ich habe versucht, ihn von der Beschäftigung mit seiner Vergangenheit abzulenken, aber das ist mir einfach nicht gelungen."

„Wo ist er jetzt?", fragte Anthony.

„Ich weiß es nicht, Sir. Steve ruft an, sobald sich eine Gelegenheit ergibt."

„Wenn er sich rührt, fahren Sie sofort zu ihm und unterstützen ihn. Er darf uns nicht entkommen."

Das weiße Telefon auf Anthonys Schreibtisch klingelte, sein

direkter Anschluss. Nur wenige kannten diese Nummer, und er überlegte einen Moment, bevor er abhob.

„Ich bin's", sagte Elsbeth. „Was ist passiert?"

„Reg dich nicht auf", erwiderte er. „Wir haben alles unter Kontrolle."

7.30 Uhr: Inzwischen war es hell geworden, und obwohl die Straße mittlerweile ziemlich bevölkert war, hatte Luke keine Probleme, den grauen Homburg im Auge zu behalten. Doch als er die Pennsylvania Avenue überquerte, war der Hut plötzlich verschwunden. Als er sich gerade fragte, ob er sich das alles nur einrede, sah er den Mann im olivgrünen Regenmantel aus einer Bäckerei kommen.

Er wurde offensichtlich von zwei Personen in einer gut aufeinander abgestimmten Gemeinschaftsaktion verfolgt. Luke war sich sicher, dass es Profis waren, vielleicht sogar Agenten vom KGB oder von der CIA, obwohl er sich nicht vorstellen konnte, warum sie einen Stadtstreicher wie ihn beschatten sollten.

Er beschloss, das Gespann auseinander zu bringen, und ging in einen Tabakladen, um sich eine Packung Pall Mall zu kaufen. Als er wieder herauskam, war der Mann im Regenmantel verschwunden, und der große Mann mit dem Homburg hatte wieder übernommen. Luke ging weiter und bog an der nächsten Kreuzung um die Ecke.

Er fand schnell, was er suchte. Ein Coca-Cola-Laster parkte am Bordstein, und der Fahrer lud gerade Kisten ab. Luke trat auf die andere Seite des Lastwagens, ließ sich zu Boden fallen und rollte sich unter den Wagen.

Aus der Froschperspektive konnte er auf dem Bürgersteig die

blaue Anzughose und die braunen Halbschuhe seines Beschatters sehen.

Der Mann ging jetzt sehr schnell – dass Luke plötzlich wie vom Erdboden verschluckt war, bereitete ihm offenbar Kopfzerbrechen. Er ging kurz um den Lastwagen herum, setzte dann aber seinen Weg auf dem Bürgersteig fort. Einen Augenblick später fing er an zu rennen.

Luke wusste nicht, wo er dieses Spiel gelernt hatte, aber offensichtlich beherrschte er es. Zufrieden robbte er zur Vorderseite des Lastwagens, kroch ins Freie und stand auf. Er lugte um den Kotflügel herum und sah, dass sich sein Verfolger im Laufschritt entfernte.

Luke überquerte den Bürgersteig, bog um die Ecke und blieb vor einem Elektrogeschäft stehen. Er öffnete die Zigarettenschachtel und zog einen Glimmstängel heraus. Wie er erwartet hatte, tauchte einen Augenblick später der Mann im Regenmantel auf. Als er Luke erkannte, fuhr er nervös zusammen und ging weiter, wobei er einen weiten Bogen um ihn machte.

Luke trat ihm in den Weg. „Haste mal Feuer, Kumpel?“, fragte er.

Der andere zögerte. „Aber sicher“, sagte er dann betont lässig. Er kramte aus seiner Manteltasche ein Streichholzheftchen hervor, brach ein Hölzchen heraus und zündete es an.

„Du weißt, wer ich bin, oder?“, fragte Luke.

Auf ein Beobachtungsobjekt, das seinem Beschatter Fragen stellt, war der Mann im Regenmantel offensichtlich nicht vorbereitet.

„Ich weiß nicht, was Sie meinen“, sagte er etwas verwirrt und warf das abgebrannte Streichholz fort.

„Du verfolgst mich“, sagte Luke. „Also musst du doch wissen, wer ich bin.“

„Ich verfolge niemanden“, erwiderte der Mann und versuchte, an Luke vorbeizukommen, doch der machte einen Schritt zur Seite und versperrte ihm den Weg. „Und jetzt entschuldigen Sie mich bitte.“

Doch so leicht kam er nicht davon. Voller Frustration und Wut packte Luke den Mann bei den Aufschlägen seines Regenmantels und rammte ihn gegen die Schaufensterscheibe. Das Glas klirrte.

„Nehmen Sie Ihre dreckigen Flossen weg!“, sagte der Mann mit flacher Stimme, leistete aber keinen Widerstand.

„Wer bin ich?“, schrie Luke ihn an. „Sag mir sofort, wer ich bin!“

„Woher soll ich das wissen?“

Luke packte den Mann an der Kehle. „Ich glaube dir kein Wort. Du sagst mir jetzt genau, was hier gespielt wird.“

Sein Gegner wehrte sich und boxte Luke in die Rippen, doch der ließ nicht los. Der andere begann zu röcheln, und in seinen Augen stand Todesangst. Da war hinter Luke die erschrockene Stimme eines Passanten zu hören: „He, was ist denn hier los?“

Erschrocken über sich selbst und seine Gewalttätigkeit, ließ Luke die Hände sinken, und der andere wich zurück. „Du Wahnsinniger!“, schrie er. „Du hast doch einen Sprung in der Schüssel!“

„Du lügst!“, brüllte Luke und wollte den Mann erneut packen. Doch der hatte genug, machte kehrt und rannte davon. Luke hätte ihn verfolgen können, doch er zögerte. Es war ohnehin zu spät, denn inzwischen waren mehrere Passanten stehen geblieben und beobachteten Luke aus sicherer Entfernung. Da seine Beschatter in ein und derselben Richtung verschwunden waren, schlug Luke die entgegengesetzte ein.

Er war wieder auf sich allein gestellt: ein ungewaschener Penner mit dreckigen, zerrissenen Sachen. Wenn er vorankommen wollte, dann musste er zuerst etwas an seiner Erscheinung ändern.

8 Uhr: Dr. Billie Josephson war in Zeitdruck. Sie hatte ihre Mutter aufgeweckt, sie daran erinnert, das Hörgerät anzulegen, und sie danach in die Küche zum Frühstück gebracht, wo sie jetzt saß und Kaffee trank. Auch ihren siebenjährigen Sohn Larry hatte sie aus den Federn geholt und ihm erklärt, dass er noch duschen musste, bevor er in die Schule ging. Dann war sie wieder in die Küche gegangen.

Ihre Mutter, eine kleine, rundliche Frau von siebzig Jahren, die alle Becky-Ma nannten, hatte das Radio laut aufgedreht und hörte einen schmalzigen Schlager. Billie begann, Weißbrotscheiben für sie zu toasten, und schüttete für Larry Cornflakes in eine Schüssel. Dann schmierte sie sein Pausenbrot, steckte es in die Schulbrotdose, die sie dann zusammen mit Larrys Baseballhandschuh – einem Geschenk seines Vaters – im Schulranzen verstaute.

Der Schlager war zu Ende, und ein Rundfunkreporter interviewte Touristen am Strand vor Cape Canaveral, die auf den Start der Jupiter-C-Rakete warteten.

Larry kam in die Küche. Billie sorgte dafür, dass er seine Cornflakes aß, und stellte sich an den Herd, um Rührei zu machen. Es war jetzt Viertel nach acht. Sie liebte ihren Sohn und ihre Mutter, aber sie fand die morgendliche Hetze furchtbar.

Der Rundfunkreporter interviewte jetzt einen Armeesprecher. „Was ist, wenn die Rakete vom Kurs abkommt und direkt hier auf den Strand stürzt?“

„Die Gefahr besteht nicht“, lautete die Antwort. „Jede Rakete hat einen Selbstzerstörungsmechanismus. Wenn sie vom Kurs abkommt, wird sie in der Luft gesprengt.“

„Aber wie kann man sie in die Luft sprengen, wenn sie schon abgehoben hat?“

„Die Sprengladung wird von einem Sicherheitsoffizier durch ein streng geheimes Funksignal gezündet.“

„Wir basteln heute in der Schule eine Weltraumrakete“, sagte Larry. „Dafür brauche ich einen Joghurtbecher. Kann ich den da haben?“

„Nein, das geht nicht, er ist ja noch halb voll“, erwiderte Billie.

„Aber ich kriege Ärger, wenn ich nicht einen runden Behälter dabeihabe. Miss Page hat es uns schon vorige Woche gesagt.“

Billie seufzte. „Larry, warum hast du mir das nicht vorige Woche gesagt? Ich schau mal, was ich finde.“

In aller Eile lief Billie durchs Haus auf der Suche nach rundem Verpackungsmaterial. Sie fand eine Waschmitteltonne, eine alte Plastikflasche und eine Eiscremeschachtel, auf der eine nette Familie zu sehen war – eine hübsche Hausfrau, zwei glückliche Kinder und im Hintergrund ein Pfeife rauchender Ehemann.

Billie hatte nie in einer solchen Familie gelebt. Ihr Vater, der Schneider in Dallas gewesen war, war gestorben, als Billie noch ein Baby war. Ihre Mutter hatte in zermürbender Armut ihre fünf

Kinder allein großgezogen. Billie selbst war geschieden, seit Larry zwei Jahre alt war. Sie steckte ihre Fundstücke in eine Einkaufstasche, die Larry mit in die Schule nehmen konnte, und gab sie ihm.

„Au, toll, ich glaub, jetzt hab ich mehr als die anderen!", rief er. „Danke, Mami!"

Vor dem Haus ertönte eine Hupe. Billie warf einen prüfenden Blick in den Spiegel im Flur. Ihr schwarzer Lockenkopf war nur flüchtig gekämmt, und sie trug keinerlei Make-up. Auch war der rosa Pullover, den sie trug, deutlich zu groß, aber alles in allem wirkte sie trotzdem irgendwie sexy.

Die Hintertür ging auf, und Roy Brodsky kam herein. Roy war Larrys bester Freund. Hinter Roy trat dessen Vater Harold ein, ein gut aussehender Mann mit sanften braunen Augen. Harold Brodsky war Witwer und lehrte Chemie an der George-Washington-Universität. Er sah sie schwärmerisch an. „Du siehst aber hübsch aus heute."

Billie lächelte und küsste ihn auf die Wange.

Auch Roy hatte eine Einkaufstasche mit Kartons dabei. „Musstest du auch die Hälfte aller Behälter in deiner Küche ausleeren?", fragte Billie.

„Ja, ich habe jetzt lauter kleine Suppenschalen voller Waschmittel und Flüssigseife und sechs Rollen Toilettenpapier ohne Rolle."

„Verflixt, ich habe die Toilettenpapierrollen vergessen!"

Er lachte. „Sag mal, hättest du vielleicht Lust, heute Abend bei mir zu essen?"

Das kam überraschend. „Hast du etwa vor zu kochen?"

„Nein, ich wollte eigentlich Mrs Riley bitten, einen Auflauf zu machen. Roy ist heute Abend auf einer Geburtstagsfeier und übernachtet auch dort. Wir sind also ganz ungestört."

„Okay", sagte Billie nachdenklich. Ungestört unterhalten konnte man sich natürlich auch in einem Restaurant, aber Harold hatte sicher seine Gründe, sie ausgerechnet heute einzuladen, wenn Roy die Nacht woanders verbrachte. „Ja, ist gut, ich freue mich", sagte sie.

„Ich hole dich so gegen acht ab. So, Jungs, kommt jetzt!" Er scheuchte die Kinder zur Hintertür hinaus.

Billie räumte schnell den Tisch ab. Es wurde höchste Zeit, dass sie sich auch auf den Weg machte. Da klingelte das Telefon. Sie nahm ab und hörte die vertraute Stimme von Bernard Rothsten, ihrem Exmann. Obwohl sie längst geschieden waren, kamen sie gut miteinander aus.

„Morgen, Billie. Sag mal, hast du was von Luke gehört?"

Sie erschrak. „Luke Lucas? In letzter Zeit? Nein. Stimmt etwas nicht?"

„Kann sein. Ich weiß es nicht genau."

Bernard und Luke hatten in ihrer Jugend dauernd miteinander gestritten und sich gegenseitig nichts geschenkt. Und doch waren sie einander immer nahe gewesen und während der Kriegsjahre gemeinsam durch dick und dünn gegangen.

„Was ist denn passiert?", wollte Billie wissen.

„Er hat mich am Montag angerufen – zu meiner Überraschung, wie ich gestehen muss. Ich höre nicht oft von ihm."

„Ich auch nicht." Billie versuchte sich zu erinnern. „Es ist schon ein paar Jahre her, dass ich ihn gesehen habe."

„Er sagte, er sei auf dem Weg nach Washington und wolle bei mir vorbeischauen. Irgendwas war passiert."

„Hat er gesagt, was?“

„Nein, nicht genau, nur dass es um so was Ähnliches gehe wie damals im Krieg.“

Billie zog besorgt die Brauen zusammen. Luke und Bernard waren während des Krieges im OSS gewesen und hatten hinter den feindlichen Linien die französische Widerstandsbewegung unterstützt. „Was, meinst du, wollte er damit sagen?“

„Keine Ahnung. Er wollte mich anrufen, sobald er in Washington wäre. Am Montagabend hat er ein Zimmer im ‚Carlton-Hotel‘ bezogen. Heute haben wir Mittwoch, und er hat sich noch nicht bei mir gemeldet. Ruf mich an, wenn du was von ihm hören solltest, okay?“

„Ja, natürlich.“

Billie legte auf. Dann setzte sie sich an den Küchentisch, vergaß ihre Arbeit und dachte an Luke.

1941

Sie waren auf dem Weg nach Rhode Island. Der alte Ford hatte keine Heizung, und obwohl Billie einen warmen Mantel, Schal und Handschuhe trug, waren ihre Füße inzwischen eiskalt. Doch es machte ihr nichts aus. Luke Lucas war zwar der Freund einer anderen, aber trotzdem genoss sie das Zusammensein mit ihm.

Sie unterhielten sich über den Krieg in Europa. Am Vormittag hatten rivalisierende Studentengruppen auf dem Radcliffe-Gelände Stände errichtet und Flugblätter verteilt. Die „Interventionisten“ plädierten leidenschaftlich für den Kriegseintritt

Amerikas, die anderen mit gleicher Inbrunst und unter dem Banner AMERIKA ZUERST für das Gegenteil.

„Ich habe Vettern und Kusinen in Paris“, sagte Luke, „und mir wär's recht, wenn wir rübergehen und sie retten könnten. Aber das ist ein eher persönliches Motiv.“

„Ich habe auch ein persönliches Motiv“, erwiderte Billie. „Ich bin Jüdin, aber mir wär's lieber, wir würden keine Amerikaner in den Tod schicken, sondern unser Land für Flüchtlinge öffnen – also Leben retten anstatt Menschen töten.“

„Anthony sagt das auch immer.“

„Ich kann dir gar nicht sagen, wie sauer ich auf Anthony bin“, erwiderte sie. „Er hätte wirklich dafür sorgen müssen, dass das mit der Übernachtung bei seinen Freunden klappt.“

Sie hoffte auf Lukes Mitgefühl, aber der enttäuschte sie. „Ich denke, ihr habt euch das beide ein bisschen zu einfach vorgestellt“, meinte er.

„Ich finde, dass es seine Pflicht gewesen wäre, meinen Ruf zu schützen.“

„Schon – aber auf deinen Ruf musst du eigentlich selbst aufpassen.“

Die herbe Kritik überraschte sie. „So was passiert mir jedenfalls nicht noch mal“, sagte sie und fragte sich, warum es ihr plötzlich so wichtig war, was er von ihr dachte.

Sie schwiegen eine Weile.

„Liebst du Anthony?“, fragte er plötzlich und sah sie an.

„Ich mag ihn, ich bin gerne mit ihm zusammen. Aber ich liebe ihn nicht.“ Sie musste an Lukes Freundin denken, die schöne und begehrenswerte Elsbeth. „Was ist mit dir? Liebst du Elsbeth?“

„Um ehrlich zu sein: Ich war noch nie so nah dran an der Liebe, aber ob sie es wirklich ist, weiß ich nach wie vor nicht."

„Hast du Elsbeth nicht dadurch, dass du bis nach Mitternacht mit ihr unterwegs warst, auch in eine riskante Lage gebracht?"

„Du hast Recht", sagte er. „Wir alle haben Vabanque gespielt."

Billie schüttelte den Kopf. „Ich weiß nicht, was ich machen soll, wenn sie mich von der Uni werfen."

„Dann musst du eben woanders weiterstudieren."

Sie schüttelte den Kopf. „Ich bekomme ein Stipendium. Mein Vater ist tot, meine Mutter eine mittellose Witwe. Wenn ich rausfliege, bin ich erledigt."

„Wie ein Mädchen mit Stipendium siehst du nicht gerade aus."

„Ich habe ein Leavenworth", erklärte sie.

„*Wow!*", rief Luke beeindruckt. Das Leavenworth-Stipendium wurde nur an besonders gute Studenten vergeben und war sehr großzügig bemessen. „Da musst du ja ein echtes Genie sein."

Sie lachte und genoss die Anerkennung in seiner Stimme. „Ich bin ja nicht einmal gescheit genug, dafür zu sorgen, dass ich heute Nacht ein Dach über dem Kopf habe", erwiderte sie. „Der Rausschmiss aus dem College wäre für mich der Weltuntergang."

„Was willst du denn mal werden?"

„Psychologin. Ich will herausfinden, wie der menschliche Geist funktioniert, warum wir logisch denken können und uns Dinge vorzustellen vermögen, die wir nicht unmittelbar vor uns sehen. Tiere können das nicht. Wusstest du übrigens, dass Fische kein Gedächtnis haben?"

Er nickte. „Ich habe mich schon oft gefragt, woher es kommt, dass fast jeder Mensch in der Lage ist, eine Oktave zu erkennen. Zwei Töne, bei denen die Frequenz des einen doppelt so hoch ist wie die des anderen – woher weiß das Gehirn das?“

„Du interessierst dich auch dafür?“ Es begeisterte sie, dass er ihre Neugier auf diesem Gebiet teilte. „Anthony hat erzählt, dass du den Weltraum erforschen willst.“

„Ja, ich finde, es gibt nichts Spannenderes.“

Sie lächelte. „Da haben wir ja etwas gemeinsam – wir haben beide hochfliegende Träume.“

Er lachte, doch dann trat er unvermittelt auf die Bremse. „Da vorn gabelt sich die Straße“, sagte er. „Guck mal nach, wohin wir fahren müssen.“

Billie knipste die Taschenlampe an und studierte die Karte, die auf ihren Knien lag. „Halt mal an, ich kann das so schnell nicht finden.“

Er hielt und beugte sich mit ihr über die Karte. „Ich glaube, wir sind da“, sagte er und deutete mit dem Zeigefinger auf die Stelle. Dabei berührte er Billies Hand. Sie war kalt, die seine warm.

Anstatt auf die Karte zu sehen, betrachtete Billie sein Gesicht. Eine Haarsträhne fiel über sein linkes Auge. Unwillkürlich hob Billie die Hand und strich mit der Außenseite ihres kleinen Fingers über seine Wange. Luke sah sie lange an.

Schließlich rückte er etwas von ihr ab und legte den ersten Gang ein. „Wir fahren ...“ Er räusperte sich. „Wir fahren hier links.“

Was treibst du denn da?, fragte sich Billie. Luke hat den Abend mit dem schönsten Mädchen auf dem Campus verbracht, und du bist mit seinem Zimmergenossen unterwegs gewesen. Nicht gerade die feine Art, jetzt mit ihm anzubändeln.

„Warum hast du das eben getan?“, fragte Luke ärgerlich.

„Ich weiß es nicht“, sagte sie. „Ich ... wollte das gar nicht. Es ist einfach passiert.“

Er nahm eine Kurve mit zu hohem Tempo. „Ich will nichts für dich empfinden.“

Billie war plötzlich atemlos. „Wie?“

„Ach, schon gut.“

Billie sah hinaus und erkannte die nächste Abzweigung. „Nächste links“, sagte sie. „Wenn du nicht langsamer fährst, verpasst du sie.“ Ein Teil von ihr wollte so schnell wie möglich ankommen, aus dem Wagen steigen und die unerträgliche Spannung hinter sich lassen, und trotzdem wäre sie am liebsten bis in alle Ewigkeit mit Luke weitergefahren.

„Wir sind da“, sagte sie ein paar Minuten später.

Sie hielten vor einem gepflegten, niedrigen Holzhaus mit geschnitzten Dachtraufen. Die Scheinwerfer des Ford strahlten eine Katze an, die reglos auf einem Fensterbrett saß und sie mit ruhigem Blick betrachtete.

„Komm doch eben mit rein“, sagte Billie. „Ich mache dir eine Tasse Kaffee, damit du auf der Rückfahrt nicht einschläfst.“

„Nein, danke“, sagte er. „Ich warte bloß noch, bis du sicher im Haus bist.“

„Vielen Dank, dass du mich gefahren hast.“ Sie streckte ihm zum Abschied die Hand entgegen.

„Sind wir Freunde?“, fragte er und schlug ein.

Billie zog seine Hand an ihr Gesicht, küsste sie, drückte sie gegen ihre Wange und schloss die Augen. Gleich darauf hörte sie

Luke leise stöhnen. Als sie die Augen wieder aufschlug, legte er seine Hand um ihren Nacken, zog sie an sich und küsste sie. Es war ein sanfter Kuss – weiche Lippen, warmer Atem und seine Hand federleicht in ihrem Nacken. Wenn er mich jetzt will, werde ich mich nicht wehren, dachte sie.

„Ich könnte mich innerhalb von zwanzig Minuten restlos in dich verlieben", murmelte sie, „aber Freunde? Nein, daraus wird nichts, glaube ich."

Atemlos sahen sie sich an, und sie spürte, dass in seinem Herzen der gleiche brennende Konflikt tobte wie in ihrem. Schließlich riss sie sich von ihm los, holte tief Luft und stieg aus.

Während sie durch den Vorgarten lief, wendete Luke den Wagen. Sie drehte sich um, um zu winken, und als er an ihr vorbeifuhr, sah sie, dass auf seinen Wangen ein eigenartiger Glanz lag. Dann verschwand er in der Dunkelheit.

8.30 Uhr: Der CIA war es gesetzlich verboten, Operationen innerhalb der Vereinigten Staaten durchzuführen, doch für Anthony Carroll, den Leiter der Technischen Dienste, war dieses Gesetz nicht mehr als eine Unbequemlichkeit. Die Technischen Dienste waren offiziell eine Trainings- und Ausbildungseinheit, die Rekruten beibrachte, wie man in Häuser einbricht, versteckte Mikrofone anbringt, wie man mit Geheimkodes und unsichtbarer Tinte arbeitet, Diplomaten erpresst und Informanten einschüchtert. Für Anthony war es ein Leichtes, verdeckte Aktionen innerhalb der USA als Trainingsmaßnahme zu deklarieren, ob es nun um die Telefonüberwachung von Gewerkschaftlern ging oder um einen Wahrheitsdrogentest an Gefängnisinsassen.

Die Überwachung von Luke bildete da keine Ausnahme.

Sechs Agenten hatten sich in Anthonys Büro versammelt. Pete Maxell reichte ein Fahndungsfoto von Luke herum, während Anthony die Männer instruierte. „Unsere Zielperson ist heute ein Beamter des Außenministeriums und hoher Geheimnisträger", sagte er. „Der Mann hat eine Art Nervenzusammenbruch erlitten. Er ist am Montag mit dem Flugzeug aus Paris gekommen, hat die Nacht im Carlton-Hotel verbracht und am Dienstag eine Sauftour unternommen. Nachdem er die ganze Nacht unterwegs war, hat er heute Morgen in einem Obdachlosenasyl Zuflucht gesucht. Er ist ein Sicherheitsrisiko."

Die Tür zu Anthonys Büro ging auf, und herein trat ein dicker, kahlköpfiger Mann mit Brille. Es war Carl Hobart, Anthonys direkter Vorgesetzter. Anthony rollte innerlich mit den Augen, ließ sich aber nichts anmerken und setzte seine Instruktionen fort. „Bevor wir unsere Karten auf den Tisch legen, wollen wir wissen, was das Objekt tut, wohin es geht, mit wem es gegebenenfalls Kontakt aufnimmt. Es ist möglich, dass er Informationen an die Gegenseite weitergibt. Sollte er tatsächlich in irgendeine Form von Geheimnisverrat verwickelt sein, müssen wir so viele Informationen wie möglich sammeln, bevor wir ihn uns schnappen ..."

Hobart unterbrach ihn: „Worum geht's hier eigentlich?"

Langsam drehte sich Anthony zu ihm um. „Eine kleine Trainingsstunde. Wir überwachen einen verdächtigen Diplomaten."

„Überlassen Sie das dem FBI", erwiderte Hobart kurz angebunden. „Das ist dessen Aufgabe, nicht unsere."

Anthony streifte Hobart mit einem kühlen Blick. „In einem Fall wie diesem lassen sich, wenn wir's richtig anstellen, massenhaft Informationen gewinnen. Die Leute vom FBI sind bloß an der guten Presse interessiert, wenn sie wieder ein paar Rote auf den elektrischen Stuhl gebracht haben. Wann hat das FBI eigentlich das letzte Mal was für uns getan?"

„Noch nie", antwortete Hobart gelassen. „Aber darüber wollte ich gar nicht mit Ihnen sprechen. Heute Vormittag findet eine Konferenz auf höchster Ebene statt. Ich brauche von Ihnen und Ihren erfahrensten Leuten Informationen über Kuba."

Das war Anthony nicht recht. Er hatte keine Zeit, und er brauchte seine besten Leute, um Luke im Auge zu behalten. „Ich werde sehen, was ich tun kann", sagte er ausweichend.

Doch mit so einer vagen Aussage gab sich Hobart nicht zufrieden. „Punkt zehn bei mir im Konferenzsaal", sagte er. „Sie mitsamt Ihren erfahrensten Männern. Keine Ausreden!" Er wandte sich zum Gehen.

Anthony traf eine Entscheidung. „Nein", sagte er. „Es geht heute nicht."

Hobart lief rot an. „Wenn Sie nicht erscheinen, dann hat das Folgen, darauf können Sie Gift nehmen." Er ging und knallte die Tür hinter sich zu.

„Zurück zum Thema", sagte Anthony. „Im Augenblick sind Simons und Betts am Objekt, sie werden jedoch in ein paar Minuten von Red Rifenberg und Ackie Horwitz abgelöst. Wir arbeiten in vier Schichten zu je sechs Stunden. Das wär's fürs Erste."

Die Agenten verließen Anthonys Büro, nur Pete Maxell blieb zurück. Er hatte sich rasiert und trug inzwischen wieder einen normalen Anzug mit Weste und eine schmale Krawatte.

„Ist das nicht ein bisschen riskant, wie Sie da mit Hobart umgehen?"

„Ich kann nicht zulassen, dass er eine wichtige Überwachungsaktion torpediert."

„Aber Sie haben ihn angelogen. Es kostet ihn nicht viel herauszufinden, dass Luke kein Diplomat aus Paris ist."

Anthony zuckte mit den Schultern. „Dann binde ich ihm eben einen anderen Bären auf."

Pete schien das nicht zu überzeugen, aber er nickte zustimmend und ging hinaus. Anthony war allein. Es war nicht das erste Mal, dass er sich über Carl Hobart geärgert hatte, und er brauchte eine Weile, um sich zu beruhigen. Er wusste, was als Nächstes kam.

Tatsächlich klingelte fünf Minuten später das Telefon, und Anthony nahm ab. „Hier Carroll."

„Du hast mal wieder Carl Hobart geärgert."

„Guten Morgen, George", sagte Anthony. George Cooperman war stellvertretender Leiter der Sektion Planungswesen und ein Kriegskamerad von Anthony. Er war außerdem Hobarts direkter Vorgesetzter. „Hobart soll mir nicht dauernd dazwischenfunken."

„Komm mal rüber, du arroganter Schnösel", sagte Cooperman liebenswürdig.

„Schon unterwegs." Anthony legte auf, öffnete die Schreibtischschublade und entnahm ihr einen dicken Umschlag. Dann zog er seinen Mantel an und ging hinüber zu Coopermans Büro.

Cooperman war ein hoch gewachsener, hagerer Mann von fünfzig Jahren. Man sah ihm an, dass er in seinem Leben viel geraucht und getrunken hatte.

„Welche Ausrede hast du diesmal?", fragte er streng.

Anthony warf ihm den Umschlag auf den Schreibtisch. Cooperman machte ihn auf und blätterte den Inhalt interessiert durch. „Blaupausen von einer Rakete“, meinte er. „Na, dann erzähl mal.“

„Ich hab sie einem Observationsobjekt weggenommen. Einem Spion, George.“

„Und du hast es vorgezogen, Hobart nichts davon zu erzählen.“

„Ich möchte diesem Kerl so lange auf den Fersen bleiben, bis er uns sein ganzes Netz verrät. Hobart würde den Fall ans FBI abtreten, und die würden den Kerl hinter Gitter bringen, ohne dass wir mehr über ihn herausfinden können.“

„Ich verstehe. Trotzdem brauche ich dich bei dieser Kuba-Konferenz. Dein Team soll die Observation weiterführen, und wenn etwas passiert, können sie dich aus dem Konferenzsaal holen.“

„Danke, George.“ Anthony erhob sich.

„Und pass bloß auf, dass bei dieser Observation nichts schief geht“, sagte Cooperman. „Wenn du deinen Vorgesetzten ärgerst und obendrein noch Mist baust, kann ich dir nicht mehr viel helfen.“

Anthony nickte und ging zurück in sein Büro, wo nicht nur Pete auf ihn wartete mit Simons, dem Mann mit dem Homburg, und Betts in seinem grünen Regenmantel, sondern auch die beiden Agenten, die sie hatten ablösen sollen, Rifenberg und Horwitz.

„Was ist denn hier los, Teufel noch mal?“, rief Anthony. „Wer überwacht Luke?“

„Niemand“, sagte Pete und schluckte. „Er …, äh …, er ist uns entwischt.“

ZWEITER TEIL

Die Jupiter-C-Rakete, die den Explorer-1-Satelliten ins All tragen soll, ist 20,09 m hoch und damit höher als ein großes Wohnhaus. Ihr Gewicht auf der Rampe beträgt 29030 kg doch das meiste davon ist Treibstoff. Der Satellit selbst ist lediglich 86 cm lang und wiegt nur knapp 8,2 kg.

10 Uhr: Die Nervenklinik in Georgetown war eine rote Backsteinvilla im viktorianischen Stil, an deren Rückseite sich ein moderner Anbau anschloss. Billie Josephson stellte ihren roten Ford Thunderbird auf dem Parkplatz ab und eilte durch den Haupteingang hinein.

Durch den Anruf von Bernard hatte sie sich verspätet. Billie hasste es, zu spät zu kommen; es kam ihr jedes Mal vor wie eine Respektlosigkeit gegenüber der eigenen Arbeit und der ihrer Kollegen.

An der Anmeldung warf sie kurz einen Blick auf die Liste mit den Neuzugängen. Gestern am späten Abend war noch ein neuer Patient eingeliefert worden: Joseph Bellow, ein Mann mit einer Schizophrenie, der aber in den frühen Morgenstunden wieder entlassen worden war. Das war seltsam.

Auf dem Weg zu ihrem Büro musste sie durch den Aufenthaltsraum der Patienten. Etliche sahen fern, andere lasen oder beschäftigten sich mit irgendwelchen Spielen. Einige wenige starrten mit leerem Blick vor sich hin. Billie winkte einem jungen Mann namens Tom zu, der die Bedeutung von Wörtern nicht zu erfassen vermochte.

„Wie geht's dir, Tommy?", rief sie und winkte. Er lächelte und winkte zurück. Körper- und Zeichensprache beherrschte er, und Billie hatte erst nach Monaten gemerkt, dass er kein einziges Wort verstand.

Durch die Glaswand eines Sprechzimmers sah Billie Ronald, einen Architekten, der bei einem Autounfall schwere Hirnverletzungen davongetragen hatte. Er konnte noch bestimmen, ob drei oder vier Gegenstände vor ihm auf dem Tisch lagen, aber wenn er zwölf vor sich hatte und sie zählen sollte, war er überfordert. Billie vermutete daher, dass die Fähigkeit, eine kleine Gruppe von Gegenständen rasch zu erfassen, sich völlig von der Fähigkeit des Zählens unterschied.

Es war ihr Ziel, das menschliche Gehirn zu kartieren: Hier ließ sich das Gedächtnis lokalisieren, dort die Sprache, an einer dritten Stelle das mathematische Denken und so weiter. Doch allein ging die Arbeit nur sehr langsam voran. Was sie brauchte, war ein Team von qualifizierten Mitarbeitern, und es war möglich, dass dieser Traum bald Wirklichkeit wurde. Nachdenklich stieg sie die Treppe in die erste Etage hinauf und dachte dabei an den geheimnisvollen Patienten mit der Schizophrenie, Joseph Bellow. Warum war der Mann mitten in der Nacht wieder entlassen worden?

In ihrem Büro stellte sie sich ans Fenster und sah hinaus. Es wurde ein neuer Krankenhausflügel gebaut, und wenn er fertig war, war die Stelle eines Forschungsdirektors zu besetzen. Billie hatte sich ebenso um diesen Posten beworben wie ihr Kollege Dr. Leonard Ross. Dr. Ross war älter als Billie, doch sie verfügte über größere Erfahrung und hatte mehr Publikationen vorzuweisen. Sie war sich sicher, dass sie Dr. Ross aus dem Feld schlagen konnte, wusste aber nicht, wer sonst noch im Rennen war.

Plötzlich fiel ihr auf, dass auf der Baustelle zwischen den Arbeitern eine Gruppe von Männern in Anzügen herumging. Als Billie genauer hinsah, erkannte sie, dass sich auch Dr. Ross unter ihnen befand. Sie wandte sich an ihre Sekretärin: „Wer sind diese Leute, die Dr. Ross da auf der Baustelle herumführt?"

„Sie kommen von der Sowerby-Stiftung."

Die Sowerby-Stiftung finanzierte den neuen Posten und hatte daher ein gewichtiges Wort bei dessen Besetzung mitzureden. Und Dr. Ross besichtigte mit ihren Abgesandten die Baustelle und machte sich lieb Kind!

„Wussten wir, dass diese Leute heute kommen?", wollte Billie wissen.

„Dr. Ross sagte, er hätte Ihnen eine Hausmitteilung zukommen lassen. Er war vorhin hier, um Sie abzuholen, aber Sie waren ja noch nicht da."

Billie hätte schwören können, dass es nie eine Hausmitteilung gegeben hatte. Dr. Ross hatte sie bewusst übergangen.

„Verdammt!", schimpfte sie und stürmte hinaus, um sich der Gruppe auf der Baustelle anzuschließen.

An Joseph Bellow dachte sie in den nächsten Stunden nicht mehr.

11 UHR: AUF seinem Weg zur Union Station überprüfte Luke alle paar Minuten, ob er nicht wieder verfolgt wurde. Zwar war er seine Beschatter schon vor über einer Stunde losgeworden, doch musste er davon ausgehen, dass sie ihn inzwischen such-

ten. Noch immer wusste er nicht, wer sie waren und was sie vorhatten.

Um mehr herauszufinden, musste er sich zunächst neue Kleidung beschaffen und sich waschen. Sein Plan war, einem Reisenden den Koffer zu stehlen. Ihm war klar, dass er im Falle seiner Festnahme keine Chance hatte, die Polizei davon zu überzeugen, dass er kein obdachloser Vagabund war. Er würde unweigerlich im Knast landen. Das Schlimmste daran wäre, dass er Wochen oder sogar Monate in Unkenntnis und Verwirrung würde verbringen müssen, ohne jede Möglichkeit, an diesem Zustand etwas zu ändern.

Er überlegte. Nach dem Diebstahl musste er so schnell wie möglich verschwinden, also brauchte er einen Wagen. Unweit des Bahnhofs parkte eine Reihe von Autos am Straßenrand. Als vor ihm ein Pkw in eine Parklücke fuhr, verlangsamte Luke seinen Schritt. Es war ein blau-weißer Ford, neu zwar, aber in keiner Weise besonders auffällig. Genau das Richtige.

Ein Mann in einem dunklen Mantel stieg aus, holte eine Aktentasche aus dem Kofferraum, sperrte den Wagen ab und verschwand in Richtung Bahnhof. Luke folgte ihm, um festzustellen, ob der Mann sich eine Fahrkarte kaufte und wegfahren wollte oder ob er nur jemanden abholte. Er hatte Glück, der Besitzer des Ford stellte sich an einem Fahrkartenschalter an, kaufte eine Fahrkarte und verschwand in Richtung Bahngleise. Er würde also so bald nicht wiederkommen, und folglich würde er den Diebstahl des Autos frühestens in ein paar Stunden bemerken.

Schnell ging Luke wieder aus dem Bahnhof hinaus. Wenn er später Zeit sparen wollte, musste er den Wagen schon jetzt knacken. Er wartete, bis niemand in unmittelbarer Nähe war, ging um den Wagen herum, blieb vor der Fahrertür stehen, presste beide Hände flach auf die Seitenscheibe und drückte sie hinunter. Nichts rührte sich. Luke stellte sich auf die Zehenspitzen, um den Druck auf den Fenstermechanismus mit seinem Körpergewicht zu verstärken. Endlich bewegte sich die Scheibe und glitt langsam hinunter. Als das Fenster offen war, fasste Luke ins Wageninnere, öffnete die Tür, kurbelte das Fenster hoch und ließ die Tür wieder ins Schloss fallen. Nun war alles für eine rasche Flucht vorbereitet.

Er kehrte wieder ins Bahnhofsgebäude zurück. Der günstigste Moment, sich einen fremden Koffer anzueignen, war unmittelbar nach der Ankunft eines dicht besetzten Fernzugs, wenn sich die Menschen in der Halle drängten. Luke ging zu einer Informationstafel, an der ein Fahrplan ausgehängt war, sah auf die Uhr und stellte erfreut fest, dass in zwölf Minuten ein Expresszug aus New York eintreffen sollte. Rasch ging er zu den Gleisen und wartete.

Als die ersten Reisenden ausstiegen, hielt Luke Ausschau nach einem Mann, der so groß war wie er selbst und in etwa die gleiche Figur hatte. Er sah einen älteren Herrn, der die geeignete Größe hatte, doch er kam nicht infrage, weil er zu dünn war. Wieder ein anderer war vom Körperbau her genau der Richtige, doch trug er nur eine Aktentasche bei sich. Inzwischen waren mindestens hundert Passagiere ausgestiegen, und die Bahnhofshalle war voll mit ungeduldigen Menschen. Da endlich wurde Luke fündig: Der Mann war so groß wie er, ähnlich gebaut und auch ungefähr im gleichen Alter. Sein grauer Mantel stand offen, und darunter sah man ein Sportjackett aus Tweed und eine Flanellhose – in dem braunen Lederkoffer, den der Mann in der rechten Hand hielt, befand sich also wahrscheinlich ein Geschäftsanzug.

Entschlossen mischte sich Luke unter die Reisenden und drängelte sich vor, bis er unmittelbar hinter dem Mann war. Es ging langsam voran, doch als sich eine kleine Lücke auftat, machte der Mann einen schnellen Schritt vorwärts. In genau diesem Augenblick stellte Luke ihm ein Bein. Der Mann schrie auf und fiel nach vorne. Dabei ließ er sowohl den Koffer als auch die Aktentasche los und prallte gegen eine Frau im Pelzmantel, die daraufhin ebenfalls ins Stolpern geriet und einen spitzen Schrei ausstieß. Beide stürzten zu Boden. Rasch waren andere Reisende zur Stelle, versuchten zu helfen und fragten: „Brauchen Sie Hilfe? Haben Sie sich wehgetan?“ Ohne Hast ergriff Luke den braunen Lederkoffer und ging mit schnellen Schritten davon, ohne sich umzusehen. Am Ausgang riskierte er einen Blick zurück. Weder sein Opfer noch die Frau im Pelzmantel war zu sehen, doch ein großer Mann spähte in der Halle umher, als sei er auf der Suche nach etwas Bestimmtem. Plötzlich drehte er den Kopf und sah in Lukes Richtung. Luke verließ schleunigst das Gebäude.

Eine Minute später war er bei dem Ford an der Massachusetts Avenue und schleuderte den Koffer auf den Rücksitz. Dann setzte er sich auf den Fahrersitz und knallte die Tür zu. Unter dem Armaturenbrett fand er die Kabel zu beiden Seiten des Zündschlosses. Er zog sie hervor und brachte sie miteinander in Kontakt. Nichts geschah. Trotz der Kälte lief ihm nun der Schweiß über die Stirn. Rechts vom Zündschloss fand er ein weiteres Kabel. Er zog es heraus und berührte mit ihm das linke Kabel.

Der Motor sprang an. Er schaltete die Automatik auf „D", löste die Handbremse und fuhr aus der Parklücke. Ein Lächeln huschte über sein Gesicht, während er davonfuhr. Wenn er nicht ganz großes Pech hatte, besaß er nun eine vollständige, blitzsaubere Garderobe. Er brauchte nur noch einen Platz, an dem er duschen und sich umziehen konnte.

12 Uhr: Der Count-down stand bei X minus 630 Minuten, und in Cape Canaveral herrschte hektische Betriebsamkeit. Für die meisten Mitarbeiter des Explorer-Teams, zu dem auch Elsbeth gehörte, bedeutete der Start am Abend die Erfüllung eines großen Traumes.

Das Team arbeitete in Hangar D und dem daneben liegenden Hangar R, in dem Elsbeth ihren Schreibtisch hatte. Er stand im Büro des Startleiters Willy Fredrickson, der ihr direkter Vorgesetzter war. Elsbeths Aufgabe bestand darin, den Zeitplan für den Start auszuarbeiten und zu verteilen.

Dieser Zeitplan wurde laufend geändert. Kein Mensch in Amerika hatte je zuvor eine Rakete mit einem Weltraumsatelliten ins All geschickt. Immer wieder tauchten neue Schwierigkeiten auf: Ein Bauteil musste behelfsmäßig ausgetauscht, ein System überbrückt werden. Elsbeth erstellte die jeweils neuesten Versionen des Zeitplans. Dafür musste sie ständig unterwegs sein und fast alles wissen. Ihre Berufsbezeichnung war Sekretärin, und sie erhielt auch nur das Gehalt einer Sekretärin, doch ohne naturwissenschaftliches Hochschulstudium hätte sie ihre Aufgabe nicht bewältigen können.

Die 12-Uhr-mittags-Version des Zeitplans war fertig, und sie machte sich auf den Weg, um sie zu verteilen. Sie war furchtbar in Eile, aber das war ihr heute gar nicht unlieb, verhinderte der Stress doch, dass sie sich ständig Gedanken um Luke machte. Zunächst suchte sie die Presseabteilung auf. Aus bitterer Erfahrung hatten die Raketenexperten gelernt, dass ein Routineaufschub wegen technischer Probleme von der Presse oft als Unfähigkeit der Ingenieure gedeutet wurde, also waren sie inzwischen mehr als zurückhaltend mit der Herausgabe von Informationen.

In der Presseabteilung arbeiteten nur Männer, und einige von ihnen starrten Elsbeth nach, als sie durch das Büro ging, um dem Pressesprecher den Zeitplan zu geben. Sie wusste, dass sie attraktiv war mit ihren roten Haaren, der hellen Haut und ihrer guten Figur. Trotzdem kam es fast nie vor, dass ihr jemand nachpfiff oder sie „Schätzchen" nannte. Man hatte Respekt vor ihrer scharfen Zunge und dem gefährlichen Glitzern in ihren grünen Augen.

Im Triebwerkentwicklungslabor traf Elsbeth fünf Wissenschaftler in Hemdsärmeln, die vor einer Werkbank standen und besorgt ein flaches Metallstück betrachteten, das aussah, als wäre es in ein Feuer geraten.

„Guten Tag, Mrs Lucas", sagte Dr. Keller. Er sprach Englisch mit einem starken Akzent. Wie die meisten anderen Experten war er ein Deutscher, der gegen Kriegsende in Gefangenschaft geraten und nach Amerika gebracht worden war, um dort an der Raketenentwicklung mitzuarbeiten.

Elsbeth gab ihm sein Exemplar des neuen Zeitplans und zeigte auf den Gegenstand, der auf der Werkbank lag. „Was ist das?", fragte sie.

„Ein Messflügel", erklärte Dr. Keller.

Elsbeth wusste, dass die Steuerung der ersten Stufe der Raketenzündung über Messflügel im Abgasstrom erfolgte. „Und was ist los mit dem da?“, fragte sie.

„Mit normalem Alkohol als Treibstoff halten die Flügel lange genug, um ihre Aufgabe zu erledigen. Heute benutzen wir aber einen neuen Treibstoff, der eine längere Brenndauer und mehr Schubkraft besitzt. Die Messflügel korrodieren zu früh und verlieren möglicherweise ihre Funktion. Das wissen wir aber nicht genau.“

„Ergibt sich dadurch wieder eine Verzögerung des Starts?“, fragte Elsbeth.

„Das versuchen wir ja gerade zu entscheiden. Aber ich glaube, dass wir das Risiko eingehen werden.“ Die anderen nickten düster.

„Ich drücke die Daumen, dass es klappt“, sagte Elsbeth und ging hinaus in die sengende Sonne Floridas. Sie überquerte einen staubigen Sandplatz und betrat Hangar D.

Im Telemetrieraum traf sie auf Hans Mueller, den alle nur Hank nannten. Er zeigte mit dem Finger auf sie. „Hundertfünfunddreißig“, sagte er.

Es war ein Spiel, das zwischen ihnen zur Gewohnheit geworden war. Elsbeth musste erklären, was an der genannten Zahl ungewöhnlich war. „Zu leicht“, sagte sie. „Nehmen Sie die erste Ziffer, fügen Sie das Quadrat der zweiten hinzu und die dritte Potenz der dritten und schon haben Sie Ihre Zahl.“ Sie nannte ihm die Gleichung: $1^1 + 3^2 + 5^3 = 135$.

„Richtig! Sie gewinnen den ersten Preis.“ Er zog aus seiner Hosentasche ein 10-Cent-Stück hervor.

Elsbeth nahm es entgegen. „Ich gebe Ihnen die Chance, es

zurückzugewinnen“, sagte sie zu ihm. „Hundertsechsunddreißig.“

„Ach ja ...“ Er zog die Stirn kraus. „Moment ... Addieren Sie die dritten Potenzen der einzelnen Ziffern: $1^3 + 3^3 + 6^3 = 244$. Und jetzt wiederholen Sie den Vorgang mit den neuen Ziffern! Dann erhalten Sie die Zahl, die Sie genannt haben: $2^3 + 4^3 + 4^3 = 136$.“

Mit der Kopie des neuen Zeitplans gab Elsbeth ihm seine Münze zurück.

Ihr Vorgesetzter Willy Fredrickson stand mit zwei Technikern in der Fernmeldezentrale. Der Fernschreiber funktionierte nicht, worüber Fredrickson sich maßlos ärgerte, aber trotzdem lächelte er Elsbeth dankbar an, als sie ihm den Zeitplan reichte. „Sie sind ein Goldstück, Mrs Lucas. Vielen Dank!“, sagte er.

Elsbeth wollte gerade gehen, als zwei Männer eintrafen, die Fredrickson sprechen wollten – ein junger Armeeoffizier, der eine Karte in der Hand hielt, und der Wissenschaftler Dr. Stimmens. „Wir haben da ein Problem“, erklärte der Offizier und gab Fredrickson die Karte. „Der Jetstream hat sich nach Süden verlagert und bläst jetzt mit 270 Stundenkilometern.“

Es war zum Verzweifeln! Elsbeth wusste, was das bedeutete. Der Jetstream war ein Wind in der Stratosphäre, ungefähr in einer Höhe von 9000 bis 12000 Metern. Über Cape Canaveral gab es normalerweise keinen Jetstream, aber manchmal dehnte er sich bis dorthin aus. Wenn der Jetstream zu stark war, konnte er die Rakete vom Kurs abbringen.

Fredrickson wandte sich an Dr. Stimmens. „Das haben wir doch einkalkuliert, oder?“

„Wir haben es einkalkuliert, aber nach unseren Schätzungen

kann die Rakete einer Windstärke von höchstens 222 Stundenkilometern widerstehen, mehr nicht“, erwiderte Stimmens.

Fredrickson wandte sich wieder an den Offizier. „Wie lautet die Vorhersage für heute Abend?“

„Bis zu 328 Stundenkilometern.“

Fredrickson fuhr sich mit der Hand über seinen glatten Schädel. Unter diesen Umständen musste der Start vermutlich auf den nächsten Tag verschoben werden. „Schicken Sie bitte einen Wetterballon hoch“, ordnete er an. „Wir werden uns heute Nachmittag um fünf noch einmal die Vorhersage ansehen.“

Elsbeth notierte sich den Termin und ging. Ihre Stimmung war gedrückt. Technische Probleme ließen sich lösen, aber gegen das Wetter war kein Kraut gewachsen.

Draußen auf dem Gelände setzte sie sich in einen Jeep und fuhr zur Abschussrampe 26. Vor dem Zentralgebäude, dem so genannten „Blockhaus“, hielt sie an und spähte hinüber zur Rampe 26 B, die von ihrem Beobachtungspunkt etwa dreihundert Meter entfernt war.

Die Vorrichtung war eine umgebaute ehemalige Ölbohrplattform. Zum Schutz vor der feuchten, salzigen Luft in Florida hatte man sie mit orangeroter Rostschutzfarbe gestrichen. Die Jupiter-C-Rakete sah aus wie ein riesiger weißer Bleistift und schien in dem Gewirr aus orangefarbenen Trägern gefangen wie eine Libelle in einem Spinnennetz. Ein Brautschleier aus Segeltuch hatte bisher die oberen Stufen vor neugierigen Augen abgeschottet, doch inzwischen hatte man ihn entfernt, und die Rakete bot sich frei den Blicken dar. Der makellose weiße Anstrich strahlte hell im Sonnenlicht.

Die Wissenschaftler wussten, dass in diesen Tagen die Augen

der ganzen Welt auf diese Rakete gerichtet waren. Vier Monate zuvor war der Sowjetunion mit dem Start des Sputnik, des ersten Weltraumsatelliten, ein Coup gelungen, der rund um den Globus für größte Aufmerksamkeit gesorgt hatte. Einen Monat später hatte die Sowjetunion mit Sputnik 2 bereits einen zweiten Satelliten in die Erdumlaufbahn geschickt, diesmal mit einem Hund an Bord. Die Amerikaner hatten lange Gesichter gemacht. Wann schickten die Sowjets den ersten Menschen ins All?

Präsident Eisenhower hatte versprochen, dass noch vor Ende des Jahres ein amerikanischer Satellit im All sein würde. Am ersten Freitag im Dezember um fünfzehn Minuten vor zwölf zündete die Air Force vor den Augen der Weltpresse die Vanguard-Rakete. Sie stieg ein paar Meter hoch in die Luft, fing Feuer, kippte zur Seite und zerschellte auf dem Beton. EIN FLOPNIK!, spottete die Presse.

Die Jupiter-C-Rakete war Amerikas letzte Hoffnung, denn eine dritte Rakete würde es nicht geben. Wenn heute wieder alles schief ginge, hätten die USA den Wettlauf um die Eroberung des Weltraums verloren, und der erdnahe Weltraum bliebe bis auf weiteres eine Domäne der UdSSR.

Alles hängt nun an dieser einen Rakete dort, dachte Elsbeth.

Auf dem Gelände vor der Abschussrampe waren keine Fahrzeuge zugelassen. Elsbeth stieg also aus und ging zu Fuß über den freien Platz. Auf der Rückseite der Rampe lag eine lang gestreckte Stahlbaracke mit Büro- und Maschinenräumen. Elsbeth betrat sie durch eine Hintertür.

Harry Lane, der Rampenleiter, saß auf einem Klappstuhl und studierte eine Blaupause. „Hallo, Mr Lane“, sagte Elsbeth fröhlich.

Doch Harry Lane mochte keine Frauen auf der Abschussrampe und ließ sie das deutlich spüren. Er grüßte nicht zurück, sondern brummte etwas Unverständliches, ohne aufzusehen.

Elsbeth legte ihm den neuen Zeitplan auf den Tisch und ging. Dann fuhr sie zurück zum Hangar R, und ihr ging auf, dass sie einen perfekten Vorwand hatte, Anthony anzurufen. Sie konnte ihm von dem Jetstream erzählen und sich bei dieser Gelegenheit nach Luke erkundigen.

In ihrem Büro wählte sie Anthonys Nummer und hatte ihn sofort am Apparat. „Der Start wird höchstwahrscheinlich auf morgen verschoben", berichtete sie. „In der Stratosphäre wehen zu starke Winde. Heute Nachmittag um fünf gibt es einen neuen Wetterbericht, danach fällt die Entscheidung. Wie geht's Luke?"

„Na ja – da gibt's ein kleines Problem. Wir haben ihn verloren."

Ein kalter Schauer durchfuhr Elsbeth. „Wie bitte?"

„Er ist meinen Leuten entwischt."

„Ach du meine Güte!", rief sie aus. „Jetzt sitzen wir in der Tinte."

1941

Im Morgengrauen kehrte Luke nach Boston zurück. Er schlüpfte durch die Hintertür ins Cambridge House, gelangte über die Nottreppe in sein Studentenzimmer und zog sich aus. Anthony schlief schon wie ein Murmeltier. Luke ließ sich auf sein Bett fallen und kam erst wieder zu sich, als Anthony ihn schüttelte. „Luke! Steh auf!", rief er.

Luke öffnete die Augen. „Wie viel Uhr ist es?"

„Ein Uhr mittags! Unten wartet Elsbeth auf dich."

Als er Elsbeths Namen hörte, war er plötzlich hellwach. Er wusste wieder, was in der Nacht geschehen war: Er hatte sich in Billie Josephson verliebt und war drauf und dran, alle mit hineinzuziehen: Elsbeth, Billie und Anthony.

Schnell stand er auf, duschte kalt, zog sich eine Flanellhose über, schlüpfte in einen Sweater, stieg in seine Tennisschuhe und lief die Treppe hinunter.

Elsbeth wartete in der Lobby, der einzigen Räumlichkeit im ganzen Haus, zu der Mädchen Zutritt hatten. Es war ein großer Raum mit einem offenen Kamin und bequemen Sesseln. Elsbeth, schön wie immer, trug ein glockenblumenblaues Wollkleid und einen großen Hut. Sie lachte, als sie seiner ansichtig wurde. „Du siehst aus wie ein kleiner Junge, der verpennt hat!"

Er küsste sie auf die Wange und ließ sich in einen Sessel fallen. „Die Fahrt nach Rhode Island dauerte Ewigkeiten", sagte er.

„Dir ist offensichtlich entfallen, dass du mich heute zum Mittagessen ausführen wolltest", erwiderte Elsbeth gut gelaunt.

Er sah sie an. Er liebte sie nicht mehr und kam sich vor wie ein Verräter, aber irgendetwas musste er sagen. „Können wir das Mittagessen heute ausfallen lassen? Ich bin noch nicht einmal rasiert."

Luke kannte sie gut genug, um zu wissen, dass sie etwas ahnte.

Ein Schatten flog über ihr Gesicht. „Ja, natürlich", sagte sie. „Wir können uns ja später noch sehen."

„Es tut mir Leid, dass du dich umsonst so schön gemacht hast", meinte er.

„Es war nicht umsonst – ich habe dich ja gesehen." Sie erhob sich. „Bei Professor Durkham und seiner Frau ist heute Mittag ein kleiner Empfang. Da werde ich hingehen."

Luke sprang auf und half ihr in den Mantel. „Wollen wir uns heute Abend treffen?"

„Ja, gerne", sagte sie freudestrahlend. „Hol mich um sechs ab."

Bedrückt kehrte er in sein Zimmer zurück. „Hat heute Morgen jemand was gesagt wegen gestern Nacht?", fragte er Anthony.

„Kein Wort."

„Billie ist 'n tolles Mädchen", sagte Luke.

„Die ist 'ne Wucht, was?", gab Anthony zurück.

Jemandem die Freundin wegzunehmen war ohnehin schon das Letzte, aber dass Anthony offensichtlich in Billie ganz vernarrt war, machte die Sache nur noch schlimmer. Luke seufzte.

„Was 'n mit dir los?", fragte Anthony.

Luke rang sich zu einer Halbwahrheit durch. „Ich liebe Elsbeth nicht mehr. Ich glaube, ich muss Schluss mit ihr machen."

Anthony sah ihn erschrocken an. „Ihr zwei passt doch so gut zusammen", sagte er.

„Ich komme mir vor wie der letzte Schuft."

Anthony zog die Augenbrauen hoch. „Hast du ihr etwa einen Antrag gemacht?"

„Nein. Aber wir haben darüber gesprochen, wie viele Kinder wir haben wollen."

„Verlobt seid ihr deshalb noch lange nicht."

„Nein, da hast du Recht. Trotzdem komme ich mir verdammt schäbig vor."

Es klopfte an die Tür, und ein Mann, den Luke noch nie gesehen hatte, betrat das Zimmer. Er hielt zwei weiße Briefumschläge in der Hand, und Luke hatte das unangenehme Gefühl, dass er genau wusste, was darin stand.

„Der Dekan hat mich gebeten, Ihnen diese Dokumente persönlich auszuhändigen." Der Mann überreichte Anthony den einen, Luke den anderen Umschlag und ging.

„Verflucht!", sagte Anthony und riss das Kuvert auf. Auch Luke öffnete seinen Umschlag. Sie wurden gebeten, um 15 Uhr im Büro des Dekans zu erscheinen.

Solche Briefe bedeuteten stets, dass es Schwierigkeiten disziplinärer Art gab. Es hatte also jemand gemeldet, dass in der vergangenen Nacht ein Mädchen im Haus gewesen war. Anthony musste damit rechnen, vom College verwiesen zu werden.

Wieder klopfte es an die Tür, und diesmal kam Geoff Pidgeon herein, der nette, rundliche Kommilitone aus dem Zimmer gegenüber. „Habe ich hier gerade den Sekretär des Dekans gesehen? Also, eines versichere ich euch: Ich habe keiner Menschenseele erzählt, dass du gestern ein Mädchen hier hattest, Anthony."

„Und wer war's dann?", wollte Anthony wissen. „Die einzige Petze im Haus ist Jenkins. Aber der ist dieses Wochenende gar nicht da."

„Doch", sagte Pidgeon. „Er hat es sich anders überlegt."

„Dann war er es!", rief Anthony. „Ich drehe diesem Hurensohn eigenhändig den Hals um!"

„Ich frage mich, ob Billie und Elsbeth auch solche Briefe bekommen haben", sagte Luke.

„Wenn er ihre Namen kennt, dann hat er sie garantiert auch gemeldet", meinte Pidgeon. „So was sieht dem ähnlich."

„Elsbeth kann nichts passieren“, sagte Luke. „Sie war ja gar nicht hier. Bei Billie ist das anders. Sie könnte rausfliegen. Und dann würde sie ihr Stipendium verlieren.“

„Über Billie kann ich mir jetzt nicht den Kopf zerbrechen.“ Anthony sah aus dem Fenster.

Luke traute seinen Ohren nicht. Anthony hatte Billie in die Bredouille gebracht, und Luke war der Meinung, dass er zunächst einmal überlegen müsste, wie er ihr helfen konnte, bevor er an sich selbst dachte. Aber Luke sah plötzlich auch einen Vorwand, mit Billie zu sprechen, und dieser Versuchung konnte er nicht widerstehen. „Ich könnte doch mal bei den Mädchen vorbeischauen und nachsehen, ob Billie schon aus Rhode Island zurück ist“, sagte er.

„Würdest du das tun?“, fragte Anthony. „Ich wäre dir echt dankbar.“

Luke rasierte sich schnell und zog sich um, bevor er hinüberging ins Studentinnenwohnheim von Radcliffe. Ein uniformiertes Zimmermädchen ließ ihn ein. Er fragte nach Billie. Das Zimmermädchen setzte sich an einen Schreibtisch, nahm ein Sprachrohr zur Hand, wie man es auch von Schiffen kannte, und blies in das Mundstück. „Besucher für Miss Josephson“, sagte sie.

In taubengrauem Kaschmirpullover und Schottenrock kam Billie ein paar Minuten später die Treppe herunter. Sie sah reizend aus, aber auch sehr bedrückt, und Luke musste sich zusammenreißen, um sie nicht spontan in die Arme zu nehmen. Sie erzählte sofort, dass auch sie und Elsbeth eine Vorladung erhalten hatten.

Billie führte Luke ins Raucherzimmer, wo den Mädchen gestattet war, männliche Besucher zu empfangen. „Was soll ich tun?“, fragte sie. Ihr Gesicht war ganz schmal vor Kummer, und Luke fand sie noch hinreißender als in der vergangenen Nacht.

„Anthony könnte behaupten, er habe eine andere mit im Zimmer gehabt.“

„Das nimmt ihm doch kein Mensch ab“, sagte Billie. „Ich muss wieder nach Dallas und werde Sekretärin bei einem Ölheini in Cowboystiefeln.“ Sie lächelte bitter.

Da kamen zwei Mädchen in Hut und Mantel hereingestürmt. Ihre Gesichter waren gerötet. „Habt ihr die Nachrichten gehört?“, fragte die eine.

Luke, dem die Nachrichten in diesem Moment vollkommen gleichgültig waren, schüttelte den Kopf.

„Was gibt's denn?“, fragte Billie, ohne dass sie es wirklich wissen wollte.

„Es gibt Krieg.“

Luke runzelte die Stirn. „Wie bitte?“

„Doch, wirklich“, sagte das andere Mädchen. „Die Japaner haben Hawaii bombardiert! Alle Welt redet darüber.“

Billie sah Luke an. „Ich habe Angst“, sagte sie.

Er nahm ihre Hand. Gern hätte er gesagt: Ich werde mich um dich kümmern, was immer geschehen mag, doch er schwieg. Zwei weitere Mädchen kamen aufgeregt redend ins Raucherzimmer gerannt. Irgendjemand brachte ein Radio von oben, steckte den Stecker in die Dose, und alles wartete gespannt, bis das Gerät warm gelaufen war. Endlich ertönte die Stimme des Nachrichtensprechers: „Wie es heißt, ist das Schlachtschiff *Arizona* zerstört und die *Oklahoma* in Pearl Harbor versenkt worden. Die Verluste unter den amerikanischen Soldaten werden auf mindestens zweitausend Tote und tausend Verwundete geschätzt."

Luke spürte, wie kalte Wut in ihm aufstieg. „Zweitausend Tote!", wiederholte er fassungslos.

„Das bedeutet Krieg, nicht wahr?", fragte Billie.

„Darauf kannst du Gift nehmen", erwiderte Luke.

Billie drückte seine Hand. „Ich möchte nicht, dass du in den Krieg ziehst", sagte sie, und Tränen standen ihr in den Augen. „Ich will nicht, dass dir was passiert."

Luke sah sie an, und sein Herz war übervoll. „Es ..., es macht mich so glücklich, dass du ..., dass du so denkst." Er lächelte traurig. „Die Welt fällt in Stücke, und ich bin glücklich." Doch dann warf er einen Blick auf seine Armbanduhr. „Den Gang zum Dekan wird uns leider auch der Krieg nicht ersparen."

ELSBETH war nervös, redete sich jedoch ein, dass es für sie keinen Anlass zur Sorge gab. Sie hatte letzte Nacht zwar die Sperrstunde überschritten, war aber bei ihrer Rückkehr nicht erwischt worden.

Dekan Peter Ryder öffnete die Tür und hieß sie eintreten. Mr Ryder war ein pedantischer, altmodischer Mann in einem ordentlichen schwarzen Gehrock mit Weste und grau gestreifter Hose. Sein Binder war eine perfekte Fliege und sein Haar mit viel Brillantine perfekt frisiert. Ebenfalls zugegen war Iris Rayford, eine humorlose grauhaarige ältere Dame, die für das moralische Wohlverhalten der Studentinnen von Radcliffe zuständig war.

Sie bildeten einen Stuhlkreis wie in einem Seminar. Der Dekan zündete sich eine Zigarette an. „So, meine Herren", begann er. „Was ist vergangene Nacht auf Ihrem Zimmer vorgefallen?“

„Wo ist Jenkins?“, fragte Anthony brüsk. „Er hat uns angeschwärzt, oder? Jeder hat das Recht, mit seinem Ankläger konfrontiert zu werden.“

„Das hier ist keine Gerichtsverhandlung, Mr Carroll“, erwiderte der Dekan. „Miss Rayford und ich wurden beauftragt, die Tatsachen aufzuklären. Disziplinarmaßnahmen, sofern sie sich denn als notwendig erweisen, erfolgen dann im weiteren Verlauf des Verfahrens.“

„Ich glaube, wir können die Sache abkürzen“, sagte Luke mit einer ungeduldigen Geste. „Ich habe gestern Abend eine Frau ins Haus gebracht, Sir.“

Elsbeth hielt vor Schreck die Luft an und fragte sich, was Luke vorhatte.

Der Dekan zog die Brauen zusammen. „Nach meinen Informationen war es Mr Carroll, der diese Frau ins Haus lud.“

„Ich fürchte, da hat man Sie falsch unterrichtet.“

„Das stimmt doch gar nicht!“, rief Elsbeth aus.

Luke streifte sie mit einem Blick, der ihr eiskalt durch die Glieder fuhr. „Miss Twomey war um Mitternacht auf ihrem Zimmer, wie Ihnen das Meldebuch der Aufseherin bestätigen wird.“

Elsbeth starrte ihn an. Das Meldebuch würde es bestätigen, natürlich, denn eine Freundin hatte ja ihre Unterschrift gefälscht. Ihr wurde klar, dass sie besser den Mund hielt, bevor sie sich um Kopf und Kragen redete.

Was hatte Luke bloß im Sinn?

Vollkommen perplex starrte Anthony Luke an, aber er sagte nichts.

„Ich habe ein Mädchen im ‚Dew Drop Inn‘ aufgegabelt“, fuhr

Luke fort. „Sie arbeitet dort als Kellnerin. Ihr Name ist Angela Carlotti."

„Nach meinen Informationen handelte es sich bei der Person, die im Cambridge House gesehen wurde, um die hier anwesende Miss Bilhah Josephson", sagte der Dekan.

„Nein, Sir", widersprach Luke im Tonfall unerschütterlicher Gewissheit. „Miss Josephson ist eine Freundin von uns, aber sie war gar nicht in der Stadt, sondern hat die vergangene Nacht bei einem Verwandten in Rhode Island verbracht."

Miss Rayford wandte sich an Billie: „Wird der Verwandte diese Aussage bestätigen?"

Billie warf Luke einen verwirrten Blick zu. „Gewiss, Miss Rayford", sagte sie.

„Können Sie diese ... Kellnerin als Zeugin beibringen?", wollte Ryder von Luke wissen.

„Ja, Sir, das kann ich, aber ich habe nicht die Absicht, sie in diese Angelegenheit hineinzuziehen", erklärte Luke.

„In diesem Fall fällt es mir allerdings schwer, Ihnen Ihre Geschichte abzunehmen."

„Ich glaube nicht, dass Miss Carlottis Aussage noch erforderlich sein wird."

„Da bin ich anderer Meinung, Mr Lucas."

Nun ließ Luke die Bombe platzen. „Ich werde die Universität noch heute Abend verlassen. Ich werde mich morgen Vormittag zum Militärdienst melden, Sir."

„Nein!", schrie Elsbeth. Ihr ging auf, wie clever Luke das eingefädelt hatte. Gegen einen Studenten, der sein Leben fürs Vaterland riskierte, konnte kein Disziplinarverfahren eingeleitet werden. Und sie begriff, dass er es nur tat, um Billies Haut zu retten.

Der Dekan starrte Luke an und murmelte etwas über einen Bericht, den er verfassen müsse. Miss Rayford schrieb sich die Adresse von Billies Cousin auf. Doch die beiden wussten, dass sie ausmanövriert worden waren.

Kaum waren sie draußen, brach Billie in Tränen aus. „Zieh nicht in den Krieg, Luke!“, flehte sie.

„Du hast mir das Leben gerettet!“, sagte Anthony und umarmte Luke. „Ich werde dir das nie vergessen, niemals.“

Luke drehte sich zu Elsbeth um. Sie holte aus und schlug ihn ins Gesicht, nur einmal, aber sehr hart.

„Du Dreckschwein!“, sagte sie. Dann machte sie kehrt und marschierte davon.

13 UHR: LUKE suchte eine ruhige Wohngegend. Vom Bahnhof aus war er Richtung Westen gefahren, hatte einen Fluss überquert und befand sich nun in einem sehr schönen, altmodischen Vorort mit vielen schmalen, von Bäumen gesäumten Straßen. Er kam an einem Gebäude vorbei, das ein Schild als NERVENKLINIK GEORGETOWN auswies, und schloss daraus, dass der Vorort Georgetown hieß. Ringsum standen kleine Häuser, die nicht so aussahen, als ob die Besitzer Hausangestellte beschäftigten. Es müsste also möglich sein, ein leeres Haus zu finden, in das er einbrechen und in dem er sich duschen, rasieren und umziehen konnte. Am Ende einer Sackgasse wendete Luke und parkte den gestohlenen Ford so, dass er im Notfall schnell wieder verschwinden konnte.

Er blieb im Auto sitzen und überlegte. Um in ein abgeschlossenes Haus zu gelangen, brauchte er einen Schraubenzieher und einen Hammer. Wahrscheinlich befand sich ein kleiner Werkzeugkasten im Kofferraum, doch als er versuchte, ihn zu öffnen, musste er feststellen, dass er abgeschlossen war. Ein Stück Draht, er brauchte ein Stück Draht. Rasch öffnete er den gestohlenen Koffer und fand in einer Aktenmappe eine Büroklammer, mit der sich der Kofferraum leicht öffnen ließ. Tatsächlich fand er neben dem Wagenheber die erhofften Werkzeuge. Er suchte den größten Schraubenzieher heraus. Ein Hammer fehlte, aber es gab einen schweren, justierbaren Schraubenschlüssel, der den gleichen Zweck erfüllen konnte. Er steckte die beiden Werkzeuge in die Tasche seines Mantels, holte den gestohlenen Koffer aus dem Wagen und machte sich auf den Weg. Ihm war klar, dass ein in Lumpen gekleideter Penner, der in einem netten Wohnviertel unterwegs war, ziemlich verdächtig wirkte. Wenn irgendein Wichtigtuer die Polizei rief, steckte er in den größten Schwierigkeiten, aber wenn alles gut ging, konnte er innerhalb einer halben Stunde gewaschen, rasiert und wie ein anständiger Bürger gekleidet sein.

Luke kam zum ersten Haus in der Straße. Er ging durch einen kleinen Vorgarten und klopfte an die Tür.

ROSEMARY SIMS sah einen netten blau-weißen Wagen langsam an ihrem Haus vorbeifahren und fragte sich, wem er wohl gehörte. Ihre Augen waren noch sehr gut, und von ihrem gemütlichen Ohrensessel im ersten Stock aus konnte sie den größten Teil der Straße gut überblicken. Also fiel ihr auch der große Fremde auf, der da um die Ecke marschiert kam. Und „fremd" war genau das richtige Wort: Er trug keinen Hut, sein Mantel war zerrissen, und seine Schuhe waren mit Schnur zusammengebunden.

Er ging an die Tür von Mrs Britsky und klopfte an. Mrs Britsky, eine allein stehende Witwe, tauchte am Fenster auf und scheuchte den Mann mit einer herrischen Geste fort. Der Fremde probierte es an der nächsten Tür bei Mrs Loew. Die große schwarzhaarige Frau sagte ein paar Worte zu dem Mann und warf ihm dann die Tür vor der Nase zu. Die nächste Nachbarin war die junge Jeannie Evans. Sie kam mit ihrem Baby auf dem Arm an die Tür, fummelte in ihrer Schürzentasche herum und reichte ihm ein paar Münzen. Also war der Mann ein Bettler.

Der alte Mr Clark kam in Bademantel und Schlappen an die Tür. Der Fremde zog unverrichteter Dinge wieder ab.

Mr Bonetti, der Eigentümer des nächsten Hauses, war bei der Arbeit, und seine Frau Angelina, im siebten Monat schwanger, hatte das Haus vor fünf Minuten mit einem Einkaufsnetz in der Hand verlassen und war jetzt sicher unterwegs zu einem Laden. Der Fremde sah sich die Tür genau an und ließ seinen Blick in beide Richtungen über die Straße schweifen.

Mrs Sims drehte sich vom Fenster weg und griff nach dem Hörer des Telefons, das neben ihrem Sessel stand. Langsam wählte sie die Nummer der örtlichen Polizeiwache.

LUKE hatte Pech gehabt: Erst beim fünften Versuch war er auf ein Haus gestoßen, in dem sich gerade niemand aufhielt. Jetzt musste es schnell gehen. Luke schob die Klinge des Schraubenziehers in Höhe des Schlosses zwischen Tür und Türstock und schlug mit dem schweren Ende des Schraubenschlüssels auf den Griff, um die Klinge in das Schließblech zu treiben. Der erste Schlag zeigte keine Wirkung. Luke stocherte ein bisschen herum, um den Schraubenzieher besser anzusetzen. Der zweite Schlag war fester, doch noch immer glitt die Klinge nicht zwischen Riegel und Blech. Luke spürte, wie ihm trotz der Kälte der Schweiß auf der Stirn ausbrach. Immer mit der Ruhe, sagte er sich. Du hast das früher schon mal getan. Bloß wann? Er hatte keine Ahnung. Es war auch egal. Die Technik stimmte, da war er sich sicher.

Den nächsten Schlag führte er mit aller Kraft. Der Schraubenzieher drang zwei, drei Zentimeter tief in den Zwischenraum ein. Luke drückte den Griff des Schraubenziehers zur Seite und hebelte damit den Riegel des Schlosses aus dem Schließblech. Zu seiner großen Erleichterung sprang die Tür auf und öffnete sich nach innen.

Schnell schlüpfte er ins Haus und schloss die Tür hinter sich.

Als Rosemary Sims die Nummer gewählt hatte, sah sie wieder aus dem Fenster. Der Fremde war verschwunden.

Das war aber schnell gegangen.

Die Polizeiwache meldete sich. Verwirrt und ohne ein Wort zu sagen, legte Mrs Sims den Hörer wieder auf.

Es war das Heim eines jung verheirateten Paars. Im Wohnzimmer hatten sie eine neue Couch und einen großen Fernsehapparat, doch in der Küche benutzten sie noch immer Orangenkisten für Vorräte und Geschirr. Ein ungeöffneter Brief auf dem Heizkörper in der Diele war an Mr G. Bonetti adressiert.

Luke ging rasch die Treppe hinauf. Von den drei Schlafzimmern war nur eines möbliert. Er warf den Koffer auf das Bett, öffnete ihn und entnahm ihm einen sorgfältig zusammengelegten blauen Anzug mit Nadelstreifen, ein weißes Hemd und eine konservative gestreifte Krawatte. Des Weiteren fand er dunkle Socken, frische Unterwäsche und ein Paar auf Hochglanz polierte schwarze Halbschuhe, die lediglich eine halbe Nummer zu groß aussahen.

Er streifte seine Lumpengarderobe ab und gab ihr einen Tritt, sodass sie in eine Zimmerecke rutschte. Splitterfasernackt in einer fremden Wohnung zu stehen war alles andere als angenehm, und einen Moment lang erwog er, aufs Duschen zu verzichten. Aber er merkte selbst, wie schlecht er roch, also ging er rasch über den schmalen Flur ins Bad unter die Dusche. Ein herrliches Gefühl, unter dem warmen Wasser zu stehen und sich von Kopf bis Fuß einzuseifen! Als er aus der Dusche kam, lauschte er kurz, trocknete sich dann mit einem von Mrs Bonettis rosa Badetüchern ab und zog die Unterwäsche, die Hose, Socken und Schuhe aus dem gestohlenen Koffer an.

Im Kulturbeutel fand er einen Rasierapparat und einen Rasierpinsel. Er schäumte sich das Gesicht ein und rasierte sich, so schnell es ging. Nachdem er den ganzen Vormittag gestunken hatte wie ein Schwein, konnte er der Versuchung nicht widerstehen und suchte in dem Kulturbeutel nach Rasierwasser. Er hatte Glück, und noch dazu fand er die Notreserve des Kofferbesitzers: hundert Dollar in sauber gefalteten Zwanzigdollarscheinen. Luke steckte das Geld in die Hosentasche.

Er zog Hemd und Jackett an. Beides saß wie angegossen – er hatte bei der Wahl seines Opfers ja auch sorgfältig darauf geachtet, einen Mann von seiner Größe und Statur zu finden. An der Innenseite der Badezimmertür befand sich ein raumhoher Spiegel. Seit dem frühen Morgen, als ihm in der Herrentoilette der Union Station ein verdreckter Penner entgegengestarrt hatte, hatte Luke sich nicht mehr angesehen. Jetzt nahm er seinen Mut zusammen und stellte sich vor den Spiegel.

Er sah einen großen, durchtrainierten Mann Mitte dreißig mit schwarzem Haar und blauen Augen. Ein Gefühl der Erleichterung überkam ihn.

Sieh dir den Typ da an, dachte er. Womit der wohl seine Brötchen verdient? Seine Hände waren weich und sahen nicht aus wie die eines Mannes, der damit harte körperliche Arbeit leistet. Sein Gesicht war glatt, das Haar gut geschnitten – der Bursche im Spiegel schien sich in den Klamotten eines Managers ganz wohl zu fühlen.

Im Koffer fanden sich weder ein Hut noch ein Mantel. Luke wusste, dass ein Mann ohne Hut und Mantel an einem kalten Januartag auffallen musste. Er öffnete den Kleiderschrank. Viel war nicht darin. Mrs Bonetti besaß drei Kleider, ihr Ehemann verfügte über einen sportlichen Mantel fürs Wochenende und einen schwarzen Anzug, den er vermutlich anlegte, wenn er in die Kirche ging. Ein Wintermantel fehlte, aber immerhin hing ein leichter Regenmantel im Schrank. Luke nahm ihn vom Bügel und zog ihn an. Ein Hut befand sich nicht im Schrank, doch Luke fand eine Tweedmütze. Sie war zu klein. Er würde sich mit dem Geld aus dem Kulturbeutel einen Hut kaufen müssen, aber für eine Stunde oder so würde die Mütze schon reichen ...

Da hörte er plötzlich ein Geräusch im Erdgeschoss und erstarrte.

„Was ist denn mit der Haustür passiert?“, fragte eine junge Frauenstimme.

„Sieht so aus, als hätte jemand versucht einzubrechen!“, antwortete eine andere Frau. „Du holst am besten die Polizei.“

Luke unterdrückte einen Fluch. Er hatte sich hier zu lange aufgehalten.

„Ich weiß nicht … Sieht irgendwie so aus, als wären die Diebe nicht reingekommen."

„Woher willst du das wissen? Schau lieber mal nach, ob was gestohlen wurde."

Luke öffnete schnell das Schlafzimmerfenster und sah in den Vorgarten hinaus. Es gab weder einen passenden Baum noch ein Abflussrohr für die Dachrinne, an dem er hätte hinunterklettern können.

„Ich schau mal oben nach. Stell dir vor, wir holen die Polizei und niemand war im Haus. Da stünden wir ziemlich dämlich da."

„Hast du keine Angst?" Die andere Frau kicherte nervös.

„Nicht, wenn du mitkommst."

Luke hörte Schritte auf der Treppe. Er huschte über den Flur ins Badezimmer und stellte sich hinter die Badezimmertür.

Die Schritte kamen näher und tappten über den Flur ins Schlafzimmer. „Wem gehört denn der Koffer hier?", fragte die eine Frau.

Geräuschlos schlich Luke aus dem Badezimmer. Durch die offene Schlafzimmertür sah er den Koffer auf dem Bett, aber nicht die beiden Frauen. Auf Zehenspitzen schlich er die Treppe hinunter und war froh, dass sie mit Teppich belegt war.

„Welche Einbrecher bringen denn ihr Gepäck mit?"

„Ich ruf sofort die Polizei an. Das ist mir unheimlich."

Luke öffnete die Haustür und trat ins Freie.

Er lächelte. Geschafft!

Mrs Sims runzelte die Stirn. Der Mann, der da aus dem Haus der Bonettis kam, trug Mr Bonettis schwarzen Regenmantel und seine graue Tweedmütze. Aber er war größer als Mr Bonetti.

Sie sah ihm nach, wie er die Straße hinunterging und um die Ecke bog. Eine Minute später kam der blau-weiße Wagen, der ihr vorhin schon aufgefallen war, um die Ecke. Er fuhr zu schnell. Mit einem Schlag wurde ihr klar, dass der Mann, der aus dem Haus der Bonettis gekommen war, und der Bettler, den sie beobachtet hatte, ein und dieselbe Person waren. Er war eingebrochen und hatte Mr Bonettis Kleidung gestohlen!

Der Wagen fuhr unter ihrem Fenster vorbei. Mrs Sims sah nach dem Nummernschild und prägte sich das Kennzeichen ein.

14 Uhr: Bei einem Herrenausstatter in Georgetown kaufte sich Luke einen weichen grauen Filzhut und einen marineblauen Wollmantel. So bekleidet hatte er das Gefühl, der Welt wieder in die Augen sehen zu können, und er war endlich in der Lage, konkrete Schritte zur Lösung seiner Probleme zu unternehmen. Er wollte versuchen, sich genauere Kenntnisse über die Funktion des Gedächtnisses anzueignen. Wodurch entstand Amnesie, und wie lange dauerte sie gegebenenfalls? Wo bekam man solche Informationen? In einer Bibliothek. Am nächsten Zeitungsstand besorgte er sich einen Stadtplan von Washington, auf dem groß und deutlich die Städtische Zentralbibliothek an der Kreuzung von New-York- und Massachusetts-Avenue eingetragen war. Luke setzte sich wieder in den kleinen Ford und fuhr dorthin.

Die Bibliothek befand sich in einem großen klassizistischen Gebäude, das wie ein griechischer Tempel auf einer kleinen Anhöhe stand. Die Vorderseite war mit Säulen geschmückt. Auf der obersten Treppenstufe zögerte Luke kurz, dann betrat er das Gebäude.

Hinter dem Schalter saß eine grauhaarige Bibliothekarin. „Kann ich Ihnen helfen, Sir?", fragte sie.

„Ich wüsste gerne, wo ich hier Bücher zum Thema ‚Gedächtnis' finde."

„In der Psychologieabteilung", antwortete die Frau. „Im ersten Stock hinten links."

Luke bedankte sich und ging nach oben. Die Psychologieabteilung war nicht schwer zu finden, doch er sah nur eine Menge Bücher über Psychoanalyse, Kindesentwicklung und Wahrnehmung, die ihm alle nicht weiterhalfen. Er griff sich einen umfangreichen Band mit dem Titel „Das menschliche Gehirn" heraus und blätterte darin. Der Inhalt kam ihm sehr technisch vor, doch die mathematischen Gleichungen und das statistische Material verstand er problemlos.

Dann fiel sein Blick auf einen anderen Titel: „Einführung in die Psychologie des Gedächtnisses" von Bilhah Josephson. Das klang vielversprechend. Er nahm das Buch zur Hand und fand ein Kapitel über Gedächtnisstörungen. Darin hieß es:

> Die häufigste Form von „Gedächtnisverlust" ist bekannt als „globale Amnesie". Ein Patient, der unter globaler Amnesie leidet, weiß nicht mehr, wer er ist, und erkennt weder seine Eltern noch seine Kinder wieder. Allerdings kann er sich an viele andere Dinge erinnern. Es ist durchaus möglich, dass er Auto fahren, Fremdsprachen sprechen und sagen kann, wie der Ministerpräsident von Kanada heißt. Besser wäre es daher, seinen Zustand als „autobiografische Amnesie" zu bezeichnen.

Genau das war es! Er konnte es spüren, wenn er beschattet wurde, und er konnte einen gestohlenen Wagen ohne Schlüssel starten. Lukes Stimmung stieg. Er war also nicht der einzige

Mensch, dem so etwas passierte. Dr. Josephson entwickelte im Folgenden die Theorie, dass das Gehirn verschiedene „Gedächtnisspeicher“ besitze.

> Das autobiografische Gedächtnis speichert unsere persönlichen Erfahrungen. Das semantische oder Langzeitgedächtnis enthält allgemeines Wissen wie den Namen der Hauptstadt von Rumänien und die Fähigkeit, quadratische Gleichungen zu lösen. Das Kurzzeitgedächtnis sorgt dafür, dass wir uns eine Telefonnummer jene paar Sekunden zwischen dem Nachschauen im Telefonbuch und dem Wählen merken können.

Dr. Josephson berichtete anhand von Beispielen, dass es Patienten gibt, bei denen ein Gedächtnisspeicher ausgefallen ist, während die anderen weiterhin funktionieren, so wie es bei Luke der Fall war. Erleichtert ließ er das Buch sinken und überlegte: Was wusste er über sich? Er war ungefähr Mitte dreißig, also stand er seit zirka zehn Jahren im Berufsleben. Wenn Bilhah Josephson Recht hatte, dann war sein berufliches Wissen im Langzeitgedächtnis gespeichert und noch verfügbar. Es musste doch eine Möglichkeit geben herauszufinden, auf welchem Gebiet er tätig gewesen war. Ihm war aufgefallen, dass er bei seiner Lektüre die Gleichungen und Statistiken ohne weiteres verstanden hatte. War er vielleicht Mathematiklehrer?

Er suchte die Mathematikabteilung der Bibliothek auf, wo ihm ein Buch mit dem Titel „Zahlentheorie“ ins Auge fiel. Eine Zeit lang blätterte er darin herum. Es war alles klar und deutlich dargestellt, und er hatte keine Schwierigkeiten, es zu verstehen, aber es war total veraltet. Unvermittelt sah er auf. Er hatte etwas entdeckt: Er verstand etwas von Zahlentheorie! Das Buch war nicht für den wissbegierigen Laien geschrieben – es war eine Universitätsarbeit. Also musste er Naturwissenschaftler sein.

Mit wachsendem Optimismus suchte er das Chemieregal und nahm „Polymerchemie" heraus. Er fand es verständlich, aber nicht leicht. Unter den Physikbüchern griff er nach „Ein Symposium über das Verhalten kalter und sehr kalter Gase" – ein faszinierendes Buch, das sich las wie ein guter Roman.

Er kreiste sein Gebiet immer mehr ein. Sein Beruf hatte etwas mit Mathematik und Physik zu tun. Mit welchem Zweig der Physik? Kalte Gase waren interessant, aber er hatte nicht das Gefühl, darüber so gut Bescheid zu wissen wie der Autor des Buches. Er suchte weiter, blieb bei der Geophysik stehen und musste an die Zeitungsschlagzeile denken: US-ERDTRABANT BLEIBT AUF DEM BODEN. Er nahm das Buch „Prinzipien des Raketenbaus" heraus. Es war ein Lehrbuch für Anfänger – und dennoch fand Luke schon auf der ersten Seite einen Fehler und, als er weiterlas, gleich die nächsten beiden. „Ja!", sagte er laut und schreckte damit einen Schüler auf, der neben ihm ein Biologiebuch las. Wenn ich in Lehrbüchern Fehler entdecke, muss ich ein Fachmann sein, dachte er. Ich bin Raketenexperte.

Auf schnellstem Wege begab er sich wieder zur Information und wandte sich an die grauhaarige Bibliothekarin. „Gibt es so etwas wie ein Verzeichnis von amerikanischen Wissenschaftlern?"

„Selbstverständlich", sagte sie und gab ihm die Nummer des „Dictionary of American Scientists". Er fand es sofort, setzte sich an einen Tisch und durchsuchte das Inhaltsverzeichnis nach allen „Lukes". Er fand einen Biologen namens Luke Parfitt, einen Archäologen namens Lucas Dimittry und einen Pharmakologen namens Luc Fontainebleu, aber keinen Physiker.

Es musste einen anderen Ansatz geben. Irgendein Umfeld, wo man ihn kannte. Vielleicht heiße ich gar nicht Luke, dachte er, aber mein Gesicht gehört allemal mir. Ich muss doch irgendwo Freunde und Kollegen haben, die mich erkennen. Wo findet man Naturwissenschaftler? An den Universitäten.

Im Lexikon fand er unter dem Stichwort „Washington“ eine Liste der Universitäten in der Stadt, und weil er zuvor schon in Georgetown gewesen war und daher den Weg kannte, entschied er sich für die Georgetown University. Dem Stadtplan entnahm er, dass es ein sehr großer Campus war, also konnte er davon ausgehen, dass die Uni über eine große physikalische Fakultät mit einer Reihe von Professoren verfügte. Einer von denen muss mich doch kennen, dachte er.

Voller Hoffnung verließ er die Bibliothek und begab sich wieder zu seinem Wagen.

14.30 Uhr: Die Kubakonferenz machte Kaffeepause, und Anthony rannte zurück ins Q-Gebäude, um sich über den neuesten Stand der Dinge zu informieren. Insgeheim betete er zum Himmel, dass sein Team etwas herausgefunden haben möge, was Aufschluss über Lukes Verbleib geben konnte.

Pete kam ihm auf der Treppe entgegen. „Hier ist was Merkwürdiges“, sagte er. „Ein Bericht von der Polizei in Georgetown. Da kommt eine Hausfrau vom Einkaufen nach Hause und stellt fest, dass man bei ihr eingebrochen und die Dusche benutzt hat. Der Eindringling hat einen Koffer und einen Stapel dreckiger alter Klamotten dagelassen.“

„Na endlich!“, sagte Anthony. „Geben Sie mir die Adresse!“

„Sie meinen, das ist unser Mann?“

„Da bin ich mir sicher! Er hat es satt, wie ein Penner herumzulaufen. Also bricht er in ein leeres Haus ein, duscht und rasiert sich und zieht anständige Kleidung an. Na los, gehen wir! Und nehmen Sie ein paar Fotos von Luke mit."

ANTHONY und Pete verließen das Gebäude und stiegen in Anthonys alten gelben Cadillac. „Die Sache muss möglicherweise sehr sensibel behandelt werden", sagte Anthony, während er den Weg nach Georgetown einschlug. „Problematisch dürfte sein, dass uns keine hundert Mann zur Verfügung stehen, die jeder Spur hinterherjagen können. Deshalb habe ich vor, die Washingtoner Polizei für uns arbeiten zu lassen."

Anthony fuhr schnell und fand auch rasch die in dem Polizeibericht angegebene Adresse. Es war ein kleines Einfamilienhaus in einer ruhigen Seitenstraße. Vor dem Haus parkte ein Streifenwagen.

Bevor Anthony eintrat, studierte er die gegenüberliegende Straßenseite und musterte kritisch alle Häuser. Kurz darauf hatte er gefunden, was er suchte: eine ältere Frau, die im ersten Stock ihres Hauses saß und das Geschehen beobachtete. Als sie merkte, dass er sie ansah, trat sie nicht etwa vom Fenster zurück, sondern erwiderte seinen Blick mit unverfrorener Neugier. Die Klatschtante aus der Nachbarschaft – genau das, was er brauchte.

Anthony wandte sich ab und ging auf das Haus zu, in das eingebrochen worden war. Eine attraktive junge Frau öffnete die Tür. Sie war schwanger. Sie führte ihn und Pete ins Wohnzimmer, wo bereits zwei Männer auf dem Sofa saßen, rauchten und Kaffee tranken. Der eine war ein uniformierter Streifenbeamter, der andere von der Kripo. Vor ihnen auf dem Kaffeetisch lag ein offener Koffer.

Anthony stellte sich vor, zeigte aber nur den Polizisten seinen Dienstausweis, weil er nicht wollte, dass Mrs Bonetti – und mit ihr alle Freundinnen und Nachbarinnen – erfuhren, dass die CIA an dem Fall interessiert war. „Wir sind Kollegen der Herren von der Polizei“, sagte er nur.

Der Mann von der Kripo hieß Lewis Hite. „Ist Ihnen Näheres über diese Angelegenheit bekannt?“, fragte er vorsichtig.

„Ja, ich denke, wir haben ein paar Informationen, die Ihnen weiterhelfen können. Aber zuerst muss ich wissen, was Sie schon herausgefunden haben.“

„Wir haben hier einen Koffer, der einem gewissen Rowley Anstruther jr. aus New York gehört. Bricht da einfach in Mrs Bonettis Haus ein, geht duschen und verschwindet wieder. Seinen Koffer lässt er hier. Da soll nun einer draus schlau werden!“

Anthony ging den Inhalt des Koffers durch: saubere Hemden und Unterwäsche, aber keine Schuhe, keine Hose, kein Jackett. „Sieht so aus, als wäre Mr Anstruther erst heute, von New York kommend, in Washington eingetroffen“, sagte er.

„Woher wissen Sie denn das?“, fragte Mrs Bonetti.

„Der Koffer enthält frische Unterwäsche, aber keine getragene“, erklärte er. „Das heißt, er hat aller Wahrscheinlichkeit nach noch nicht auswärts übernachtet.“ Er schwieg kurz. „Wie ich hörte, hat er auch ein paar alte Kleidungsstücke hier gelassen.“

„Hier sind sie“, sagte der Streifenpolizist und hob einen Karton hoch, der neben dem Sofa stand.

Anthony erkannte die Sachen: Es waren die Lumpen, die Luke getragen hatte. „Ich kann mir nicht vorstellen, dass es tatsächlich Mr Anstruther war, der in dieses Haus eingedrungen ist", sagte er. „Vermutlich hat man ihm heute Vormittag seinen Koffer gestohlen, wahrscheinlich am Bahnhof." Er sah den Streifenpolizisten an. „Würden Sie bitte die Wache anrufen, die für den Bahnhof zuständig ist, und fragen, ob ein solcher Diebstahl gemeldet wurde?" Dann fuhr er fort: „Wir haben ein Bild des Mannes, von dem wir annehmen, dass er den Koffer gestohlen hat und in dieses Haus eingebrochen ist." Anthony nickte Pete zu, der Hite daraufhin ein Foto gab.

„Er ist einsfünfundachtzig groß, um die achtzig Kilo schwer, von athletischem Körperbau und behauptet möglicherweise, er habe sein Gedächtnis verloren."

Der Polizist kam zurück. „Stimmt haargenau, was den Diebstahl betrifft. An der Union Station, heute Vormittag um elf Uhr dreißig."

„Und was steckt hinter der ganzen Geschichte?", wollte Hite wissen. „Der Bursche wollte Anstruthers Kleidung und kam dann hierher, um sich umzuziehen?"

„Ja, so ähnlich."

Hite gab sich damit zufrieden. „Geheim, was? Kein Problem. Glauben Sie denn, er ist noch in Washington?"

„Ja." Doch Anthony war sich dessen keineswegs so sicher, wie er vorgab.

„Ich nehme an, er hat ein Auto."

„Da kümmern wir uns jetzt drum." Anthony wandte sich an Mrs Bonetti. „Wie heißt denn bitte die weißhaarige alte Dame, die schräg gegenüber von Ihnen wohnt?"

„Rosemary Sims."

„Sie schaut wohl die ganze Zeit aus dem Fenster?"

„Wir nennen sie ‚Schnüffel-Rosy‘."

„Hervorragend!" Anthony wandte sich an den Inspektor: „Kommen Sie, wir unterhalten uns einmal mit ihr."

Sie überquerten die Straße und klopften bei Mrs Sims an die Tür.

Sie öffnete sofort. „Ich habe ihn gesehen!", sagte sie ohne Umschweife. „Wie er reinging, sah er aus wie ein Schnapsbruder. Als er rauskam, war er picobello angezogen!"

„Hatte der Mann einen Wagen, Mrs Sims?", fragte Hite.

„Ja, ein kleines blau-weißes Modell."

„Haben Sie zufällig das Kennzeichen erkannt?", fragte Hite.

„Jawohl!", verkündete Mrs Sims triumphierend. „Ich habe es notiert."

Anthony lächelte.

15 Uhr: Die schmiedeeisernen Tore der Georgetown University standen offen. Luke fuhr hinein und parkte vor dem Haupteingang, einem großen roten Ziegelsteinbau mit weißen Säulen, der als „Healy Hall" ausgewiesen war. Er ging hinein. Die Dame an der Rezeption erklärte ihm den Weg zur physikalischen Fakultät. Den Angaben der Frau folgend, gelangte er in ein großes Labor, in dem ein Professor und mehrere Studenten an den Einzelteilen eines Mikrowellenspektrographen arbeiteten. Der Professor trug einen Priesterkragen, woraus Luke folgerte, dass Georgetown eine katholische Universität war. Erwartungsvoll ging er auf die Gruppe zu.

„Kann ich Ihnen helfen?", fragte der Professor.

„Ich hoffe es", sagte Luke. „Gibt es hier ein geophysikalisches Seminar?"

„O nein, wie das?“, erwiderte der Mann. „An dieser Universität gilt ja schon die Physik als unwichtiges Nebenfach!“ Die anderen lachten.

„Und was ist mit Astronomie?“, fragte er.

„Wie bitte? Ja, natürlich. Unser Observatorium ist berühmt.“

Lukes Stimmung hob sich. „Und wo ist es?“

Der Mann erklärte ihm den Weg.

Auf dem flachen Dach eines niedrigen Gebäudes war ein großes drehbares Observatorium installiert, dessen Kuppeldach sich zum Teil aufschieben ließ. Luke betrat das Gebäude und sah, dass die Räume um eine massive Mittelsäule herum angelegt waren, die das gewaltige Gewicht der Kuppel trug. Luke öffnete eine Tür. Eine attraktive Frau, ungefähr in seinem Alter, saß an einer Schreibmaschine. „Guten Morgen“, sagte er. „Ist der Professor da?“

„Sie meinen Father Heyden?“

„Äh ..., ja, natürlich.“

„Und wer sind Sie?“

„Ich ..., äh ..., Luke. Professor Luke.“

„Und von welcher Universität kommen Sie, Professor Luke?“

„Von ..., äh ..., New York. Ich bin nicht hierher gekommen, um mich einem Kreuzverhör zu unterziehen. Bitte teilen Sie Father Heyden mit, dass Professor Luke, der Raketenspezialist, da ist und gerne ein paar Worte mit ihm sprechen würde, ja?“

„Ich fürchte, das wird nicht möglich sein“, erwiderte die Sekretärin unnachgiebig. „Father Heyden hält gerade einen Vortrag über Raketentreibstoffe im Smithsonian Institut.“

Raketentreibstoffe! Das klang vielversprechend. „Wo ist das Smithsonian Institut?“, fragte er.

Die Sekretärin sah ihn erstaunt an. „An der Mall, nicht weit vom Kapitol, auf Höhe der Zehnten Straße."

„Wann beginnt der Vortrag?"

„Er hat um drei Uhr angefangen."

Luke sah auf seine Uhr. Es war 15.30 Uhr. „Ich danke Ihnen", sagte er, rannte die Treppe hinunter und verließ das Gebäude.

15.30 Uhr: Billie schäumte vor Wut. Dr. Ross hatte versucht, sich bei den Leuten von der Sowerby-Stiftung einzuschmeicheln. Selbst am Nachmittag, als der Klinikleiter Charles Silverton anrief und sie bat, umgehend in sein Büro zu kommen, war ihr Zorn noch nicht verraucht. Silverton bat Billie, Platz zu nehmen.

„Haben Sie heute Morgen mit den Leuten von der Sowerby-Stiftung gesprochen?", wollte er wissen.

„Ja. Dr. Ross hat sie herumgeführt, und ich habe mich der Gruppe angeschlossen."

„Könnte es sein, dass Sie etwas gesagt haben, was als anstößig empfunden werden konnte?"

„Nicht, dass ich wüsste. Wir haben ja nur über den neuen Anbau gesprochen."

„Ich hätte Sie wirklich gerne auf dem Posten des Forschungsdirektors gesehen, wissen Sie? Leonard Ross ist ein kompetenter Wissenschaftler, aber Sie sind einfach besser als er."

„Heißt das etwa, dass die Stiftung Dr. Ross' Bewerbung unterstützt?"

Silverton zögerte. „Ich fürchte, sie besteht sogar auf seiner Ernennung – als Voraussetzung für ihren Zuschuss."

„Sind die verrückt geworden?" Billie war wie vor den Kopf geschlagen.

„Kennen Sie jemanden, der Beziehungen zur Stiftung hat?“

„Ja. Einer meiner ältesten Freunde ist ein Treuhänder. Er heißt Anthony Carroll und ist der Patenonkel meines Sohnes.“

„Trägt er Ihnen etwas nach?“

Sekundenlang kehrte Billie in die Vergangenheit zurück. Nachdem Luke damals Harvard verlassen hatte, war sie sehr wütend auf Anthony gewesen und nie wieder mit ihm ausgegangen. Später hatte sie ihm jedoch vergeben – und zwar, weil er sich so um Elsbeth gekümmert hatte. Elsbeth war damals in eine schwere Krise geraten. Ihre akademischen Leistungen hatten nachgelassen, sodass fraglich gewesen war, ob sie überhaupt ihr Examen machen würde. Es war Anthony gewesen, der sie gerettet hatte. Sie hatten gemeinsam gelernt, und Elsbeth hatte genug aufgeholt, um ihre Prüfung zu bestehen. Seit der Zeit waren Anthony und Billie wieder Freunde.

„Ja, wir hatten mal Probleme, aber das war 1941, und die Sache ist inzwischen längst bereinigt“, sagte sie zu Silverton.

„Vielleicht sitzt in dem Komitee auch jemand, der Dr. Ross’ Arbeit besonders schätzt.“

Billie dachte nach. „Er hat einen anderen Ansatz als ich“, sagte sie dann. „Er ist Freudianer und sucht nach psychoanalytischen Erklärungen.“

„Dann wäre also denkbar, dass ein überzeugter Freudianer im Ausschuss gegen Sie ist. Warum fragen Sie nicht Ihren Freund?“

„Genau das werde ich tun“, sagte sie.

15.45 Uhr: Luke sah auf die Uhr, während er die K-Street entlangfuhr. Das Smithsonian Institut lag an der Mall, dem kilometerlangen Park zwischen dem Kapitol und dem Lincoln Memorial.

Die Fahrt dorthin dauerte ungefähr zehn Minuten, er konnte es also gerade noch rechtzeitig bis zum Ende des Vortrags schaffen. Doch als er rechts abbog in die Neunte Straße, die ihn zum Smithsonian führen sollte, hörte er plötzlich eine Funkstreifensirene aufheulen, nur ein einziges Mal. Sein Herz stockte.

Im Rückspiegel tauchte ein Streifenwagen mit blinkendem Warnlicht auf. „Fahren Sie rechts ran!", tönte es aus dem Lautsprecher.

Was war los? War er zu schnell gefahren? War der Diebstahl des Wagens schon gemeldet? Wie dem auch sei, die Polizisten würden ihn nach seinem Führerschein fragen. Er hatte keinerlei Ausweispapiere bei sich und saß am Steuer eines gestohlenen Wagens. Luke sah sich um. Vor ihm in der Einbahnstraße fuhr ein langer Lastzug. Ohne weiter nachzudenken, trat er aufs Gaspedal und setzte zum Überholen an. Die Polizisten stellten ihre Sirene an und folgten ihm.

Luke scherte vor dem Lastwagen wieder ein. Er fuhr sehr schnell. Dann rammte er den Automatikhebel auf „P" und drehte das Lenkrad hart nach rechts.

Der Ford geriet ins Rutschen und drehte sich um die eigene Achse. Der Laster scherte nach links aus, um einen Zusammenstoß zu vermeiden. Als der Ford zum Stehen kam, stand er gegen die Fahrtrichtung. Luke gab wieder Gas und fuhr in verkehrter Richtung die Einbahnstraße entlang.

Die Entgegenkommenden wichen mit halsbrecherischen Manövern nach links oder rechts aus, um einen Frontalunfall zu vermeiden. Luke riss das Steuer nach rechts, um der Kollision mit einem Stadtbus zu entgehen, schnitt einen Kombi und erreichte ohne Unfall die nächste Kreuzung. Dort bog er rechts in eine breite Hauptstraße ein, überfuhr mit hoher Geschwindigkeit mehrere rote Ampeln und warf einen Blick in den Rückspiegel. Von dem Streifenwagen war weit und breit nichts mehr zu sehen.

Er wendete wieder und fuhr in südlicher Richtung weiter. Inzwischen war es vier Uhr, und Luke war weiter vom Smithsonian Institut entfernt als noch vor fünf Minuten. Er gab wieder Gas, und diesmal zeigten die zahlreichen Ampeln alle Grün. Luke raste die Constitution Avenue entlang, und plötzlich entdeckte er zu seiner Rechten hinter einer Rasenfläche ein großes dunkelrotes Gebäude, das mit seinen Türmchen und Zinnen eher an ein Märchenschloss erinnerte als an ein wissenschaftliches Institut. Es war fünf nach vier. Luke fluchte, parkte das Auto und lief über den Rasen. Im Eingang des Smithsonian sprach er einen livrierten Aufseher an. „Ich bin hier wegen des Vortrags über Raketentreibstoffe."

„Da sind Sie leider zu spät dran", sagte der Mann. „Der Vortrag ist schon vorbei."

„Wo hat er denn stattgefunden? Vielleicht kann ich den Referenten noch erwischen."

„Da hinten am anderen Ende der Halle", sagte der Aufseher.

Wie Luke erwartet hatte, war das Publikum größtenteils schon gegangen, doch ein harter Kern von acht oder neun Männern hatte sich in eine Ecke zurückgezogen und fachsimpelte. In der Mitte der Gruppe stand ein weißhaariger Herr, bei dem es sich wahrscheinlich um den Referenten handelte.

Luke ging auf die Gruppe zu. Der weißhaarige Mann blickte kurz auf und wandte sich dann wieder seinen Gesprächspartnern zu. Er redete ohne Pause weiter: „Nitromethan lässt sich kaum kontrollieren. Sie können die Sicherheitsfaktoren nicht einfach übergehen."

„Man kann aber Sicherheitsmaßnahmen in den Prozess einbauen", erwiderte ein junger Mann im Tweedanzug.

Das Thema war Luke vertraut. Eine verwirrende Fülle von unterschiedlichen Raketentreibstoffen war getestet worden, darunter viele erheblich stärkere als die herkömmliche Kombination aus Alkohol und flüssigem Sauerstoff. Doch alle hatten sie ihre Nachteile.

„Was halten Sie von asymmetrischem Dimethylhydrazin? Ich habe gehört, dass es gerade in Pasadena getestet wird", meldete sich ein anderer zu Wort.

„Es funktioniert, ist aber hochgiftig", antwortete Luke, ohne lange zu überlegen. Alle drehten sich nach ihm um. Der weißhaarige Mann runzelte die Stirn und wirkte leicht verärgert; die Unterbrechung durch einen Fremden passte ihm nicht.

Doch der junge Mann lächelte ihn an. „Mein Gott, Dr. Lucas!", rief er. „Was machen Sie denn in Washington?" Luke war so glücklich, dass er auf der Stelle hätte losheulen können.

DRITTER TEIL

Zur Vermeidung von Resonanzvibrationen, welche die Rakete im Weltraum zerreißen könnten, variiert ein über Band gesteuertes Programm im Gehäuse die Rotationsgeschwindigkeit in den oberen Stufen zwischen 450 und 750 Umdrehungen pro Minute.

16.15 Uhr: Luke hatte es buchstäblich die Sprache verschlagen. Die anderen Experten achteten nicht weiter auf ihn, sondern nahmen ihr Gespräch wieder auf, doch der junge Mann im Tweedanzug schien etwas beunruhigt zu sein. „Dr. Lucas, geht es Ihnen nicht gut?“, fragte er. „Wollen Sie sich setzen?“

Nur mit Mühe brachte Luke fünf Wörter heraus: „Kann ich Sie kurz ... sprechen?“

„Aber natürlich.“ Er führte Luke in ein kleines, spartanisch möbliertes Büro: ein paar Stühle, ein Schreibtisch, ein Telefon. Sie setzten sich. „Was ist denn passiert?“, fragte der Mann.

„Ich habe mein Gedächtnis verloren.“

„Mein Gott!“

„‚Autobiografische Amnesie‘ nennt man das. Ich kenne mich nach wie vor in meinem Fachgebiet aus – nur deshalb habe ich Sie hier überhaupt gefunden. Aber über mich selbst weiß ich so gut wie gar nichts.“

Der junge Mann war sichtlich schockiert. „Wissen Sie denn, wer ich bin?“

Luke schüttelte den Kopf. „Sie müssen mir alles erzählen, was Sie über mich wissen.“

„Sie sind Dr. Claude Lucas, aber alle nennen Sie Luke. Mein Name ist Will McDermot.“

Überwältigt von Erleichterung und Dankbarkeit, schloss Luke die Augen. Er kannte seinen Namen! „Ich danke Ihnen, Mr McDermot. Wissen Sie, wo ich wohne?“

„Huntsville, Alabama, glaube ich. Sie arbeiten für die ABMA – die Army Ballistic Missile Agency im Redstone Arsenal in Huntsville. Aber Sie sind Zivilist, kein Armeeoffizier. Ihr Chef ist Wernher von Braun.“

„Ich kann Ihnen gar nicht sagen, wie gut es mir tut, all diese Dinge zu erfahren!“

„Es überrascht mich, Sie hier zu sehen, denn Ihr Team ist gerade dabei, eine Rakete zu starten, mit der zum ersten Mal ein amerikanischer Satellit in den Weltraum geschossen werden soll. Ihre Leute sind alle unten in Cape Canaveral. Möglicherweise ist es heute Abend so weit.“

„Ich habe heute Morgen davon in der Zeitung gelesen. Und an dieser Rakete habe ich mitgearbeitet?“

„Ja. An der Jupiter C. Es handelt sich um den wichtigsten Raketenstart in der Geschichte des amerikanischen Weltraumprogramms.“

Noch vor ein paar Stunden hatte er sich für einen trunksüchtigen Penner gehalten – und jetzt stellte sich heraus, dass er ein Wissenschaftler auf dem Höhepunkt seiner Karriere war. „Aber dann müsste ich doch jetzt beim Start in Cape Canaveral sein!“, rief er.

„Ganz richtig. Und warum sind Sie das nicht? Wissen Sie das?“

Luke schüttelte den Kopf. „Ich bin heute Morgen in der Herrentoilette der Union Station aufgewacht.“

McDermot lächelte vielsagend. „Klingt ganz so, als wären Sie gestern auf einer heißen Party gewesen.“

„Bin ich so einer? Saufe ich so viel, dass ich danach umkippe?“

„Um das zu beantworten, kenne ich Sie nicht gut genug. Es würde mich aber überraschen. Wir Wissenschaftler sind ja eher so, dass wir zusammenhocken, Kaffee trinken und über unsere Arbeit reden – das nennen wir dann feiern.“

Klingt plausibel, dachte Luke. „Ich werde mal in Cape Canaveral anrufen“, sagte er.

„Gute Idee.“ McDermot nahm den Hörer vom Telefon und reichte ihn Luke.

Luke ließ sich von der Auskunft die Nummer geben und wählte. „Hier spricht Dr. Lucas.“ Es tat ihm ungeheuer gut, seinen Namen angeben zu können. „Ich würde gerne jemanden vom Explorer-Team sprechen.“

Einen Augenblick später meldete sich eine andere Stimme. „Army Security, Colonel Hide.“

„Hier spricht Dr. Lucas ...“

„Luke! Endlich! Wo zum Teufel stecken Sie? Wir sind hier schier am Durchdrehen. Der Militärische Abschirmdienst sucht Sie, das FBI auch, wir haben sogar die CIA eingeschaltet!“

Jetzt ist mir klar, was das für Agenten da im Bahnhof gewesen sind, dachte Luke. „Ich bin in Washington“, sagte er. „Mir ist was ganz Verrücktes zugestoßen. Ich habe mein Gedächtnis verloren. Seit heute Morgen wandere ich in der Stadt umher und versuche rauszufinden, wer ich bin. Jetzt habe ich endlich einen Physiker gefunden, der mich kennt.“

„Das ist ja unfassbar! Wie konnte das passieren, um Himmels willen?“

„Ich hoffte, Sie könnten mir das erklären, Colonel.“

„Ich sage Ihnen, was ich weiß: Am Montagmorgen sind Sie abgereist. Sie sagten, Sie hätten in Washington was zu erledigen. Sie sind von Patrick aus geflogen.“

„Patrick?“

„Ja, vom Luftwaffenstützpunkt Patrick unweit Cape Canaveral. Marigold hat den Flug für Sie gebucht ...“

„Wer ist Marigold?“

„Ihre Sekretärin in Huntsville. Sie hatte für Sie einen Termin bei General Sherwood im Pentagon vereinbart. Aber da sind Sie nicht aufgetaucht.“

„Habe ich einen Grund dafür angegeben, warum ich mit dem General sprechen wollte?“

„Er ist beim Militärischen Abschirmdienst, und er ist auch ein Freund Ihrer Familie. Mehr weiß ich nicht.“

„Findet der Start heute Abend denn statt?“

„Nein, wir haben Probleme mit dem Wetter. Er ist auf morgen Abend halb elf verschoben worden.“

„Habe ich Freunde hier in Washington?“

„Ja, haben Sie. Einer von ihnen ruft jede Stunde bei mir an. Bernard Rothsten heißt er.“ Hide nannte ihm eine Telefonnummer.

Luke kritzelte die Zahlen auf einen Notizblock. „Ich rufe ihn sofort an.“

„Zuallererst sollten Sie sich vielleicht bei Ihrer Frau melden.“

Luke schluckte. Meine Frau, dachte er. Ich habe eine Frau. Wie sie wohl ist?

„Sind Sie noch da?“, fragte Hide.

„Colonel, äh ...“

„Ja?“

„Wie heißt sie?“

„Elsbeth“, sagte Hide. „Ihre Frau heißt Elsbeth. Ich kann Sie zu ihr durchstellen. Bleiben Sie dran.“

Luke hatte ein nervöses Gefühl im Magen. Das ist doch dämlich, dachte er. Sie ist meine Frau, da brauche ich doch nicht nervös zu werden.

„Hier Elsbeth. Luke, bist du es?“ Sie hatte eine warme, tiefe Stimme.

„Ja, hier ist Luke.“

„Geht es dir gut? Ich habe mir solche Sorgen gemacht. Was ist denn passiert?“

„Ich weiß es nicht. Ich bin heute Morgen in der Herrentoilette der Union Station aufgewacht und habe seither versucht herauszufinden, wer ich bin.“

„Alle Welt ist auf der Suche nach dir. Wo bist du denn jetzt?“

„Im Smithsonian. Ein Kollege hat mir geholfen. Außerdem habe ich die Telefonnummer von Bernard Rothsten. Aber ich glaube, dass ich eigentlich keine Hilfe brauche. Mir geht's prächtig – nur habe ich eben mein Gedächtnis verloren.“

„Du weißt also auch nicht mehr, warum du so überstürzt nach Washington geflogen bist?“, fragte Elsbeth.

„Nein. Habe ich es dir denn nicht gesagt?“

„Du sagtest, es wäre besser, wenn ich es nicht wüsste. Aber ich war total durcheinander. Ich habe einen alten Freund von uns in Washington angerufen, Anthony Carroll. Er arbeitet bei der CIA. Er hat dich am Montagabend im Carlton angerufen. Ihr habt euch für Dienstagmorgen zum Frühstück verabredet, aber da hast du dich nicht blicken lassen. Ich rufe ihn gleich an und sage ihm, dass alles in Ordnung ist.“

„Dann ist also ziemlich klar, dass mir zwischen Montagabend und Dienstag früh etwas zugestoßen sein muss.“

„Du solltest zum Arzt gehen und dich untersuchen lassen.“

„Mir geht's gut. Aber ich habe noch furchtbar viele Fragen. Haben wir Kinder?“

„Nein.“

Luke spürte eine gewisse Traurigkeit, die ihm vertraut vorkam wie der dumpfe Schmerz einer alten Wunde.

„Seit unserer Hochzeit vor vier Jahren bemühen wir uns, ein Baby zu bekommen, aber bisher hat es nicht geklappt."

„Wissen wir, warum?"

„Nein, aber wir wollen vielleicht ein Kind adoptieren."

„Leben meine Eltern noch?"

„Deine Mutter, ja. Sie wohnt in New York. Dein Vater ist vor fünf Jahren gestorben." Wie aus dem Nichts überkam Luke eine tiefe Trauer. Er hatte alle Erinnerungen an seinen Vater verloren.

„Du hast zwei Brüder und eine Schwester, alle jünger als du", fuhr Elsbeth fort. „Die jüngste, Emily, ist deine Lieblingsschwester. Sie ist zehn Jahre jünger als du und lebt in Baltimore."

„Ich könnte dir den ganzen Tag lang Fragen stellen. Zuerst will ich aber unbedingt herausfinden, was mit mir passiert ist. Könntest du nicht heute noch hierher kommen?"

Einen Moment lang herrschte Schweigen. „Warum?"

„Um mir bei der Lösung dieses Rätsels zu helfen. Ich könnte Unterstützung gebrauchen – und Gesellschaft."

„Luke, ich kann Cape Canaveral jetzt unmöglich verlassen. Wir stehen kurz vor dem Start des ersten amerikanischen Satelliten, da kann ich das Team nicht im Stich lassen!"

„Da hast du wohl Recht." Er verstand die Situation, fühlte sich aber dennoch gekränkt. „Wer ist Bernard Rothsten?"

„Er war mit dir und Anthony Carroll in Harvard."

„Er wollte anscheinend Kontakt mit mir aufnehmen. Vielleicht weiß er, was hier gespielt wird."

„Ruf mich später wieder an, ja? Ich bin heute Abend im ‚Starlite Motel' erreichbar."

„Okay.“

„Pass auf dich auf, Luke, bitte!“, sagte sie ernst.

„Mach ich, ich verspreche es dir.“ Er legte auf.

Er fühlte sich emotional ausgelaugt. Ein Teil von ihm wollte so schnell wie möglich ins Hotel und sich ausruhen. Doch er griff wieder zum Telefon und wählte die Nummer von Bernard Rothsten. „Hier spricht Luke Lucas.“

„Luke, Gott sei Dank! Was zum Teufel war denn mit dir los?“

„Ich weiß es nicht. Alles, was ich weiß, ist, dass ich mein Gedächtnis verloren habe.“

„Du hast dein Gedächtnis verloren? Weißt du, wie das passiert ist?“

„Nein. Ich hatte gehofft, du könntest mir vielleicht weiterhelfen. Warum wolltest du mit mir reden?“

„Ich habe mir Sorgen gemacht. Du hast mich am Montag von Huntsville aus angerufen.“

„Von Huntsville aus? Ich dachte, ich wäre aus Florida gekommen.“

„Bist du auch. Aber du hast in Huntsville einen Zwischenstopp eingelegt, weil du dort etwas Wichtiges zu erledigen hattest. Du sagtest, du seist auf dem Weg hierher, wollest dich mit mir treffen und würdest mich aus dem ‚Carlton‘ anrufen. Das hast du aber nicht getan. Übrigens, da gibt es jemanden, den du anrufen kannst. Billie Josephson ist eine weltweit anerkannte Gedächtnisexpertin.“

Der Name kam ihm bekannt vor. „Ich glaube, ich habe in der Bibliothek ein Buch von ihr in den Fingern gehabt.“

„Sie ist außerdem meine Exfrau und eine alte Freundin von dir.“ Bernard gab Luke die Telefonnummer.

„Ich rufe sie sofort an! Bernard …"

„Ja?"

„Ich verliere mein Gedächtnis, und es stellt sich heraus, dass eine alte Freundin von mir eine weltweit anerkannte Expertin für solche Sachen ist. Ist das nicht ein Zufall?"

16.45 Uhr: Auf Billies Plan stand ein einstündiges Gespräch mit einem Patienten, doch sie war währenddessen nicht ganz bei der Sache. Sie musste an die Sowerby-Stiftung und Anthony Carroll denken. Als die Sitzung zu Ende war, rief sie Anthony an. „Man hat mich bei der Besetzung des Forschungsdirektorpostens hier am Krankenhaus übergangen", sagte sie. „Leonard Ross hat den Job bekommen. War dir das bekannt?"

„Ja, das hab ich wohl gewusst."

„Ich begreife das nicht. Ich hielt es immer für möglich, gegen einen hoch qualifizierten Außenseiter zu verlieren – gegen Sol Weinberg aus Princeton zum Beispiel oder einen anderen von diesem Kaliber. Aber dass ich besser bin als Ross, weiß jeder."

„Tatsächlich?"

„Na komm schon, Anthony! Das weißt du doch selbst. Also, warum habe ich den Job nicht bekommen?"

„Die Stiftung besteht auf Leonard Ross."

„Anthony, es ist höchst ungewöhnlich, dass sich ein solches Gremium bei Stellenbesetzungen derart einmischt. Normalerweise überlässt man diese Entscheidungen den Experten. Du bist Mitglied im Stiftungsbeirat, du musst doch wissen, warum sie sich zu einem so ungewöhnlichen Schritt entschlossen haben."

„Wahrscheinlich hat sich der Direktor mal mit einem oder

zwei Mitgliedern des Beirats zu einem Drink getroffen, und dann haben sie die Sache unter sich ausgemacht. Einer von denen hat dann deinen Chef angerufen und ihn informiert."

„Es hat ihn ganz schön mitgenommen, glaube ich. Er versteht es einfach nicht."

„Vielleicht sind hoch bezahlte Frauen in Führungspositionen nicht ganz nach dem Geschmack des Direktors. Er sieht dort lieber Ehemänner, die eine große Familie ernähren müssen."

„Herrgott! Ich habe auch ein Kind und eine alte Mutter, um die ich mich kümmern muss!"

„Ich hab ja nicht gesagt, dass das logisch ist oder fair. Tut mir Leid, Billie, ich muss jetzt Schluss machen."

Nachdem Billie aufgelegt hatte, saß sie da und starrte das Telefon an. Irgendetwas an dem Gespräch war nicht ganz echt gewesen. Dass Anthony von den Intrigen der anderen Mitglieder des Stiftungsbeirats keine Ahnung hatte, war nachvollziehbar, aber er war ihr ausgewichen, und das war sonst nicht seine Art. Sie wurde das Gefühl nicht los, dass er sie angelogen hatte.

KAUM hatte Anthony den Hörer aufgelegt, da klingelte das Telefon schon wieder. Es war Elsbeth. „Ich warte seit einer Viertelstunde darauf, zu dir durchgestellt zu werden", sagte sie ungeduldig.

„Ich habe gerade mit Billie gesprochen. Sie ..."

„Das ist doch jetzt nicht so wichtig. Luke hat gerade angerufen. Er war im Smithsonian, bei einem Vortrag zum Thema Raketentreibstoff."

„Bin schon unterwegs." Anthony legte auf, rief Pete und rannte zur Tür hinaus. Gemeinsam liefen sie zum Parkplatz, wo sie in Anthonys Wagen sprangen. Sie brauchten ganze vier Minuten bis zum Smithsonian, parkten den Wagen am Hintereingang und stiegen aus.

„Ich gehe rechts rum, Sie links", sagte Anthony und machte sich auf den Weg. Aufmerksam sah er alle männlichen Besucher des Instituts an, doch am Ende traf er wieder mit Pete zusammen, der mit einer Geste andeutete, dass auch er mit leeren Händen dastand.

Sie überprüften die Herrentoilette und warfen einen Blick in die Büros – aber Luke war nicht mehr da.

„Das ist ja furchtbar", sagte Anthony.

Draußen auf der Independence Avenue fiel Anthony ein Streifenwagen auf. Zwei Polizisten überprüften einen Wagen, der auf der gegenüberliegenden Seite parkte. Als er näher kam, erkannte Anthony, dass es sich um einen blau-weißen Ford handelte. Es war das Fahrzeug, das Schnüffel-Rosy vom Fenster ihrer Wohnung in Georgetown aus gesehen hatte.

Er zeigte den Polizisten seinen CIA-Ausweis. „Überprüfen Sie diesen Wagen, weil er im Parkverbot steht?", wollte er wissen.

„Nein", antwortete der ältere der beiden. „Uns war in der Neunten Straße ein Mann aufgefallen, der diesen Wagen fuhr. Er ist uns aber entkommen. Ein paar Minuten später haben wir das Fahrzeug dann hier entdeckt – leider ist der Fahrer verschwunden."

„Der flüchtige Mann hat möglicherweise inzwischen einen anderen Wagen gestohlen und ist entkommen." Anthony entnahm seiner Brieftasche eine Visitenkarte. „Wenn Sie von einem Autodiebstahl hier in der Gegend hören, würden Sie mich dann bitte unter dieser Nummer anrufen?"

Der Polizist las die Karte. „Sie können sich auf mich verlassen, Mr Carroll“, sagte er.

Anthony und Pete kehrten wieder zu ihrem gelben Cadillac zurück und fuhren los.

„Was, glauben Sie, wird er jetzt tun?“, fragte Pete.

„Ich weiß es nicht.“

Auf der Fahrt zum Q-Gebäude sagte Anthony kein Wort mehr. Erst im Büro wandte er sich wieder an seinen Agenten. „Sie gehen mit zwei Mann zum Carlton“, sagte er zu Pete. „Sie nehmen sich dort ein Zimmer und überwachen die Lobby. Ich stoße später zu Ihnen.“

Pete ging, und Anthony schloss die Tür hinter ihm. Es war wirklich eine Katastrophe. Nun, da Luke wieder wusste, wer er war, ließ sich nicht vorhersagen, was er noch alles herausfinden würde. Nur wenn es ihm gelang, Luke baldmöglichst zu finden, ließ sich die Sache noch halbwegs kitten, aber es genügte nicht mehr, Luke einfach unter Beobachtung zu halten. Das Problem musste ein für alle Mal gelöst werden.

Schweren Herzens trat Anthony zu dem Foto von Präsident Eisenhower, das an der Wand hing, und zog am linken Rahmen. Das Foto klappte an einem Scharnier heraus und enthüllte einen dahinter befindlichen Safe. Anthony wählte die Kombination, öffnete die Safetür und nahm seine Pistole heraus.

Es war eine Walther P 38 Automatik, die Handfeuerwaffe der deutschen Armee im Zweiten Weltkrieg. Sie war Anthony vor seiner Versetzung nach Nordafrika ausgehändigt worden. Er besaß darüber hinaus einen Schalldämpfer, den das OSS extra für diese Waffe hatte herstellen lassen.

Anthony nahm den Schalldämpfer aus dem Safe, stülpte ihn

über den Lauf der Pistole und schraubte ihn fest. Dann zog er seinen langen Kamelhaarwintermantel an, einen Einreiher mit tiefen Innentaschen, und verstaute die Waffe mit dem Griff nach unten in der rechten Tasche.

Er knöpfte den Mantel zu und ging.

18 Uhr: Luke nahm sich ein Taxi und ließ sich zur Georgetown-Nervenklinik fahren. An der Rezeption nannte er seinen Namen und gab an, dass er einen Termin bei Dr. Josephson habe.

Sie war am Telefon bezaubernd gewesen. Sie hatte ihm aufmerksam zugehört, als er von seinem Gedächtnisverlust erzählte, und hatte ihn sofort sehen wollen. Jetzt kam sie die Treppe heruntergerannt – eine kleine Frau im weißen Laborkittel, mit großen braunen Augen und vor Aufregung leicht geröteten Wangen. Luke konnte nicht umhin zu lächeln, als er sie erblickte.

„Es ist so toll, dich wiederzusehen!", sagte sie, fiel ihm um den Hals und drückte ihn an sich.

Luke hätte sich am liebsten revanchiert und sie ebenfalls gedrückt, unterließ es jedoch – aus Angst, etwas Falsches zu tun. Stattdessen blieb er stehen und reckte die Hände in die Höhe wie bei einem Überfall.

Billie lachte. „Du kennst mich nicht mehr", sagte sie. „Aber sei beruhigt! Ich bin beinahe harmlos."

Er ließ die Arme um ihre Schultern fallen und konnte spüren, wie weich sich ihr Körper unter dem Laborkittel anfühlte.

„Komm jetzt", sagte sie. „Wir gehen in mein Büro." Sie führte ihn die Treppe hinauf.

Billie besaß nur ein kleines Büro mit einem einfachen Schreibtisch und einem stählernen Aktenschrank, doch sie hatte es sich mit Blumen und einem wilden abstrakten Gemälde in lebhaften Farben recht hübsch eingerichtet. Sie stellte Luke eine Tasse Kaffee hin, öffnete eine Packung Plätzchen und begann, ihm Fragen über seinen Gedächtnisverlust zu stellen.

Luke beantwortete ihre Fragen, und während Billie sich Notizen machte, machte er sich über die Plätzchen her. Er hatte seit zwölf Stunden nichts gegessen. Billie lächelte. „Willst du noch mehr?“ Er schüttelte den Kopf.

„Gut, jetzt habe ich schon ein ziemlich klares Bild von der Sache“, sagte Billie schließlich. „Du hast eine globale Amnesie, bist aber, davon abgesehen, offensichtlich geistig gesund. Deinen körperlichen Zustand kann ich nicht beurteilen. Aber krank siehst du eigentlich nicht aus, nur etwas mitgenommen.“

„Ist diese Form der Amnesie heilbar?“

„Nein, normalerweise nicht. Aber lass dich nicht entmutigen. Die Betroffenen verfügen nach wie vor über alle ihre geistigen Fähigkeiten. Sie können das Vergessene neu lernen, und so gelingt es ihnen meistens, die Fäden ihres Lebens wieder aufzunehmen und ganz normal weiterzuleben.“

Das war ein Schock! Luke hatte gehofft, dass alles, was er vergessen hatte, mit einem Schlag wiederkommen würde. „Was kann eine solche Amnesie verursacht haben?“, wollte er wissen und dachte bei sich, dass Billie Josephson ihm gefiel, sehr sogar.

„Zunächst muss man an eine mögliche Hirnschädigung denken. Allerdings sind bei dir keine äußerlichen Anzeichen einer Verletzung zu erkennen.“

„Was gibt es sonst noch für Ursachen?“

„Langzeitstress zum Beispiel, ein plötzlicher Schock oder Drogen. Die Amnesie kann ferner als Nebenwirkung einer

Schizophreniebehandlung auftreten, bei der Elektroschocks und medikamentöse Therapie kombiniert wurden."

„Lässt sich auf irgendeine Weise feststellen, was bei mir dahinter steckt?"

„Nicht mit absoluter Sicherheit. Du sagst, du hattest einen Kater. Der kann von Alkohol, aber auch von Drogen verursacht worden sein."

„Na ja, dann weiß ich wenigstens, wonach ich suchen muss", sagte Luke. „Schocks, Drogen oder Schizophreniebehandlung."

„Du bist nicht schizophren", erwiderte Billie. „Du hast ein ganz normales Verhältnis zur Realität. Was hast du als Nächstes vor?"

Luke erhob sich. „Ich werde jetzt Bernard Rothsten aufsuchen, vielleicht kann er mir weiterhelfen."

„Ich bringe dich hinaus."

Als sie die Treppe hinuntergingen, fragte Luke: „Wie lange bist du schon von Bernard geschieden?"

„Seit fünf Jahren. Lange genug, um wieder gut Freund mit ihm zu sein."

„Ich habe da noch eine merkwürdige Frage, aber ich muss sie einfach stellen: Hatten wir mal was miteinander?"

„Aber ja!", sagte Billie. „Und zwar ganz schön heftig."

1943

Am Tag der Kapitulation Italiens traf Billie in der Eingangshalle des Q-Gebäudes mit Luke zusammen. Zuerst erkannte sie ihn gar nicht. Sie sah einen mageren, etwa dreißigjährigen Mann in einem zu groß geratenen Anzug, und nichts erinnerte sie an den Studenten, der sie damals nach Rhode Island gefahren hatte. Doch dann sprach er sie an. „Billie?“, fragte er. „Erinnerst du dich nicht an mich?“

Sie erkannte seine Stimme sofort, und die allein genügte, ihr Herz schneller schlagen zu lassen. Sie sah ihn an und stieß unwillkürlich einen leisen Entsetzensschrei aus. Er war vollkommen abgemagert. Sein Kopf wirkte wie ein Totenschädel, der Hemdkragen war zu weit, und die Anzugjacke sah aus, als hinge sie über einem Kleiderbügel aus Draht. Die Augen waren die eines alten Mannes. „Luke!“, rief sie. „Du siehst ja furchtbar aus!“

„Danke“, erwiderte er mit einem müden Lächeln.

„Oh, entschuldige ...“, fügte Billie hastig hinzu.

„Macht nichts. Ich weiß, dass ich ein bisschen abgenommen habe. Da, wo ich war, gab’s nicht gerade viel zu essen.“

Sie wollte ihn umarmen, nahm aber davon Abstand, weil sie nicht wusste, ob ihm das recht gewesen wäre.

„Was führt denn dich hierher?“, fragte er.

Sie holte tief Luft. „Eine Übung – Kartenlesen, Funk, Handfeuerwaffen, Selbstverteidigung ohne Waffen.“

Er lächelte. „Für Jiu-Jitsu sind deine Klamotten aber nicht gerade geeignet.“

Trotz des Krieges hatte Billie ihre Vorliebe für modische Kleidung nicht aufgegeben. Von dem kargen Sold, den die Armee ihr zahlte, konnte sie sich natürlich nicht die neueste Mode leisten, aber ihr Vater hatte seinen Kindern das Nähen beigebracht, und sie nähte sich ihre Sachen selbst. „Ich verstehe diese Bemerkung als Kompliment“, sagte sie. „Wo bist du denn gewesen?“

„Hast du ein paar Minuten Zeit?“

„Aber sicher."

Es war ein warmer Septembernachmittag, und sie schlenderten hinüber zum Lincoln Memorial. „Wie kommst du ins OSS?"

„Anthony Carroll hat das arrangiert", sagte sie. „Er ist jetzt Bill Donovans persönlicher Assistent." General Donovan, genannt „Wild Bill", war Chef des OSS. „Anthony hat seine Stellung dazu genutzt, lauter alte Freunde aus Harvard unterzubringen. Elsbeth ist in London, ich bin hier – und du und Bernard, ihr beide wart, wie ich höre, irgendwo hinter den feindlichen Linien, oder?"

„In Frankreich", sagte Luke.

„Und wie war's da?"

„Der erste Mensch, den ich getötet habe, war ein Franzose", sagte er unvermittelt. „Er war ein Polizist, ein Gendarm. Hieß Claude, genau wie ich. Er stolperte zufällig in ein Bauernhaus, wo sich meine Gruppe traf. Was wir vorhatten, ließ sich nicht verbergen: Auf dem Tisch waren Karten ausgebreitet, und in der Ecke standen die Gewehre. Und Bernard zeigte den Franzosen gerade, wie man eine Zeitbombe einstellt." Luke lachte kurz auf, ein seltsames Lachen ohne jeden Humor. „Der Idiot versuchte, uns festzunehmen."

„Und was hast du getan?", flüsterte Billie.

„Ich nahm ihn mit vors Haus und schoss ihm eine Kugel in den Hinterkopf."

„O mein Gott!"

„Er war nicht sofort tot. Es dauerte ungefähr eine Minute."

Billie nahm seine Hand und drückte sie, und er hielt sie fest. Hand in Hand wanderten sie um den langen, schmalen Teich vor dem Memorial herum, den Reflecting Pool. Luke erzählte ihr von einem anderen Vorfall: von einer Résistance-Kämpferin, die in Gefangenschaft geraten und gefoltert worden war. Billie weinte. Während der Nachmittag verstrich und es allmählich kühler wurde, redete sich Luke ein furchtbares Kriegserlebnis nach dem anderen von der Seele: in die Luft gejagte Fahrzeuge; Mordanschläge auf deutsche Offiziere; jüdische Familien, die verschleppt wurden.

Zwei Stunden lang waren sie schon unterwegs, als Luke plötzlich stolperte. Billie fing ihn auf. „Mein Gott, bin ich müde!“, sagte er.

Billie rief ein Taxi und brachte Luke in sein Hotel. Er wohnte im Carlton. Billie erinnerte sich daran, dass Lukes Familie sehr wohlhabend war. Er hatte eine Ecksuite. Im Wohnzimmer stand ein Flügel, und außerdem gab es – was Billie noch nie gesehen hatte – sogar im Badezimmer ein Telefon.

Sie rief den Zimmerservice und bestellte Hühnersuppe, Rührei, warme Brötchen und ein Glas kalte Milch. Luke setzte sich auf die Couch und begann mit einer weiteren Geschichte aus dem Krieg, doch noch ehe er sie zu Ende erzählen konnte, kam das Essen.

Billie unterschrieb die Rechnung und gab dem Kellner ein Trinkgeld. Als sie sich umdrehte, war Luke eingeschlafen.

Sie weckte ihn auf, aber er schaffte es nur noch bis ins Schlafzimmer, wo er aufs Bett fiel. „Geh nicht fort“, murmelte er noch, dann schlief er wieder ein.

Sie zog ihm die Stiefel aus und lockerte sacht seine Krawatte. Dann setzte sie sich auf die Bettkante und betrachtete ihn. Ihre Gedanken kehrten zurück zu der langen Fahrt nach Newport vor bald zwei Jahren.

Sie schlüpfte aus Jacke und Rock, legte sich neben ihn aufs Bett und schlang ihre Arme um seine knochigen Schultern. „Jetzt ist alles wieder gut", sagte sie. „Wenn du aufwachst, bin ich bei dir."

Im Morgengrauen erhob sich Luke plötzlich und verschwand im Bad. Nach ein paar Minuten kehrte er zurück und legte sich wieder ins Bett. Er hatte seinen Anzug ausgezogen und war nur noch mit seiner Unterwäsche bekleidet.

„Da ist noch etwas, was ich vergessen habe, dir zu erzählen", sagte er und nahm Billie in die Arme. „Etwas sehr Wichtiges."

„Was?"

„Ich habe in Frankreich ständig an dich gedacht. Jeden Tag."

„Hast du das?", flüsterte sie. „Hast du das wirklich?" Doch Luke antwortete nicht. Er war wieder eingeschlafen. Sie lag in seinen Armen und stellte sich vor, wie er in Frankreich sein Leben aufs Spiel gesetzt und an sie gedacht hatte, und sie war dabei so glücklich, dass sie glaubte, ihr Herz müsse zerspringen.

Um acht Uhr morgens rief sie im Q-Gebäude an und meldete sich krank. Zum ersten Mal seit über einem Jahr beim Militär nahm sie sich frei. Sie badete, zog sich an und bestellte beim Zimmerservice Kaffee und Cornflakes.

Sie las gerade die *Washington Post,* als Luke in Unterwäsche aus dem Schlafzimmer gestolpert kam, unrasiert und mit verstrubbeltem Haar. „Wie lange habe ich geschlafen?"

Sie sah auf die Armbanduhr. „Ungefähr achtzehn Stunden." Sie lächelte ihn an.

„Seit einem Jahr habe ich nicht mehr so tief geschlafen." Er rieb sich die Augen. „Warst du die ganze Nacht hier?"

„Du hattest mich darum gebeten."

Er ging zum Telefon. „Zimmerservice? Bringen Sie mir ein T-Bone-Steak, kurz gebraten, mit drei Spiegeleiern. Dazu Orangensaft, Toast und Kaffee."

Billie runzelte die Stirn. Sie hatte noch nie die Nacht mit einem Mann verbracht und wusste daher nicht, womit am nächsten Morgen zu rechnen war. Aber dies hier war enttäuschend unromantisch. Sie fühlte sich an ihre Brüder erinnert – auch die waren morgens hungrig und unrasiert.

Luke setzte sich neben Billie auf die Couch. „Ich hab viel geredet gestern", sagte er.

„Ungefähr fünf Stunden lang."

Er ergriff ihre Hände. „Ich bin so froh, dass ich dich getroffen habe."

Ihr Herz schlug höher. „Ich auch", sagte sie.

„Ich würde dich gerne küssen."

Sie wollte das auch, aber sie hielt sich zurück. Mit dem Krieg hatten sich die strengen Moralvorstellungen in Washington gelockert, doch Billie bezog diesen Wandel nicht auf sich. Sie verschränkte die Hände im Schoß. „Ich habe bestimmt nicht vor, dich zu küssen, bevor du dich angezogen hast", sagte sie.

Er streifte sie mit einem skeptischen Blick. „Hast du Angst, du könntest dich kompromittieren? Immerhin haben wir die Nacht zusammen verbracht."

Die Ironie in seiner Stimme verletzte sie. „Ich bin hier geblieben, weil du mich darum gebeten hast!"

„Ja, ja, schon recht. Reg dich nicht auf."

Doch Billies Sehnsucht nach ihm hatte sich schlagartig in heißen Zorn verwandelt. „Nach dem, was du gesagt hast, habe ich mich schon so weit kompromittiert, dass ich tun und lassen kann, was ich will – es kommt ohnehin nicht mehr darauf an.“

Luke seufzte tief. „Nein, das wollte ich dir nicht unterstellen, niemals. Mein Gott, du machst eine Affäre aus einer völlig beiläufigen Bemerkung.“ Er ging ins Schlafzimmer.

Billie hörte die Dusche rauschen. Sie fühlte sich erschöpft. Die ganze Nacht hatte sie mit ihm dagelegen, ihn gehalten und sich im Banne einer zutiefst romantischen Leidenschaft befunden, doch jetzt war alles anders. Er hatte es geschafft, dass sie sich billig vorkam. In ein, zwei Minuten würde er aus dem Badezimmer kommen, sich zu ihr setzen und mit ihr frühstücken, als wären sie ein Ehepaar. Aber sie waren nicht verheiratet, und Billie fühlte sich immer weniger wohl in ihrer Haut.

Wenn es dir nicht mehr gefällt – wieso bist du dann eigentlich noch hier?, dachte sie.

Sie setzte ihren Hut auf, verließ die Suite und zog leise die Tür hinter sich zu.

IN DEN nächsten vier Wochen sah sie ihn fast täglich.

Anfangs war er jeden Tag im Q-Gebäude zur Berichterstattung. Zur Mittagszeit holte er sie ab, und sie aßen zusammen in der Cafeteria oder kauften sich Sandwiches und verzehrten sie im Park. Lukes Verhalten war wieder so wie früher. Er behandelte sie höflich und zuvorkommend, und die Wunde, die sein Benehmen im Carlton hinterlassen hatte, heilte. Auch die Wochenenden verbrachten sie gemeinsam. Am Samstagabend gingen sie zusammen ins Kino, und am Sonntag trafen sie sich zum Kanufahren auf dem Potomac. Luke nahm ein wenig zu, und in seinen Augen stand nicht mehr der gehetzte Blick der ersten

Tage. Ein bisschen von seiner alten Lausbubenhaftigkeit kehrte zurück.

Sie führten endlose Gespräche. Ungefähr zweimal in der Woche gerieten sie sich heftig in die Haare, und ihre Auseinandersetzungen waren ähnlich wie ihr erster Streit in seiner Hotelsuite. Luke machte eine flapsige Bemerkung oder traf Entscheidungen, die sie beide angingen, ohne Billie vorher zu fragen. Dann wurde Billie wütend und protestierte, worauf er ihr vorwarf, sie mache mal wieder aus einer Mücke einen Elefanten. Sie geriet immer mehr in Fahrt, verstieg sich zu wilden Unterstellungen oder sagte etwas, wovon sie selbst wusste, dass es Unsinn war. Spätestens dann beendete Luke den Streit, indem er sie einfach stehen ließ. Und binnen weniger Minuten verwandelte sich Billies Zorn in Verzweiflung. Sie lief ihm nach, bat ihn um Verzeihung und wollte, dass alles wieder gut war. Er begegnete ihr dann mit versteinerter Miene, bis sie etwas sagte, was ihn zum Lachen brachte, und sie sich wieder versöhnten.

Doch in all der Zeit besuchte sie ihn nicht ein einziges Mal in seinem Hotel, und wenn sie ihn küsste, waren es harmlose Küsse in der Öffentlichkeit. So gingen die sonnigen Septembertage vorüber, die Tage wurden kürzer, und es wurde Oktober. An einem kühlen Herbsttag erhielt Luke den Befehl, sich wieder an der Front zu melden.

Am selben Abend wartete er im Foyer des Q-Gebäudes auf Billie. Als sie aus ihrem Büro kam, sah sie ihm an, dass etwas Schlimmes geschehen war.

„Was ist passiert?“, fragte sie sofort.

„Ich muss wieder nach Frankreich. Am Montagmorgen verlasse ich Washington.“

Tränen traten ihr in die Augen. Sie schluckte heftig. „Noch zwei Tage."

„Ich muss packen."

„Ich helfe dir."

Sie gingen in sein Hotel.

Kaum hatten sie die Tür der Suite hinter sich geschlossen, da zog sie ihn an sich und küsste ihn. Von Keuschheit war jetzt keine Rede mehr. Sie schlüpfte aus ihrem Mantel. „Fass meine Brüste an!", sagte sie atemlos.

Er sah sie ernst an.

„Bitte!"

Vorsichtig begann er sie zu streicheln. Sie sah ihn dabei an und prägte sich seine Gesichtszüge ein. Nie wollte sie dieses besondere Blau seiner Augen vergessen, nie die schwarze Locke, die ihm immer wieder in die Stirn fiel. „Ich will ein Foto von dir haben", flüsterte sie.

„Vielleicht habe ich ein Familienfoto. Komm, wir sehen mal nach." Und sie gingen zusammen ins Schlafzimmer. Seine abgewetzte braune Ledertasche lag auf einem Kofferständer. Luke nahm einen silbernen Bilderrahmen heraus, der sich öffnen ließ wie ein kleines Buch. Zwei Fotos befanden sich darin, auf jeder Seite eines. Er zog ein Bild heraus und reichte es ihr. Es war schon ein paar Jahre alt und zeigte ihn mit seinen Eltern, den damals etwa fünfzehnjährigen Zwillingsbrüdern und einem kleinen Mädchen.

„Das kann ich nicht nehmen", sagte Billie. „Es gehört dir, da ist ja deine Familie drauf."

„Ich möchte aber, dass du es nimmst. Das bin ich. Ich bin ein Teil meiner Familie."

„Hast du es in Frankreich dabeigehabt?“

„Ja.“

„Zeigst du mir auch das andere Foto?“, fragte sie. „In dem Rahmen stecken doch zwei Fotos.“

Luke zögerte, doch dann gab er ihr das Bild. Es war ein Foto von Billie, das er aus dem Jahrbuch von Radcliffe ausgeschnitten hatte. Billie brach in Tränen aus. Er hatte ihr Bild zusammen mit dem Bild seiner Familie bei sich getragen, in all dieser Zeit, in der sein Leben ständig in Gefahr gewesen war.

„Warum weinst du?“, fragte er.

„Weil du mich liebst“, antwortete sie.

„Das stimmt“, sagte er. „Ich habe mich bloß nie getraut, es dir zu sagen. Ich liebe dich seit dem Wochenende von Pearl Harbor.“

„Warum hast du bloß nie etwas gesagt? Seit zwei Jahren hätten wir zusammen sein können!“ Die Tränen rannen ihr die Wangen hinab. „Jetzt bleiben uns nur noch zwei Tage – zwei lausige, gottverdammte Tage!“

„Dann hör auf zu heulen, und küss mich wieder!“, sagte Luke.

Sie liebten sich das ganze Wochenende, rasend vor Lust – und getrieben von der Angst, dass sie sich vielleicht nie wiedersehen würden.

Nachdem Luke am Montagmorgen abgereist war, weinte Billie zwei Tage lang.

Acht Wochen später stellte sie fest, dass sie schwanger war.

18.30 UHR: „JA, wir waren mal zusammen“, sagte Billie, als sie in der Klinik gemeinsam die Treppe hinuntergingen.

Am Eingang blieben sie stehen. „Haben wir uns geliebt?“, fragte Luke.

„O ja“, sagte sie leichthin, aber ihre Stimme klang ein bisschen heiser. „Du warst für mich der einzige Mann auf der Welt.“

Er fragte sich, wie es hatte passieren können, dass er eine Frau wie sie hatte gehen lassen. Es war eine Tragödie, schlimmer als jeder Gedächtnisverlust. „Aber dann hast du dich eines Besseren belehren lassen und hast Bernard geheiratet.“

„Ja.“

„Und warum ist das schief gegangen?“, wollte Luke wissen.

„Gegensätzliche Wertvorstellungen. Die Politik hatte für ihn immer Vorrang.“

„Und hast du inzwischen wieder jemanden?“

„Aber sicher. Er heißt Harold Brodsky.“

Luke nickte. Natürlich war sie in festen Händen – sie war eine schöne, geschiedene Frau Mitte dreißig. „Und teilt er deine Wertvorstellungen?“

„Ja. Das Wichtigste in seinem Leben ist sein Kind – er ist Witwer –, und an zweiter Stelle kommt seine Arbeit an der Uni.“

„In welchem Fach?“

„Jodchemie. Meine Einstellung zur Arbeit ist die gleiche.“ Sie lächelte. „In punkto Männer bin ich vielleicht nicht mehr so blauäugig, aber was die Erforschung der Geheimnisse des menschlichen Geistes betrifft, habe ich mir, glaube ich, meinen Idealismus bewahrt.“

„Ich wünschte, du könntest das Geheimnis meiner geistigen Verfassung enträtseln.“

„Es ist merkwürdig“, sagte sie. „Vielleicht leidest du tatsächlich unter einer äußerlich nicht erkennbaren Schädelverletzung. Dass du weder alkohol- noch drogenabhängig bist, merke ich, wenn ich dich nur anschaue.“

„Dann bleibt also nur noch …“

Sie schüttelte den Kopf. „Nein, schizophren bist du ganz bestimmt nicht – es ist daher so gut wie ausgeschlossen, dass man dich einer kombinierten Psychopharmaka- und Elektroschocktherapie unterzogen hat, die ihrerseits den Gedächtnisver…“ Sie unterbrach sich mitten im Wort und sah ihn erschrocken an. Er fand sie bezaubernd mit dem offenen Mund und den weit aufgerissenen Augen, verstand aber nicht, was sie so erschreckt hatte. „Was hast du?“, fragte Luke.

„Mir ist gerade wieder Joseph Bellow eingefallen. Er wurde gestern am späten Nachmittag, nachdem ich bereits gegangen war, hier eingeliefert – und mitten in der Nacht schon wieder entlassen, und das ist wirklich höchst ungewöhnlich.“

„Was hatte er?“

„Er war schizophren.“ Billie wurde plötzlich blass. „Komm, wir sehen uns das Krankenblatt an.“

Sie drehte sich um, und zusammen liefen sie wieder die Treppe hinauf. Gemeinsam betraten sie einen Raum, den ein Schriftzug an der Tür als Registratur auswies. Er war leer.

Billie knipste das Licht an, öffnete eine Schublade, die mit „A–D“ bezeichnet war, blätterte die Unterlagen durch, zog eine Akte heraus und las vor: „Männlich, weiße Hautfarbe, einsfünfundachtzig groß, zweiundachtzig Kilogramm schwer, siebenunddreißig Jahre alt.“

„Du meinst, das war ich?“, fragte Luke.

Sie nickte. „Der Patient wurde einer Behandlungsmethode unterzogen, die globale Amnesie hervorrufen kann.“

„Mein Gott!“ Wenn Billie Recht hatte, so hatte man ihm das mit Absicht angetan. Und das erklärte wiederum, warum man ihm dauernd nachspionierte, denn es gab da vermutlich jemanden, der großes Interesse daran hatte, dass die Behandlung auch funktionierte. „Wer war das?"

„Mein Kollege Dr. Leonard Ross hat den Patienten aufgenommen. Normalerweise wird ein Patient eine Zeit lang unter Beobachtung gehalten, bevor man ihn therapiert, meistens mehrere Tage. Vor allem kann ich mir überhaupt keine medizinische Rechtfertigung dafür vorstellen, dass man den Patienten unmittelbar nach einer solchen Behandlung wieder entlässt. Das ist gegen alle Regeln."

„Dann sitzt Ross jetzt ganz schön in der Tinte, oder?"

Billie seufzte. „Eher nein. Wenn ich mich beschwere, wird man mir Rachsucht vorwerfen. Es wird heißen, ich bin sauer, weil er den Job bekommen hat, den eigentlich ich haben wollte."

„Wann war das?"

„Heute."

Fassungslos sah Luke sie an. „Hat ihm jemand, der in der Klinikhierarchie höher angesiedelt ist als er, für den Fall, dass er diese irreguläre Behandlung durchführt, die Beförderung versprochen?"

„Nein." Billie schüttelte den Kopf. „Die Sowerby-Stiftung, die den Posten finanziert, hat auf Ross als Forschungsdirektor bestanden."

„Sitzt in dieser Stiftung vielleicht einer, der will, dass ich mein Gedächtnis verliere?"

„Ich kann mir schon vorstellen, wer", sagte Billie. „Anthony Carroll. Er ist Mitglied des Stiftungsrates."

Der Name war Luke bekannt. Anthony Carroll war der CIA-Mann, den Elsbeth erwähnt hatte.

„Bleibt noch die Frage nach dem Warum."

„Immerhin haben wir jetzt jemanden, den wir fragen können", sagte Billie, griff zum Telefon und wählte. „Ich möchte mit Anthony Carroll sprechen", sagte sie. „Hier ist Dr. Josephson … Okay, dann sorgen Sie dafür, dass er mich in genau einer Stunde zu Hause anruft."

„Dieser Anthony ist doch angeblich ein Freund von mir, oder?", meinte Luke nachdenklich. Billie nickte und runzelte die Stirn. „Das dachte ich eigentlich auch", sagte sie.

19.30 UHR: BERNARD wohnte in einem Viertel mit vielen großen Villen und Botschaftsgebäuden. Das Thema Spanien bestimmte die Einrichtung seiner Wohnung: Da gab es reich verzierte Möbel im spanischen Kolonialstil, verschlungene Formen aus dunklem Holz. Luke wusste von Billie, dass er im Spanischen Bürgerkrieg gekämpft hatte, und es fiel ihm nicht schwer, sich Bernard als Guerillakämpfer vorzustellen. Zwar lichtete sich sein dunkles Haar, und er hatte seitdem ein paar Kilo zugenommen, doch sein Gesicht hatte einen harten Zug, und im Blick seiner grauen Augen lag eine gewisse Kälte.

Bernard schüttelte Luke herzlich die Hand und servierte ihm im Wohnzimmer starken Kaffee in einer kleinen Tasse. „Dann schieß mal los, Luke", sagte er erwartungsvoll. „Was ist geschehen?"

Luke setzte sich auf Bernards Sofa zurecht und berichtete, was er und Billie in der Klinik herausgefunden hatten. „Ich erzähle dir jetzt, was ich glaube, was geschehen ist. Ob du's mir abkaufst, weiß ich nicht, aber vielleicht kannst du ein bisschen Licht in diese mysteriöse Affäre bringen."

„Dann lass mal hören."

„Also: Am Montag kam ich nach Washington, um mich mit einem Armeegeneral zu treffen, aber ich weiß immer noch nicht, was ich mit ihm besprechen wollte. Meine Frau machte sich Sorgen um mich. Sie rief Anthony an, und er und ich verabredeten uns daraufhin zu einem gemeinsamen Frühstück am Dienstagmorgen. Er hat mir ein Schlafmittel in den Kaffee geschüttet, mich in seinen Wagen verfrachtet und dann nach Georgetown in die Nervenklinik gebracht. Er wartete, bis Billie Feierabend machte, und lieferte mich unter einem falschen Namen ein. Dann hat er sich Dr. Leonard Ross geschnappt. Anthony ist Mitglied des Stiftungsrates der Sowerby-Stiftung, und er hat Dr. Ross dazu gebracht, dass er mich einer Behandlung unterzog, die bewirkte, dass ich mein Gedächtnis verlor."

Luke machte eine Pause und wartete darauf, dass Bernard die ganze Geschichte als lächerlich abtat. Doch der schüttelte nur den Kopf. „Aber warum war es wichtig, dass du dein Gedächtnis verlierst?", fragte er nachdenklich.

„Konzentrieren wir uns zunächst einmal auf das Wie und stellen das Warum erst mal zurück. Anthony hat mich gleich wieder aus der Klinik rausgeholt, hat mir irgendwelche Lumpen übergezogen und mich dann im Bahnhof abgeladen, zusammen mit einem Komplizen, der feststellen sollte, ob die Behandlung tatsächlich eine Amnesie bewirkt hatte."

„Aber er muss doch gewusst haben, dass du früher oder später die Wahrheit herausfinden wirst."

„Ja, aber er hat nicht damit gerechnet, dass es so früh der Fall sein würde. Später wäre die Spur kalt gewesen, und Billie hätte den mysteriösen Patienten wahrscheinlich längst vergessen.

Und wenn nicht, so hätte Ross die entsprechenden Unterlagen rechtzeitig vernichtet."

Bernard nickte nachdenklich. „Ein riskanter Plan, aber durchaus nicht ohne Erfolgschancen."

„Es wundert mich, dass du nicht skeptischer bist."

Bernard zuckte mit den Schultern. „Wir alle kennen die Geheimdienstarbeit aus eigener Erfahrung. Da kommen solche Dinge schon mal vor."

Luke hatte den Eindruck, dass Bernard ihm etwas vorenthielt. „Du, Bernard, wenn du tatsächlich noch etwas weißt, dann sag es mir um Gottes willen."

„Da gibt es noch etwas ..., aber das ist geheim, und ich will niemanden in Schwierigkeiten bringen."

Luke sah einen Hoffnungsschimmer. „Bitte, Bernard, sag es mir. Ich bin wirklich völlig verzweifelt."

Bernard holte tief Luft. „Na gut, meinetwegen. Gegen Ende des Krieges haben Billie und Anthony an einem Sonderprojekt des OSS mitgearbeitet, dem so genannten ‚Wahrheitsdrogenkomitee'. Nach dem Krieg ging Billie zurück an die Uni und schrieb ihre Doktorarbeit über die Auswirkungen verschiedener legaler Drogen auf den Geisteszustand der Betroffenen. Später, als Professorin, arbeitete sie weiter auf diesem Gebiet und spezialisierte sich auf die Frage, inwieweit Drogen und andere Faktoren das menschliche Gedächtnis beeinflussen."

„Aber für die CIA hat sie nicht gearbeitet, oder?"

„Davon ging ich auch aus. Aber da hatte ich mich getäuscht. Im Jahr 1950 startete die Agency ein Projekt, das unter dem Codenamen ‚Bluebird' lief. Sie finanzierte eine ganze Reihe legaler Forschungsprojekte an den Universitäten und schleuste die

Gelder durch Stiftungen ein, um ihre wahre Herkunft zu verschleiern. Auch Billies Arbeit wurde so finanziert."

„Und wie stand sie dazu?"

„Wir haben uns gestritten deswegen. Ich meinte, die CIA habe vor, Menschen einer Gehirnwäsche zu unterziehen, aber Billie fand, jede wissenschaftliche Erkenntnis könne nutzbringend angewendet oder aber missbraucht werden und es sei ihr völlig egal, wer für die Rechnung aufkomme."

„War das der Grund dafür, dass ihr euch habt scheiden lassen?"

„In gewisser Weise schon. 1952 schrieb ich ein Drehbuch über eine geheime Regierungsbehörde, die nichts ahnende Bürger per Gehirnwäsche manipuliert. Jack Warner kaufte mir die Story ab. Der Film erschien 1953. Es war ein riesiger Hit – und ich ein gemachter Mann. Die Filmstudios rannten mir die Türen ein mit lukrativen Angeboten."

„Und Billie?"

„Billie nahm ich zur Premiere mit. Sie raste vor Wut. Sie warf mir vor, vertrauliche Informationen benutzt zu haben, die ich von ihr bekommen hatte. Sie war felsenfest davon überzeugt, dass die CIA ihr den Geldhahn zudrehen würde. Es war das Ende unserer Ehe."

„Das meinte Billie also, als sie von ‚gegensätzlichen Wertvorstellungen' sprach."

„Ja, das stimmt ja auch. Sie hätte dich heiraten sollen."

Luke stockte das Herz. Doch obwohl er unbedingt wissen wollte, wie Bernard zu dieser Ansicht kam, fragte er nicht nach. „Ich nehme an, dass die CIA ihr den Geldhahn nicht zugedreht hat", sagte er stattdessen.

„Richtig“, antwortete Bernard verbittert. „Dafür haben sie meine Karriere ruiniert, indem sie mich auf meine Staatstreue hin überprüft haben. Da ich bis zum Ende des Krieges überzeugter Kommunist gewesen war, bot ich natürlich ein leichtes Ziel. Ich kam in Hollywood auf die schwarze Liste.“

„Was hast du dann gemacht?“

„Ein paar Jahre lang ging es mir ziemlich dreckig. Dann begann ich mit einer Kinderbuchserie.“ Bernard deutete auf ein Bücherregal. Die grellbunten Umschläge sorgten für Farbtupfer. „Die erste Geschichte schrieb ich unter einem Pseudonym. Das Buch wurde ein Bestseller – und seither habe ich jedes Jahr zwei neue Bücher für die Reihe geschrieben.“

„Jetzt verstehe ich, warum dir meine Geschichte nicht völlig unglaubwürdig vorkommt“, sagte Luke.

Bernard nickte. „Ich glaube, dass Anthony dafür verantwortlich ist. Aber ich habe nicht die geringste Ahnung, warum.“

20 Uhr: Billie saß vor ihrer Frisierkommode und frischte ihr Make-up auf. Unten vor dem Fernseher saßen Larry und Becky-Ma und sahen ‚Bonanza‘. Gerade ertönte eine laute Gewehrsalve.

Eigentlich hatte sie keine Lust auf das Rendezvous mit Harold heute Abend. Zu viel war geschehen an diesem Tag. Sie war noch immer außer sich, weil sie die Stelle des Forschungsdirektors nicht bekommen hatte, und es ließ ihr keine Ruhe, was Anthony getan hatte. Außerdem registrierte sie mit Verwirrung und nicht ohne ein Gefühl der Bedrohung, dass die alte Chemie zwischen ihr und Luke nach wie vor wirkte, brisant und gefährlich wie eh und je.

Das Telefon klingelte. Billie sprang von ihrem Hocker auf und lief zu dem Apparat, der auf dem Nachttisch neben ihrem Bett stand. Aber Larry war schneller gewesen als sie und hatte unten im Flur schon abgenommen. Sie hörte Anthonys Stimme: „Hier spricht die CIA. Washington steht kurz vor einer Invasion durch hüpfende Kohlköpfe."

Larry kicherte. „Onkel Anthony, du bist es!"

„Wenn Ihnen ein Kohlkopf begegnet, versuchen Sie nicht – ich wiederhole: versuchen Sie nicht, mit ihm zu diskutieren ..."

„Du spinnst doch, Onkel Anthony!" Larry lachte.

„Anthony, ich höre mit!", sagte Billie.

„So, und jetzt rein in deinen Schlafanzug, Larry, okay?"

„Okay, Onkel Anthony", sagte Larry und legte auf.

Anthonys Stimme wurde geschäftsmäßig: „Billie, du wolltest, dass ich dich zurückrufe."

„Richtig. Anthony, was zum Teufel hast du vor?", fragte Billie. „Schon bei unserem letzten Gespräch war ich mir sicher, dass du gelogen hast – ich kannte bloß die Wahrheit nicht. Jetzt kenne ich sie. Ich weiß, was ihr vergangene Nacht bei uns in der Klinik mit Luke gemacht habt."

Am anderen Ende der Leitung herrschte Schweigen.

„Ich will eine Erklärung dafür."

„Am Telefon kann ich darüber beim besten Willen nicht sprechen. Aber wenn wir uns in den nächsten Tagen irgendwo treffen könnten ..."

„Ich will jetzt sofort Bescheid wissen."

„Ich erkläre dir alles, wenn wir uns morgen irgendwo treffen können."

Billie hätte um ein Haar zugestimmt, doch dann zögerte sie.

„Du hast mich hintergangen, in meiner eigenen Klinik. Entweder du sagst mir jetzt die Wahrheit, oder ich gehe sofort nach dem Ende dieses Gesprächs zum FBI.“

Billie wusste, wie sehr die CIA Einmischungen seitens des FBI hasste und fürchtete, vor allem, wenn die Agency im Grenzbereich zur Illegalität arbeitete, wovon man in den meisten Fällen ausgehen konnte.

Er seufzte. „Also, meinetwegen. Luke ist ein Spion, Billie.“

„Das ist doch hirnverbrannt!“

„Er ist ein Agent Moskaus und hat seit Jahren Raketengeheimnisse an die Sowjets verraten. Was glaubst du denn, wie die Russen sonst ihren Sputnik ins All gebracht hätten, während unser Satellit noch auf der Werkbank lag? Sie profitierten nicht nur von ihren eigenen, sondern auch von unseren Forschungen.“

„Anthony, wir beide kennen Luke seit über zwanzig Jahren. Er würde niemals sein Vaterland verraten.“

„So was gibt's immer wieder. Erinnerst du dich? Als er bei der Résistance war, hat er sogar mit Kommunisten zusammengearbeitet. Natürlich standen sie damals auf unserer Seite – aber Luke hat die Zusammenarbeit nach dem Krieg offenbar weitergepflegt.“

Billie setzte sich auf die Bettkante und war wie betäubt. „Kannst du das alles belegen?“

„Ich kann es beweisen – und zwar mit Blaupausen, die er einem bekannten KGB-Offizier übergeben hat.“

„Mal angenommen, das stimmt alles – warum hast du ihm dann sein Gedächtnis nehmen lassen?“

„Um sein Leben zu retten. Die CIA war drauf und dran, ihn zu töten.“

„Warum stellt man ihn nicht einfach als Spion vor Gericht?"

„Und zeigt damit der ganzen Welt, wie unsere miserable Spionageabwehr zugelassen hat, dass die Sowjets seit Jahren Zugang zu sämtlichen Geheimunterlagen über unser Raketenprogramm hatten?"

„Und was geschieht nun?"

„Ich habe die anderen eben dazu überredet, es auf eine andere Weise zu versuchen. Außer dem Direktor der CIA und dem Präsidenten weiß niemand, was ich getan habe. Und es hätte ja auch beinahe geklappt, wenn Luke geglaubt hätte, dass er sein Gedächtnis nach einer durchsoffenen Nacht verloren hat. Nicht einmal er selbst hätte je erfahren, was für Geheimnisse er verraten hat. Ist er jetzt bei dir?"

Billie spürte, wie sie eine Gänsehaut bekam.

„Ich muss mit ihm reden, bevor er noch mehr Schaden anrichtet."

„Ich weiß nicht, wo er ist", antwortete Billie, die plötzlich das Gefühl hatte, dass sie Luke schützen müsse.

„Du verschweigst mir doch nichts, oder?"

„Also bitte! Du hast mir immerhin gerade mitgeteilt, dass dein Verein Luke umbringen wollte. Dir zu sagen, wo er sich aufhält, wäre idiotisch von mir – falls ich es überhaupt wüsste. Aber ich weiß es nicht."

„Billie, jetzt hör mir mal gut zu: Ich bin seine einzige Hoffnung. Wenn du ihm das Leben retten willst, dann sag ihm, er soll mich anrufen."

„Das muss ich mir noch mal überlegen", sagte Billie, doch Anthony hatte bereits aufgelegt.

20.30 Uhr: Als Luke den Telefonhörer auflegte, zitterte seine Hand.

„Was um Himmels willen hat sie gesagt?“, fragte Bernard. „Du bist ja ganz blass geworden!“

„Anthony behauptet, ich sei ein russischer Spion“, erklärte Luke.

Bernard kniff die Augen zusammen. „Und ...?“

„Als die CIA das rausfand, wollten die Kerle mich umbringen. Anthony hat sie dann aber davon überzeugt, dass man das Gleiche erreicht, wenn man bloß mein Gedächtnis auslöscht. Könnte denn da etwas Wahres dran sein?“

„Quatsch!“

„Das weißt du doch nicht!“

„Doch, ich weiß es. Weil ich im Krieg selbst ein russischer Spion war.“

„Das musst du genauer erklären“, bat Luke, der noch immer ganz blass war.

„Die Résistance hatte sich in Gaullisten und Kommunisten aufgespalten. Roosevelt und Churchill wollten vermeiden, dass die Kommunisten durch Wahlen an die Macht kamen. Also bekamen nur die Gaullisten Waffen und Munition.“

„Und was habe ich dazu gesagt?“

„Du wolltest bloß die Nazis besiegen und wieder nach Hause. Aber ich wollte gleiches Recht für alle.“

„Und wie?“

„Ich habe den Kommunisten gesteckt, dass wir einen Fallschirmabwurf erwarteten, sodass sie uns überfallen und die für uns gedachte Waffenlieferung stehlen konnten.“ Bernard schüttelte traurig den Kopf. „Aber sie haben es grandios vermasselt!

Kaum war das Zeug am Boden, haben sie uns noch an der Abwurfstelle angegriffen. Daher wusstest du, dass wir verraten worden waren. Und der Verdacht fiel sofort auf mich."

„Wie habe ich reagiert?"

„Du hast mir einen Kuhhandel angeboten. Ich sollte aufhören, für Moskau zu spionieren, und dafür wolltest du mich decken. Wir haben uns beide an die Abmachung gehalten. Aber unsere Freundschaft hatte einen Knacks."

„Wenn ich Kommunist gewesen wäre, hätte ich dich gedeckt."

„Genau."

„Also irrt sich Anthony."

„Oder er lügt", sagte Bernard. „Angenommen, Anthony lügt tatsächlich, was sind dann die wahren Gründe dafür, dass er dir das Gedächtnis hat nehmen lassen?"

„Das muss etwas mit meinem plötzlichen Aufbruch von Cape Canaveral am Montag zu tun haben. Ich muss etwas ungeheuer Wichtiges entdeckt haben, irgendwas, was so brisant war, dass ich sofort ins Pentagon musste. Anscheinend habe ich ihm von meiner Entdeckung erzählt. Und er hielt sie für so wichtig, dass er mein Gedächtnis ausgelöscht hat. Das Geheimnis durfte – in seinen Augen – nie gelüftet werden."

„Aber was kann es bloß gewesen sein?"

„Ich denke, ich sollte erst mal in mein Hotelzimmer gehen und meine Sachen durchsehen. Vielleicht finde ich einen Hinweis."

„Wenn Anthony dein Gedächtnis ausgelöscht hat, dann hat er garantiert auch dein Zimmer gefilzt."

„Aber vielleicht ist was dabei, dessen Bedeutung er nicht erkannt hat."

„Und wenn nicht?“

„Dann lohnt sich die Suche noch in Cape Canaveral. Ich fliege morgen früh zurück.“

„Bleib über Nacht hier“, sagte Bernard plötzlich. „Ich habe das Gefühl, dass du in Gefahr bist. Es gefällt mir nicht, dass du heute Nacht allein bist. Geh ins Carlton, hol dein Zeug, und komm wieder her. Morgen früh bring ich dich dann zum Flughafen.“

Luke nickte. „Du verhältst dich wie ein guter Freund, Bernard.“

Bernard zuckte die Achseln. „Wir kennen uns schließlich seit Ewigkeiten.“

„Aber du hast mir eben erst erzählt, dass unsere Freundschaft nach diesem Zwischenfall in Frankreich nie mehr so war wie früher.“

„Das stimmt.“ Bernard sah Luke offen in die Augen. „Deine Einstellung war: Wer dich einmal verrät, der verrät dich auch ein zweites Mal.“

„Aber ich hatte Unrecht, was?“, fragte Luke nachdenklich.

„Ja“, antwortete Bernard, „das hattest du.“

21.30 Uhr: Als Anthonys gelber Cadillac vor dem Carlton hielt, kam Pete sofort aus dem Hotel gehastet. Anthony drehte das Seitenfenster herunter. „Ackie hat eben angerufen“, sagte Pete. „Luke ist in der Wohnung von Bernard Rothsten.“

„Na endlich!“, sagte Anthony.

„Wenn er geht, folgt Ackie ihm mit dem Motorrad. Glauben Sie, er wird hier auftauchen?“

„Vielleicht. Das müssen wir abwarten. Möglicherweise macht

er sich auch gleich auf zum Flughafen, aber da haben wir vier Männer. Ich denke, wir haben alles abgedeckt." Im Hotelfoyer warteten zwei weitere Agenten, die Anthony sofort informieren würden, falls Luke durch einen anderen Eingang hereinkäme.

Pete nickte. „Ich setze mich wieder ans Telefon."

In düsterer Stimmung blieb Anthony im Auto sitzen und wartete auf Luke. Er war ein alter Freund von ihm, ein anständiger Mensch, ein treuer Ehemann und ein hervorragender Wissenschaftler. Doch unter dem Strich spielte das keine Rolle. Alle hatten sie im Krieg anständige Männer umgebracht, die zufällig auf der falschen Seite standen. Jetzt, im Kalten Krieg, stand eben Luke auf der falschen Seite. Es wäre nicht so schwer, wenn ich ihn nicht so gut kennen würde, dachte Anthony.

Etwas später bog ein Taxi in die Hotelauffahrt ein, und Luke stieg aus. Er trug einen marineblauen Mantel und einen grauen Hut. Auf der anderen Straßenseite stoppte Ackie Horwitz sein Motorrad. Anthony stieg aus und schlenderte auf den Hoteleingang zu.

Während Luke den Taxifahrer bezahlte, warf er Anthony einen Blick zu, erkannte ihn jedoch nicht.

LUKE wusste, dass ihm von Bernards Wohnung aus jemand auf einem Motorrad gefolgt war, darum verschaffte er sich blitzschnell einen Überblick über die Szene im Foyer des Carlton. Es war voll gestellt mit Imitationen französischer Möbel und wirkte wie ein riesiger Salon. Unweit der Tür zur Bar standen zwei Frauen in Pelzmänteln und schwatzten mit einer Gruppe Männer in Smokings. Livrierte Pagen gingen ruhig und effizient ihrer Beschäftigung nach. Es war eine luxuriöse Oase der Ruhe, wie geschaffen dafür, die Nerven erschöpfter Reisender zu beruhigen. Doch Lukes Nerven waren aufs Äußerste gespannt.

Er hatte sofort zwei Männer erkannt, die Agenten sein mussten. Sie trugen normale Büroanzüge und machten keineswegs den Eindruck, als wollten sie den Abend in teuren Restaurants und Bars verbringen. Am liebsten hätte Luke sofort kehrtgemacht und das Hotel wieder verlassen – aber das hätte ihn keinen Schritt vorangebracht. Also ging er zur Rezeption, nannte seinen Namen und bat um seinen Zimmerschlüssel. Plötzlich hörte er, wie jemand seinen Namen sagte: „He, Luke!"

Das war der Mann, der das Hotel hinter ihm betreten hatte.

„Ich fürchte, ich weiß nicht, wer Sie sind", sagte er.

„Anthony Carroll. Ich bin heilfroh, dass ich dich endlich erwischt habe!"

Luke spürte, wie sein Herz schneller schlug. Anthony sah nicht aus wie ein Mann, der einen alten Freund verraten würde; dennoch war er es gewesen, der ihm sein Gedächtnis genommen hatte.

„Wie konntest du mir das antun?", fragte Luke. „Ich bin kein Spion."

„Ganz so einfach ist die Sache nicht."

„Deine Story, dass ich für Moskau arbeite, nimmt dir kein Mensch ab, zumindest nicht Bernard und Billie."

„Die wissen nicht alles."

„Was weißt du, was sie nicht wissen?"

„Das will ich dir gern erzählen, aber nicht hier. Wollen wir nicht in mein Büro gehen? In fünf Minuten sind wir dort."

„Gehen wir doch in meine Suite", schlug Luke vor. Auf die Art waren sie außerhalb der Reichweite der beiden anderen

Agenten, und allein würde es Anthony nicht gelingen, ihn zu überwältigen.

Nach kurzem Zögern willigte Anthony ein, und sie gingen zusammen durch das Foyer. Luke sah nach, welche Nummer sein Schlüssel trug: 530. „Fünfter Stock", sagte er zu dem Pagen.

Während der Fahrt sprachen sie kein Wort. Luke musterte seinen alten Freund: den alten Mantel, den zerknitterten Anzug, die nichts sagende Krawatte. Da bemerkte er plötzlich, dass der weiche Mantelstoff auf der rechten Seite ein wenig tiefer hing – sein Gegenüber trug einen schweren Gegenstand in der Tasche. Ihm wurde kalt vor Angst. Er hatte einen verhängnisvollen Fehler begangen. Warum hatte er nicht damit gerechnet, dass Anthony eine Waffe bei sich tragen könnte? Luke versuchte, sich nichts anmerken zu lassen, dachte aber fieberhaft nach: War Anthony imstande, ihn direkt hier im Hotel zu erschießen?

Als der Aufzug im fünften Stock hielt, knöpfte Anthony seinen Mantel auf. Damit er schneller ziehen kann, dachte Luke.

Sie stiegen aus. Luke wusste nicht, in welcher Richtung sein Zimmer lag, doch Anthony wandte sich sofort nach rechts. Also ist er schon einmal in meinem Zimmer gewesen, dachte Luke. Ihm brach der Schweiß aus, aber er versuchte, ruhig zu atmen. Anthony hatte zwar eine Waffe, aber Luke wusste jetzt, was er vorhatte. Sie hatten gleichgezogen.

Sie gingen den langen Flur hinunter, und Luke hielt Ausschau nach einem Gegenstand, mit dem er Anthony niederschlagen konnte, einem Aschenbecher oder dergleichen. Er fand nichts. Sie erreichten die Tür. Wenn er als Erster die Suite betrat, war er ein toter Mann.

Er schloss auf und öffnete die Tür. „Komm rein", sagte er und trat beiseite, um seinem Gast den Vortritt zu lassen. Anthony zögerte, dann trat er an Luke vorbei in die Suite.

Das war Lukes Chance. Er stellte Anthony ein Bein, legte beide Hände flach auf seine Schulterblätter und drückte fest dagegen. Anthony stolperte und stürzte. Er krachte gegen ein kleines Tischchen, warf eine Vase mit Narzissen um, suchte verzweifelt nach Halt. Er griff nach einer Stehlampe mit Messingfuß, doch die Lampe stürzte mit ihm zu Boden.

Luke zog die Tür zu und rannte um sein Leben. Er raste durch den Flur zurück, sah, dass der Aufzug weg war, riss die Tür zum Notausgang auf und rannte die Treppe hinunter. Im vierten Stock stieß er mit einem Zimmermädchen zusammen, das einen Stapel Handtücher trug. „Entschuldigung!“, rief er, als das Mädchen kreischte und die Handtücher in alle Richtungen flogen.

Anthony wusste, dass es ein Fehler war, das Zimmer als Erster zu betreten, doch Luke hatte ihm keine Wahl gelassen. Nach seinem Sturz lag er einen Augenblick lang wie betäubt da, dann rappelte er sich auf, ging zur Tür und öffnete sie. Er spähte hinaus und sah Luke im Treppenhaus verschwinden.

So schnell er konnte, rannte er hinter Luke her. Ein Stockwerk tiefer wurde er kurz von einem Zimmermädchen aufgehalten, das auf dem Boden kniete und verstreute Handtücher auflas.

Während er seinen Schritt etwas verlangsamte, um an ihr vorbeizukommen, hörte er den Aufzug kommen und anhalten.

Ein Pärchen in Abendgarderobe trat heraus. Anthony drängelte sich an den beiden vorbei in den Aufzug.

„Erdgeschoss, und zwar schnellstens!"

Der Page schlug die Türen zu und legte den Hebel um. Langsam fuhr der Aufzug abwärts.

LUKE betrat das Foyer. Die beiden Agenten standen jetzt vor dem Haupteingang und blockierten den Weg nach draußen. Unmittelbar darauf öffneten sich die Aufzugtüren neben ihm, und Anthony erschien. Luke drehte sich um und rannte in den Korridor zurück, der ihn ins Innere des Hotels führte. Hinter sich hörte er die schnellen Schritte seines Verfolgers. Irgendwo musste es eine Hintertür geben.

Er schlüpfte durch einen Vorhang und gelangte auf einen kleinen Innenhof, in dem sich eine Bar befand, die im Stil eines mediterranen Straßencafés dekoriert war. Luke kurvte zwischen den Tischen hindurch auf eine Tür zu und gelangte in eine Art Anrichte, wo letzte Hand an die anderswo gekochten Mahlzeiten gelegt wurde. Ein halbes Dutzend Kellner nahm die Teller mit den Gerichten von den Warmhalteplatten und arrangierte sie auf Tabletts. In der Mitte des Raumes führte eine Treppe nach unten. Luke drängte sich an den Kellnern vorbei und rannte die Stufen hinab.

Im Keller befand sich die Hotelküche, in der Dutzende von Köchen für hunderte von Menschen kochten. Sie waren viel zu beschäftigt, um auf Luke zu achten, der sich an Kühlschränken und Herden vorbeidrückte.

Am anderen Ende der Küche fand er eine Treppe, die wieder hinaufführte – zum Lieferanteneingang, wie er vermutete. Er fegte die Stufen hinauf. Oben fand er eine Flügeltür und stürzte hinaus in die kalte Nachtluft.

Er war in einem dunklen Hof gelandet, der von einem hohen Drahtzaun mit einem Tor umgeben war. Hinter sich hörte er, wie die Tür krachend aufgestoßen wurde. Das musste Anthony sein.

Er erreichte das Tor. Es war geschlossen und mit einem großen Vorhängeschloss aus Stahl gesichert. Mit wild klopfendem Herzen hangelte sich Luke den Zaun hinauf. Oben angelangt, hörte er den Seufzer einer Pistole mit Schalldämpfer. Aber er spürte nichts. Er schwang sich über das Tor. Die Pistole hustete erneut. Luke landete auf dem Boden. Da fiel ein dritter Schuss. Er sprang auf die Füße und rannte in östlicher Richtung davon.

An der nächsten Ecke wagte er es, einen Blick zurückzuwerfen. Von Anthony war nichts zu sehen.

Er war ihm entkommen.

22.30 UHR: DER trockene Martini, den Harold Brodsky mixte, war gut, und auch Mrs Rileys Thunfischauflauf war so lecker wie versprochen. Zum Nachtisch servierte Harold Kirschkuchen mit Eiscreme. Billie hatte ein schlechtes Gewissen. Er gab sich so viel Mühe, doch ihre Gedanken waren ständig bei Luke und Anthony, ihrer gemeinsamen Vergangenheit und den gegenwärtigen Verstrickungen.

Nach dem Essen schlug Harold vor, ins Wohnzimmer zu gehen. Er zauberte eine Flasche teuren französischen Cognac hervor und goss großzügig bemessene Mengen in zwei voluminöse Schwenker. Will er sich damit Mut antrinken, oder will er mich gefügig machen?, dachte Billie.

Normalerweise war Harold ein glänzender Unterhalter, witzig und schlagfertig, und Billie hatte immer viel zu lachen in seiner Gesellschaft, doch an diesem Abend schien er mit seinen Gedanken ganz woanders zu sein. Harold trank einen Schluck Cognac. „Ich habe mir Gedanken über unsere Zukunft gemacht“, sagte er.

Billie war ratlos. Er wollte ihr einen Heiratsantrag machen. Noch gestern hätte sie angenommen, heute aber mochte sie nicht einmal daran denken.

Harold nahm ihre Hand. „Ich liebe dich“, sagte er. „Wir kommen gut miteinander aus, und wir haben beide ein Kind. Ich möchte, dass wir zusammenbleiben.“ Er sah Billie an. „Was meinst du?“

Sie seufzte. „Ich mag dich sehr, Harold. Gestern noch hätte ich Ja gesagt. Aber heute bin ich einem Mann aus meiner Vergangenheit begegnet, und da spürte ich plötzlich wieder, wie die Liebe damals mit einundzwanzig war. Bei dir empfinde ich das nicht, Harold.“

Noch hatte er den Mut nicht gänzlich verloren. „Wir sind schließlich alle älter geworden, nicht wahr?“

„Vielleicht hast du Recht.“

Es klingelte an der Haustür. Billies Herz schlug höher.

„Zum Kuckuck, wer kann das denn sein?“, sagte Harold verärgert. Er stand auf und ging in den Flur hinaus.

Billie hörte Lukes Stimme: „Ich muss mit Billie reden.“

„Ich kann mir nicht vorstellen, dass sie um diese Zeit gestört werden will“, sagte Harold.

„Es ist wichtig.“

„Woher wissen Sie, dass sie hier ist?“

„Ihre Mutter hat es mir gesagt. Tut mir Leid, Mr Brodsky, aber ich habe wenig Zeit.“

Billie hörte einen Protestschrei Harolds. Luke hatte sich offenbar mit Gewalt Einlass verschafft. Sie ging in die Diele. Luke wirkte vollkommen aufgelöst. „Was ist passiert?", fragte sie entsetzt.

„Anthony hat auf mich geschossen."

„Anthony? Mein Gott, was ist denn in den gefahren?"

„Ich wende mich jetzt direkt ans Pentagon, fürchte aber, dass mir dort niemand glauben wird. Kommst du mit und stärkst mir den Rücken?"

„Selbstverständlich", sagte sie und nahm ihren Mantel von der Flurgarderobe.

„Aber Billie, wir waren mitten in einem sehr wichtigen Gespräch!"

„Ich brauche dich wirklich dringend", sagte Luke.

Billie zögerte. Sie wusste, dass Harold diesen Abend schon seit längerem geplant hatte. Sie wollte ihm nicht wehtun, aber Luke war in Lebensgefahr. „Es tut mir Leid", sagte sie zu Harold. „Ich muss ihn begleiten." Sie wollte ihn zum Abschied küssen, aber er wandte sich ab.

„Macht, dass ihr fortkommt!", erwiderte Harold wutentbrannt. „Alle beide!"

23 Uhr: Anthony zog in dem Hotelzimmer, das Pete für sie gebucht hatte, die Schreibtischschublade auf und entnahm einen hauseigenen Briefumschlag. Dann kramte er drei Patronenhülsen sowie die drei verformten Kugeln, die er auf Luke abgefeuert hatte, aus seiner Manteltasche, steckte sie in das Kuvert, klebte es zu und ließ es in der Tasche verschwinden.

Der Dienst habende Direktionsassistent betrat das Zimmer.

Er war ein kleiner, kahlköpfiger Mann. „Bitte nehmen Sie Platz, Mr Suchard", sagte Anthony. Er zeigte dem Mann seinen CIA-Ausweis.

„Was kann ich für Sie tun, Mr Carroll?", fragte Suchard.

„Zunächst einmal möchte ich mich für den kleinen Aufruhr entschuldigen, den wir vorhin verursacht haben."

Suchard nickte knapp. „Glücklicherweise haben unsere Gäste kaum etwas davon mitbekommen. Nur das Küchenpersonal und einige Kellner sahen, wie Sie den Herrn verfolgten."

„Es freut mich, dass wir den Betrieb Ihres schönen Hauses nicht allzu sehr gestört haben. Natürlich darf ich Ihnen keine Einzelheiten über den Fall verraten, aber es ging um die nationale Sicherheit."

„Ich verstehe."

„Ich hoffe, dass ich mich auf Ihre Diskretion verlassen kann." Anthony zog ein Bündel Geldscheine hervor. „Das Außenministerium verfügt über eine Art Fonds für Fälle, in denen Schadensersatz angebracht ist." Er pflückte fünf Zwanzigdollarnoten heraus, und Suchard nahm sie an.

„Vielen Dank, Sir", sagte Suchard. „Ich bin sicher, dass wir Ihren Wünschen entsprechen können."

„Sollte Ihnen jemand Fragen stellen, sagen Sie am besten, Sie hätten nichts gesehen."

„Aber selbstverständlich." Suchard stand auf.

„Ich danke Ihnen", sagte Anthony.

Als Suchard gegangen war, kam Pete ins Zimmer. „Der Sicherheitschef der Armee in Cape Canaveral heißt Colonel Bill Hide", sagte er und gab Anthony einen Zettel mit einer Telefonnummer.

Anthony wählte die Nummer. „Hier spricht Anthony Carroll, CIA, Abteilung Technische Dienste“, meldete er sich.

„Was kann ich für Sie tun, Mr Carroll?“, fragte Colonel Hide.

„Ich rufe Sie an wegen Dr. Lucas. Ich glaube, Ihnen ist bekannt, dass Dr. Lucas seit kurzem ein eher seltsames Verhalten an den Tag legt. Bei einem Wissenschaftler, der sich im Besitz von geheimen Informationen befindet, ist so etwas höchst bedenklich.“

„Zweifelsohne. Als ich vor ein paar Stunden mit ihm telefonierte, sagte er mir, er habe sein Gedächtnis verloren.“

„Das ist leider nicht alles. Er hat ein Auto gestohlen und ist in ein Haus eingebrochen.“

„Meine Güte, dann ist er in einem schlimmeren Zustand, als ich ahnte.“

Er geht mir auf den Leim, dachte Anthony erleichtert und setzte gleich noch eins drauf: „Wir halten sein Benehmen für irrational, aber Sie kennen ihn besser als wir. Was, glauben Sie, ist die Ursache?“

„Meiner Meinung nach muss er so ’ne Art Nervenzusammenbruch hinter sich haben. Meinen Sie, ich sollte im Pentagon anrufen und die Leute schon mal vorwarnen?“

„Das ist wahrscheinlich ein gute Idee, denn er scheint zu glauben, es sei eine Verschwörung gegen ihn im Gange. Danke, Colonel.“

„Es war mir ein Vergnügen.“

Anthony legte auf und überdachte noch einmal die Lage. Im Hotel würden keine Beweise zurückbleiben. Das Pentagon war gewarnt, falls Luke dort aufkreuzte und Bericht erstatten wollte. Blieb nur noch die Klinik, in der Billie arbeitete.

Er stand auf. „In einer Stunde bin ich wieder da“, sagte er zu Pete. „Schnappen Sie sich Malone und Curtis, und schmieren Sie einen Kellner vom Zimmerservice, damit er Sie in Lukes Suite lässt. Ich habe das Gefühl, dass er noch mal zurückkommt.“

24 Uhr: Billie parkte den roten Thunderbird vor der Georgetown-Nervenklinik. Colonel Lopez vom Pentagon parkte seinen Ford neben ihr.

„Er glaubt mir kein Wort“, sagte Luke wütend.

„Das kannst du ihm nicht zum Vorwurf machen“, wandte Billie ein. „Der Direktionsassistent des Carlton behauptet, niemand sei durch die Küche gejagt worden, und auf dem Gelände hinter der Lieferantenzufahrt wurden keine Patronenhülsen gefunden.“

„Anthony hat alle Beweise beseitigt.“

„Ich weiß das, aber Colonel Lopez nicht.“

Sie stiegen aus und gingen mit dem Colonel, einem ruhigen, sehr intelligent wirkenden Mann, in das Gebäude. Billie nickte dem Portier grüßend zu und führte die beiden Männer die Treppe hinauf und durch einen Flur in die Registratur.

„Ich werde Ihnen jetzt Unterlagen über einen Mann namens Joseph Bellow zeigen. Sie werden sehen, dass er am Dienstag aufgenommen und behandelt und am Mittwochmorgen um vier Uhr entlassen wurde. Dazu muss man wissen, dass es ganz und gar ungewöhnlich ist, einen schizophrenen Patienten zu behandeln, ohne ihn zuvor eine Zeit lang zu beobachten. Und dass es gegen jede Erfahrung und Regel verstößt, Patienten einer Nervenklinik um vier Uhr morgens zu entlassen, brauche ich Ihnen wohl nicht zu sagen.“

Billie zog die Schublade auf, nahm die Bellow-Akte heraus, legte sie auf den Schreibtisch und schlug sie auf. Die Akte war leer. „O Gott!“, sagte sie.

Luke starrte den Schnellhefter ungläubig an. „Ich hab die Unterlagen vor nicht einmal sechs Stunden mit eigenen Augen gesehen!“

Lopez erhob sich; er wirkte leicht ermüdet. „Schön, das war's dann wohl.“

Luke hatte das albtraumhafte Gefühl, in einer surrealen Welt zu leben, in der irgendwelche Dunkelmänner auf ihn schießen und sein Gehirn manipulieren konnten, ohne dass er ihnen etwas nachweisen konnte.

„Moment mal“, sagte Billie. „Bellows Einlieferung muss im Tagesregister vermerkt sein. Das wird unten im Foyer am Empfangstisch aufbewahrt.“

Sie gingen gemeinsam hinunter, und Billie sprach mit dem Portier: „Zeigen Sie mir bitte das Register, Charlie.“

„Sofort, Dr. Josephson.“ Der junge Mann hinter dem Tresen suchte eine Weile herum. „Verflixt, wo ist das Ding denn abgeblieben?“, sagte er. „Vor zwei Stunden war es noch hier, das weiß ich genau.“

Billie runzelte die Stirn, und ihre Lippen wurden schmal. „Charlie, war Dr. Ross heute Abend hier?“

„Ja, er ist erst vor wenigen Minuten gegangen.“

Sie nickte. „Wenn Sie ihn das nächste Mal sehen, fragen Sie ihn, wo die Liste geblieben ist. Er weiß es garantiert.“

Luke wandte sich an den Colonel. „Hat, bevor wir uns heute Abend getroffen haben, jemand anders mit Ihnen über mich gesprochen?“, fragte er.

Lopez zögerte, doch dann nickte er. „Ich denke, Sie haben ein Recht, das zu erfahren“, meinte er. „Wir bekamen einen Anruf von Colonel Hide aus Cape Canaveral. Er sagte, die CIA beobachte Sie und habe berichtet, Sie würden sich irrational verhalten.“

Luke nickte. „Das war schon wieder Anthony.“

Billie sah Colonel Lopez an. „Da wir keine Beweise haben, kann ich es Ihnen nicht übel nehmen, dass Sie uns nicht glauben“, sagte sie entmutigt.

„Ich habe nicht behauptet, dass ich Ihnen nicht glaube“, erwiderte Lopez. „Ich könnte mir zwar vorstellen, dass Sie sich eingebildet haben, dass ein CIA-Mann Sie durchs Carlton-Hotel gejagt und im Hinterhof auf Sie geschossen habe. Ich könnte sogar noch annehmen, dass Sie mit der Frau Doktor hier konspiriert haben, um mir vorzugaukeln, es habe da eine Akte existiert, die nun verschwunden sei. Was ich allerdings nicht glaube, ist, dass der junge Charlie am Empfang in die Konspiration eingeweiht ist. Es muss ein Tagesregister geben, und das ist verschwunden.“

„Sie glauben mir also?“, fragte Luke.

„Irgendwas ist hier im Busch, und ich denke, es hat etwas mit der Rakete zu tun, die wir in Kürze starten wollen. Ich werde für Cape Canaveral die höchste Sicherheitsstufe anordnen.“

„Und was ist mit Anthony?“

„Ich habe einen Freund bei der CIA. Dem werde ich Ihre Geschichte erzählen und ihm sagen, dass ich keine Ahnung habe, ob sie stimmt oder nicht, aber dass ich mir Sorgen mache.“

„Das bringt uns aber nicht weiter!“, protestierte Luke. „Wir müssen erfahren, was wirklich los ist, warum sie mein Gedächtnis zerstört haben!“

„Der Meinung bin ich auch. Aber mehr kann ich leider nicht für Sie tun."

„Das heißt, dass ich wieder allein dastehe." Luke schüttelte deprimiert den Kopf.

„Nein, tust du nicht", erwiderte Billie. „Du hast mich."

VIERTER TEIL

Der neue Treibstoff basiert auf einem Nervengas und ist äußerst gefährlich. Er wird auf der Schiene in Spezialwagen angeliefert, die zur Vermeidung von Leckagen mit Stickstoff ummantelt sind. Schon ein einziger Tropfen auf der Haut wird umgehend vom Blutkreislauf absorbiert und wirkt tödlich. Die Techniker sagen: „Wenn's nach Fisch stinkt, hau ab, so schnell du kannst!"

Billie fuhr schnell und bediente die dreigängige Knüppelschaltung des Thunderbird mit großem Geschick. Schnell hatten sie die stillen Straßen von Georgetown hinter sich gelassen, fuhren über die Brücke und waren in der Innenstadt von Washington. Sie näherten sich dem Carlton, und Billie parkte das Auto um die Ecke vor dem Eingang des Hotels. Sie stiegen aus. „Ich gehe zuerst rein", sagte sie. „Falls sich irgendein verdächtiges Subjekt im Foyer rumtreibt, komm ich sofort wieder raus. Wenn ich meinen Mantel ausziehe, ist die Luft rein."

Luke nickte und ging auf die andere Straßenseite gegenüber dem Haupteingang des Hotels. Die Glastüren gaben den Blick in die Lobby frei, sodass Luke gut beobachten konnte, wie Billie hineinging und mit dem Portier sprach. Sie hatten verabredet, dass sie sich als Mrs Lucas ausgeben solle.

Dann zog sie ihren Mantel aus.

Luke ging über die Straße und betrat das Hotel. „Ich will noch kurz einen Anruf erledigen, bevor wir raufgehen, Schatz“, sagte er so, dass der Portier ihn hören konnte.

Neben der Rezeption befand sich ein kleiner Raum mit einem Münztelefon. Luke ging hinein, Billie folgte ihm und schloss die Tür. Sie standen sehr nahe beieinander. Er steckte eine 25-Cent-Münze in den Schlitz, wählte die Nummer des Hotels und hielt den Hörer ein wenig vom Ohr weg, sodass Billie mithören konnte.

„Hotel Carlton, guten Abend.“

„Zimmer fünfhundertdreißig, bitte.“

„Sir, es ist bereits nach ein Uhr – ist es wirklich dringend?“

„Dr. Lucas hat mich gebeten, ihn anzurufen, egal, um welche Uhrzeit.“

„Sehr wohl, Sir.“

Nach einer kurzen Pause ertönte das Rufzeichen. Nach viermaligem Klingeln wurde der Hörer abgenommen. „Hallo?“, sagte eine Stimme. Nach Anthony klang sie nicht, aber es konnte Pete sein.

Luke spielte den Beschwipsten: „He, Ronnie, Tim hier. Wir warten alle auf dich!“

„Du hast das falsche Zimmer erwischt, Kumpel.“ Der Mann legte auf.

„Es ist also einer drin“, stellte Billie fest.

„Wahrscheinlich mehr als einer.“

„Ich weiß, wie wir sie rauskriegen. Das hab ich mal in Lissabon gemacht, im Krieg. Komm mit."

Sie verließen die Telefonzelle. Luke bemerkte, wie Billie unauffällig ein Streichholzheftchen aus einem Aschenbecher neben dem Aufzug fischte. In der fünften Etage gingen sie leise an dem Zimmer mit der Nummer 530 vorbei, bis sie an eine ungekennzeichnete Tür kamen. Billie öffnete sie, und sie standen vor Regalen voller Wäsche. „Perfekt", sagte sie mit gesenkter Stimme. „Ist ein Feuermelder in der Nähe?"

Luke sah sich um. „Dort", sagte er.

„Gut." In dem Schrank lagen Laken und Wolldecken säuberlich auf Holzregalen gestapelt. Billie entfaltete eine Decke und ließ sie auf den Schrankboden fallen. Weitere Decken folgten, bis ein lockerer Haufen entstanden war. Billie nahm einen Zettel mit der Frühstücksbestellung von einem Türknauf, zündete ihn mit einem Streichholz an und hielt das Papier mit der auflodernden Flamme an die aufgehäuften Decken. „Jetzt siehst du, warum du niemals im Bett rauchen sollst", sagte sie.

Als der Stapel Feuer gefangen hatte, legte Billie Betttücher nach. Rauch quoll aus dem Schrank und breitete sich im Gang aus. „Zeit für den Feuermelder", sagte Billie. „Wir wollen schließlich keine Toten oder Verletzten."

Luke zerbrach die Glasscheibe des Feuermelders und drückte auf den großen roten Knopf. Eine Sekunde später erschütterte ein gellendes Klingeln den stillen Korridor.

Luke und Billie zogen sich zurück, behielten aber die Tür von Lukes Suite im Auge. Binnen kurzem war der Flur voller hustender Menschen, die durch den Rauch in Richtung Treppenhaus hasteten.

Ganz langsam öffnete sich auch die Tür zu Zimmer 530. Luke sah einen großen Mann in den Flur treten: Pete. Er zögerte und schloss sich dann den Flüchtenden an. Hinter ihm verließen noch zwei weitere Männer die Suite und folgten ihm.

„Sie sind alle draußen", sagte Luke, als die Männer verschwunden waren. „Komm mit." Sie gingen den Flur hinunter, verschwanden in der Suite und schlossen schnell die Tür.

„O mein Gott!", flüsterte Billie. „Dasselbe Zimmer!" Mit weit aufgerissenen Augen sah sie sich um. „Ich kann es nicht fassen", sagte sie. Ihre Stimme klang so belegt, dass Luke sie kaum verstehen konnte. „Es ist genau dieselbe Suite!"

Er blieb stehen und beobachtete sie. „Was war denn hier los?", fragte er schließlich.

Befremdet schüttelte sie den Kopf. „Ich kann es gar nicht glauben, dass du dich nicht daran erinnerst." Sie ging im Zimmer umher. „In der Ecke da stand ein Flügel", sagte sie. Sie warf einen Blick ins Bad. „Und hier drin gab's ein Telefon! Ich hatte vorher noch nie ein Telefon in einem Badezimmer gesehen."

Luke wartete geduldig.

„Während des Krieges kamst du mal auf Heimaturlaub", fuhr Billie fort. „Da hast du hier gewohnt." Sie holte tief Luft. „Hier in dieser Suite haben wir uns geliebt."

Er warf einen Blick ins Schlafzimmer. „Auf dem Bett da, nehme ich an."

„Nicht bloß auf dem Bett." Billie kicherte und wurde gleich wieder ernst. „Wie jung wir damals waren!"

„Wenn ich mich doch bloß daran erinnern könnte!", rief Luke heiser und sah sie voller Verlangen an. Zu seiner Verblüffung errötete Billie.

Luke ging zum Telefon, nahm den Hörer ab und wählte die Nummer der Rezeption. „Hier spricht Mr Davies", sagte Luke hastig. „Ich habe den Alarm ausgelöst. Ein Wäscheschrank bei Zimmer 540 brennt!" Er legte auf, ohne die Antwort abzuwarten.

Billie hatte ihre Emotionen inzwischen wieder im Griff. Aufmerksam sah sie sich um. „Deine Kleidung ist hier", sagte sie.

Auf dem Bett im Schlafzimmer lagen ein hellgraues Sportjackett aus Tweedstoff und ein paar anthrazitfarbene Hosen. Auf dem Fußboden stand ein Paar dunkelbraune Halbschuhe. Luke zog die Nachttischschublade auf und fand eine Brieftasche, ein Scheckheft und einen Terminkalender mit einer Liste von Telefonnummern auf den letzten Seiten. Er blätterte ihn rasch durch, bis er die laufende Woche erreichte, fand aber keine eindeutigen Hinweise.

Ein schon etwas ramponierter schwarzer Lederkoffer lag offen auf einer Ablage. Er stöberte darin herum, fand saubere Hemden und Unterwäsche, ein Notizbuch voll mit mathematischen Berechnungen und einen Krimi.

Billie inspizierte das Badezimmer. „Rasierzeug, Kulturbeutel, Zahnbürste – das wär's schon."

Im Schlafzimmer riss Luke alle Schranktüren und Schubladen auf, während Billie das Gleiche im Wohnzimmer tat. Luke fand in einem Schrank einen schwarzen Mantel aus Schurwolle und einen schwarzen Homburg, sonst nichts.

„Hier auf dem Schreibtisch sind die Anrufe notiert, die für dich eingegangen sind", sagte Billie. „Von Bernard, einem Colonel Hide und einer Person namens Marigold."

„Sie ist meine Sekretärin in Huntsville", sagte er. „Colonel Hide erwähnte, dass sie meinen Flug reserviert hat."

„Ob du ihr vielleicht den Grund für deine Reise genannt hast?“

„Möglich ist alles.“ Er zog den Terminkalender hervor und studierte noch einmal die Telefonnummern auf den letzten Seiten. „Hier ist es“, sagte er dann. „Marigold, privat.“ Er setzte sich an den Schreibtisch und wählte die Nummer.

Er musste es ein paarmal klingeln lassen, bis sich eine verschlafene Frauenstimme meldete.

„Es tut mir Leid, dass ich so spät störe“, sagte er. „Ist dort Marigold?“

„Dr. Lucas! Gott sei Dank, dass Sie anrufen! Niemand wusste, wo Sie waren, und nun heißt es, Sie haben Ihr Gedächtnis verloren! Stimmt das?“

„Ich fürchte, ja, aber ich hoffe, Sie können mir helfen, es wiederzubekommen.“

„Ich will es gern versuchen.“

„Wieso habe ich mich so plötzlich entschlossen, am Montag nach Washington zu fliegen? Hab ich Ihnen das erzählt?“

„Leider nicht, und dabei war ich so neugierig! Sie sagten nur, Sie müssten nach Washington fliegen und wollten in Huntsville für ein paar Stunden Station machen.“

„Und warum?“

„Das weiß ich nicht, aber Sie haben gesagt, dass niemand wissen darf, dass Sie in Huntsville Station machen wollten.“

„Aha! Ein heimlicher Besuch also.“

„Ja. Und es weiß auch niemand davon. Der Militärische Abschirmdienst und das FBI haben mich befragt, aber ich hab keinem davon erzählt.“

„Vielen Dank, Marigold.“ In dem Moment verstummte der

Feueralarm, und Luke wurde klar, dass ihnen nicht mehr viel Zeit blieb. „Ich muss Schluss machen“, sagte er zu Marigold. „Tut mir Leid, dass ich Sie so spät noch gestört habe.“

„Das macht doch nichts. Geben Sie gut auf sich Acht, ja?“ Sie hängte ein.

„Ich hab dir deinen Kram gepackt“, sagte Billie.

„Danke.“ Luke nahm seinen schwarzen Mantel aus dem Schrank, zog ihn an und setzte den Hut auf. „Wir machen uns besser aus dem Staub, bevor die Dunkelmänner zurückkommen.“

SIE FUHREN zu einem Imbiss, der rund um die Uhr geöffnet hatte. „Ich frage mich, wann morgens der erste Flug nach Huntsville geht“, sagte Luke, nachdem sie sich Kaffee bestellt hatten.

„Wir brauchen den offiziellen Flugplan“, antwortete Billie. „Ich wette, Bernard hat einen. Auf solche Sachen sind Schriftsteller immer ganz wild. Sie müssen ja dauernd was nachschlagen.“

„Aber Bernard schläft jetzt bestimmt.“

Billie stand auf. „Dann wecke ich ihn eben“, meinte sie und ging zu dem Telefon neben den Toiletten. Luke trank langsam seinen Kaffee und beobachtete sie. Während sie sprach, lächelte sie, legte den Kopf schräg und umschmeichelte ihren Exmann, den sie gerade aus dem Schlaf geholt hatte. Sie sah hinreißend aus, und Luke konnte sich gar nicht losreißen von ihrem Anblick.

Billie kehrte zum Tisch zurück. „Er kommt her und bringt uns das Ding“, sagte sie.

Luke sah auf die Uhr. Es war zwei Uhr morgens.

„Wahrscheinlich fahre ich von hier aus direkt zum Flughafen. Ich hoffe, es gibt eine frühe Maschine.“

Billie runzelte die Stirn. „Gibt es einen Termin einzuhalten?“

„Kann sein. Warum habe ich alles stehen und liegen lassen, um nach Washington zu fliegen? Ich bin sicher, dass es mit der Rakete zu tun hat. Gut möglich, dass der Start gefährdet ist.“

„Sabotage?“

„Genau. Und wenn ich Recht habe, muss ich es vor halb elf heute Abend beweisen.“

„Möchtest du, dass ich dich nach Huntsville begleite? Larry kann ich bei Bernard lassen.“

Luke schüttelte den Kopf. „Lieber nicht ... Aber danke für das Angebot.“

„Du wolltest schon immer alles alleine durchziehen.“

„Darum geht's nicht“, erwiderte er und schwieg einen Moment. „Ich fände es schön, wenn du mitkämst – zu schön. Habe ich dich schon immer so gern gehabt, oder ist das neu?“

„Nein, neu ist das nicht. Wir streiten uns dauernd. Aber wir beten uns an.“

„Wir haben uns geliebt, hast du gesagt. War's schön?“

Sie sah ihn mit Tränen in den Augen an. „So schön war es nie wieder.“

„Wieso bin ich dann nicht mit dir verheiratet?“

Billie fing an zu weinen. Ihre schmalen Schultern bebten. „Weil ...“

Sie wischte sich die Augen und holte tief Luft. „Du warst so böse auf mich, dass du fünf Jahre lang kein Wort mit mir gewechselt hast.“

Anthonys Eltern besaßen ein Gestüt in Virginia, unweit Charlottesville. Das große Holzhaus war weiß gestrichen und sehr geräumig. In den weitläufigen Seitenflügeln war Platz für eine ganze Reihe Gästezimmer.

Am Freitag nach der Kapitulation Japans hatte Anthony seine Freunde dorthin eingeladen. Luke war in einem kleinen, makellos sauberen Schlafzimmer mit gebohnertem Dielenboden und einem hohen, altmodischen Bett untergebracht. Er zog seine Uniform aus – er war inzwischen zum Major befördert worden – und schlüpfte in eine graue Flanellhose und ein elegantes schwarzes Sportjackett aus Kaschmir. Als er gerade seine Krawatte band, streckte Anthony den Kopf zur Tür herein. „Bist du fertig? Im Salon gibt es Cocktails", erklärte er.

„Ich bin gleich so weit", sagte Luke. „Welches Zimmer hat Billie?"

Anthony runzelte etwas unwillig die Stirn. „Ich muss dir leider gestehen, dass die Mädchen im anderen Flügel untergebracht sind", sagte er. „In diesen Dingen ist der Admiral furchtbar altmodisch." Sein Vater hatte sein ganzes Leben bei der Marine zugebracht.

„Kein Problem", sagte Luke und zuckte die Achseln. Er hatte sich in den vergangenen drei Jahren im vom Feind besetzten Europa viele Nächte um die Ohren geschlagen: Das Schlafzimmer seiner Liebsten würde er auch im Dunkeln finden.

Als er hinunterging, warteten seine alten Freunde schon auf

ihn – nicht nur Anthony und Billie, auch Elsbeth, Bernard und Bernards Freundin Peggy waren gekommen. Während des Krieges war Luke lange Zeit mit Bernard und Anthony zusammen gewesen, und den Urlaub hatte er stets mit Billie verbracht, doch Elsbeth und Peggy hatte er seit 1941 nicht mehr gesehen.

Der Admiral reichte ihm einen Martini, und Luke gönnte sich einen großen Schluck. Wenn jetzt nicht Zeit zum Feiern war, wann dann? Sie alle unterhielten sich lebhaft und tranken ihre Cocktails, der Admiral schneller als alle anderen. Später beim Essen dachte Luke an die vielversprechenden jungen Leute, die vier Jahre zuvor solche Angst gehabt hatten, von Harvard gewiesen zu werden. Elsbeth war nach drei Jahren eiserner Kriegsrationen in London erschreckend abgemagert. Bernard sah mit seinen 27 Jahren zehn Jahre älter aus, als er war. Er hatte seinen zweiten Krieg und die dritte Verwundung hinter sich. Anthony war am besten davongekommen; er hatte den größten Teil des Krieges in Washington verbracht. Auch Billie war noch immer das strahlende Energiebündel von früher.

Luke hob sein Weinglas. „Trinken wir auf alle, die überlebt haben – und auf alle, denen es nicht gelungen ist!“

Sie tranken.

„Trinken wir auf die Männer, die der Kriegsmaschinerie der Nazis das Rückgrat gebrochen haben“, sagte Bernard dann. „Trinken wir auf die Rote Armee!“

Der Admiral machte eine etwas saure Miene, doch sie folgten alle seiner Aufforderung.

Später wurde im Salon der Kaffee serviert. Luke reichte die Tassen herum, und als er Billie Zucker und Sahne anbot, sagte sie leise: „Ostflügel, erster Stock, letzte Tür links.“

Gegen halb elf bestand der Admiral darauf, dass die Männer ins Billardzimmer umsiedelten. Er goss sich ein großes Glas Bourbon ein und schleppte Luke zum anderen Ende des Raums, um ihm seine Waffensammlung zu zeigen, die in einer Glasvitrine ausgestellt war.

„Ich kenne und achte Ihre Familie, Mr Lucas", sagte der Admiral, während sie ein Enfield-Gewehr betrachteten. „Ihr Vater ist ein sehr bedeutender Mann."

„Danke", sagte Luke und fragte sich, ob der Admiral etwas Bestimmtes mit dieser Aussage bezweckte.

„Sie werden auch bei der Brautschau Rücksicht auf Ihre Familie nehmen müssen, mein Junge", fuhr der Admiral fort. „Die zukünftige Mrs Lucas wird eines Tages einen Platz in den höchsten Rängen der amerikanischen Gesellschaft einnehmen. Suchen Sie sich ein Mädchen, das diesen Ansprüchen gewachsen ist."

Darauf also lief es hinaus! Verärgert stellte Luke das Gewehr wieder in den Schrank. „Ich werd's mir merken, Admiral", sagte er und wandte sich zum Gehen.

Doch der Admiral legte ihm die Hand auf den Arm. „Was immer Sie auch tun, sehen Sie zu, dass Sie nicht an dieser kleinen Jüdin hängen bleiben – sie ist nicht gut genug für Sie."

Luke knirschte mit den Zähnen. „Entschuldigen Sie, aber über solche Dinge spreche ich lieber mit meinem eigenen Vater."

„Aber Ihr Herr Vater weiß doch nichts von ihr, oder?"

Luke errötete. Damit hatte der Admiral ins Schwarze getroffen. Weder kannte Billie seine Eltern noch er ihre Mutter. Der Krieg hatte ihnen keine Zeit dafür gelassen.

„Verzeihen Sie, Admiral, aber ich darf Sie darüber in Kenntnis setzen, dass ich derartige Bemerkungen als persönliche Beleidigung auffasse", sagte er.

„Das verstehe ich ja, mein Junge, aber ich weiß vielleicht mehr über die fragliche Dame als Sie."

„Einen feuchten Kehricht tun Sie!", gab Luke zurück.

Der Admiral legte Luke den Arm um die Schultern. „Schauen Sie, mein Sohn, ich bin auch nur ein Mann und kann Sie gut verstehen. Solange Sie die Sache nicht allzu ernst nehmen, ist nichts dabei, wenn Sie ab und zu mit 'ner kleinen Nutte ins Bett gehen. Wir alle haben ..." Er brachte seinen Satz nicht zu Ende.

Luke drehte sich um, legte beide Hände auf die Brust des Admirals und gab ihm einen heftigen Stoß. Der alte Mann stolperte rückwärts, sein Glas flog durch die Luft, und er landete mit dem Hinterteil voran auf dem Teppich.

Anthony packte Luke am Arm. „Um Himmels willen, Luke, reiß dich zusammen!"

Bernard trat zwischen die beiden und den noch immer auf dem Boden hockenden Admiral. „Immer mit der Ruhe, meine Herrschaften", sagte er.

„Zum Teufel mit der Ruhe!", fauchte Luke. „Da werde ich eingeladen und muss mir anhören, wie meine Freundin beleidigt wird."

„Sie ist ein Flittchen!", röhrte der Alte auf dem Teppich. „Ich muss das wissen, verdammt noch mal! Schließlich habe ich ihre Abtreibung bezahlt!"

Luke war wie vom Blitz getroffen. „Abtreibung?"

„Ja, zum Teufel!" Der Alte rappelte sich auf. „Anthony hat sie geschwängert, und ich musste tausend Dollar hinlegen, damit sie den kleinen Wechselbalg loswurde."

„Sie lügen!“

„Fragen Sie Anthony.“

Luke sah Anthony an. Der schüttelte den Kopf. „Es war nicht mein Kind. Das hab ich meinem Vater bloß gesagt, damit er mir die tausend Dollar gibt. Es war dein Baby, Luke.“

Luke errötete bis zu den Haarwurzeln. Der Admiral hatte ihn vorgeführt, und alle wussten es. Er hatte geglaubt, Billie zu kennen, und doch hatte sie ein so gravierendes Ereignis vor ihm geheim gehalten. Sie war schwanger gewesen, und alle hatten es gewusst. Im Sturmschritt verließ er das Zimmer, rannte die Treppe hinauf in den Ostflügel, fand rasch Billies Zimmer und trat ein, ohne anzuklopfen.

Den Kopf auf die Hand gestützt, lag sie nackt auf dem Bett und las. Der Anblick raubte Luke einen Moment lang den Atem. Glücklich lächelnd blickte sie zu ihm auf, doch dann sah sie sein Gesicht und setzte sich erschrocken auf.

„Der Admiral da unten behauptet, er hätte dir eine Abtreibung bezahlt! Ist das wahr?“, schrie Luke. „Sag's mir!“

Sie wurde blass, brach in Tränen aus und vergrub das Gesicht in den Händen. „Es tut mir Leid“, schluchzte sie. „Ich hätte so gern ein Kind mit dir gehabt, aber du warst in Frankreich, und ich wusste nicht, ob du jemals zurückkommen würdest. Ich musste alles ganz allein entscheiden. Es war die schlimmste Zeit meines Lebens!“

„Du hättest es mir sagen müssen, spätestens bei meinem nächsten Heimaturlaub.“

Billie seufzte. „Ja, ich weiß. Aber Anthony meinte, ich solle besser schweigen. Es ist nicht gerade schwer, ein Mädchen davon zu überzeugen, dass es dergleichen besser für sich behält.“

„Du hast mich hintergangen – bei einer so lebenswichtigen Sache! Wie soll ich dir da jemals wieder vertrauen?"

Die Verzweiflung stand ihr in den Augen. „Du willst mir damit sagen, dass es vorbei ist?"

„Ja."

Sie fing wieder an zu weinen. „Du Idiot!", rief sie unter Tränen. „Du weißt nichts, absolut gar nichts vom Leben. Du kennst bloß den Krieg."

„Der Krieg hat mich gelehrt, dass nichts so wichtig ist wie Treue und Loyalität."

„Wenn wir Menschen unter Druck gesetzt werden, lügen wir das Blaue vom Himmel herunter, das hast du immer noch nicht begriffen."

„Auch gegenüber denen, die wir lieben?"

„Die belügen wir am allermeisten, weil es uns nicht egal ist, was sie von uns halten."

Luke hatte für solche Ausflüchte nur Verachtung übrig. „Meine Einstellung zum Leben ist eine grundlegend andere."

„Du hast leicht reden, du Glückspilz", erwiderte Billie voller Bitterkeit. „Du kommst aus einer intakten Familie, hast nie einen schweren Verlust, nie eine Zurückweisung erlebt. Der Krieg mag hart für dich gewesen sein, aber man hat dich weder gefoltert noch zum Krüppel geschossen. Dir ist noch nie etwas wirklich Schlimmes zugestoßen. Klar, dass du nie lügst!"

„Wenn das deine Meinung von mir ist, dann musst du heilfroh darüber sein, dass unsere Beziehung beendet ist." Er wandte sich zum Gehen.

„Nein, ich bin nicht froh." Tränen liefen ihr übers Gesicht. „Ich liebe dich. Es tut mir Leid, dass ich dich hintergangen habe.

Aber ich bin nicht bereit, ewig in Sack und Asche zu gehen, weil ich in einer Krise vielleicht die falsche Entscheidung getroffen habe."

Irgendwo in seinem Hinterkopf erhob sich eine kleine Stimme, die ihm sagte: Luke, du bist drauf und dran, das Kostbarste wegzuwerfen, das du jemals besessen hast. Aber er war so aufgebracht, so beschämt, so tief getroffen und verletzt, dass er nicht auf sie hörte.

„Geh nicht weg!", flehte Billie.

„Scher dich zum Teufel!", sagte er und ging hinaus.

2.30 UHR: „ICH begreife nicht, wie ich dich einfach so verlassen konnte", sagte Luke. „Habe ich denn überhaupt nicht verstanden, was du durchgemacht hast?"

„Es war nicht allein deine Schuld", sagte Billie müde. „Ich dachte das damals zwar, aber inzwischen sehe ich meine Rolle in dem Schlamassel auch etwas differenzierter."

„Und deshalb hast du Bernard geheiratet."

Sie lachte. „Du unverbesserlicher Egoist", sagte sie liebevoll. „Ich habe Bernard nicht geheiratet, weil du mich verlassen hast. Ich habe ihn geheiratet, weil er einer der besten Männer der Welt ist. Ich habe Jahre gebraucht, um über die Sache mit dir hinwegzukommen, aber als ich es endlich geschafft hatte, da habe ich mich in Bernard verliebt."

„Und wir beide, du und ich, sind wieder Freunde geworden?"

„Ganz langsam, ja. Als Larry geboren wurde, habe ich dir geschrieben, und du hast uns besucht. Ein Jahr später hat Anthony eine riesige Party zu seinem dreißigsten Geburtstag gegeben. Da haben wir uns alle wiedergesehen. Du warst damals wieder in

Harvard und hast an deiner Doktorarbeit gesessen. Wir anderen waren alle in Washington – Anthony und Elsbeth bei der CIA, ich an der George-Washington-Universität und Bernard beim Rundfunk."

„Wann habe ich Elsbeth geheiratet?"

„Das war 1954 – im gleichen Jahr, als Bernard und ich geschieden wurden."

„Weißt du, warum ich sie geheiratet habe?"

Billie zögerte. „Diese Frage kann ich dir nicht beantworten", sagte sie endlich.

Bevor Luke nachfragen konnte, fuhr draußen ein weißer Lincoln Continental vor. Bernard sprang heraus und kam ins Lokal.

„Entschuldige, dass wir dich geweckt haben", sagte Luke zu ihm.

„Schon gut", sagte Bernard. „Hier."

Er legte ein dickes Heft auf den Tisch. Auf dem Einband stand: OFFIZIELLER FLUGPLAN – ERSCHEINT MONATLICH. Luke nahm es auf.

„Ich glaube, die Capital Airlines fliegen in den Süden", sagte Billie.

Luke schlug die entsprechenden Seiten auf. „Da gibt's eine Maschine, die geht fünf vor sieben, aber die landet in jedem Dorf in Dixieland und ist erst um 14.30 Uhr Ortszeit in Huntsville."

Bernard sah über Lukes Schulter. „Der nächste Flieger geht dann erst um neun, aber der macht nicht so viele Zwischenlandungen. Damit wärst du schon kurz nach zwölf in Huntsville."

„Ich würde ja die spätere Maschine nehmen, aber ich habe keine große Lust, länger als unbedingt nötig in Washington rumzuhängen", sagte Luke. „Vielleicht könnte ich von hier mit dem

Auto losfahren und irgendwo unterwegs ins Flugzeug umsteigen. Die frühere Maschine landet zum ersten Mal in Newport News um zwei Minuten nach acht. Könnte ich rechtzeitig dort sein?"

„Bis dahin sind es dreihundert Kilometer", sagte Billie. „Dafür brauchst du etwa vier Stunden. Dann hast du immer noch eine Stunde Spielraum."

„Mehr sogar, wenn du meinen Wagen nimmst", sagte Bernard. „Der fährt hundertsiebzig Spitze."

„Du würdest mir dein Auto borgen?"

„Wir beide haben einander schon das Leben gerettet. Was ist da ein Auto? Aber du hast noch ein Problem", sagte Bernard.

„Und welches ist das?"

„Man hat mich auf dem Weg hierher verfolgt."

3 UHR: EINE Straße weiter saß Anthony am Steuer seines Cadillac und beobachtete das Restaurant. Es schien eine Stammkneipe von Polizisten zu sein: Außer Billies rotem Thunderbird und Bernards Continental parkten zwei Streifenwagen vor dem Lokal.

Ackie Horwitz war zur Beobachtung von Bernard Rothstens Wohnung abgestellt gewesen. Als Bernard mitten in der Nacht seine Wohnung verlassen hatte, war Ackie ihm gefolgt. Jetzt kam der Agent mit einem Becher Kaffee und einem Schokoriegel in der Hand aus dem Lokal und ging zu Anthonys Wagen. Anthony kurbelte sein Fenster herunter.

„Lucas ist da drin", sagte Ackie. „Trägt jetzt einen schwarzen Mantel und hat einen schwarzen Hut auf. Rothsten ist bei ihm. Und die Frau."

„Ich warte hier, bis er rauskommt, dann folge ich ihm."

„Alles klar." Ackie ging zu seinem Motorrad und fuhr davon.

Ein paar Minuten später ging die Tür des Lokals auf. Zuerst kam Billie heraus. Dann kam ein Mann in schwarzem Mantel mit einem schwarzen Hut auf dem Kopf: Luke. Billie und er gingen zu dem Thunderbird und stiegen ein. Als Letztes erschien eine Gestalt im Trenchcoat und stieg in den weißen Lincoln. Der Thunderbird startete zuerst, und der Lincoln folgte ihm. Anthony wartete einige Sekunden, dann fuhr er auch los.

Billie fuhr in westlicher Richtung, und der kleine Konvoi folgte ihr. An der Vierzehnten Straße mussten sie an einer roten Ampel anhalten. Als sie wieder grün wurde, schoss Billies Thunderbird plötzlich davon, während der Lincoln sich nicht vom Fleck rührte. Anthony fluchte, überholte den stehenden Lincoln und jagte dem Thunderbird hinterher.

Billie kurvte durch das Straßengewirr hinter dem Weißen Haus und kümmerte sich weder um rote Ampeln noch um Einbahnstraßen. Anthony hatte Mühe, ihr zu folgen, da der Cadillac bei weitem nicht so wendig war wie der Thunderbird, und so vergrößerte sich Billies Vorsprung zusehends.

Doch dann kam ihm das Glück zu Hilfe: Aus einer geplatzten Wasserleitung an der Bordsteinkante schoss eine Fontäne, und die Straße war über ihre gesamte Breite fünf bis zehn Zentimeter hoch überschwemmt. Billie, die mit quietschenden Reifen um die Kurve gefahren war, geriet ins Schleudern, rutschte quer über die Straße und kam kurz vor einem parkenden Wagen zum Stehen. Anthony hielt unmittelbar vor dem Kühler des Thunderbird und blockierte somit dessen Fluchtweg. Billie saß in der Falle.

Anthony stieg aus und rannte zur Beifahrerseite des Thunderbird. „Raus aus dem Auto!“, schrie er und zog seine Pistole. Die Wagentür öffnete sich, und der schwarz gekleidete Mann stieg aus.

Anthony erkannte auf den ersten Blick, dass es nicht Luke war, sondern Bernard. Die blanke Wut stieg in ihm auf. „Du Vollidiot!“, schrie er Bernard an. „Du weißt ja gar nicht, was du angerichtet hast!“

Bernard blieb aufreizend ruhig. „Na, dann raus mit der Sprache, Anthony“, sagte er. „Was habe ich denn angerichtet?“

Anthony wandte sich ab und steckte die Waffe wieder ein.

4.30 Uhr: „Du bist verliebt in Luke, stimmt's?“, fragte Bernard.

Sie saßen in ihrem Auto vor dem Haus, in dem Bernard wohnte. Billie wollte so schnell wie möglich nach Hause zu Larry und Becky-Ma.

„Verliebt?“, fragte sie ausweichend. „Meinst du?“

Bernard lächelte. „Mir ist seit langem klar, dass du eigentlich Luke hättest heiraten sollen. Mich hast du auch geliebt, aber auf eine ganz andere Art.“

Er hatte Recht. Ihre Liebe zu Bernard war ein sanftes, ruhiges Gefühl gewesen. Doch Luke liebte sie mit einer so brennenden Leidenschaft, dass sie diesem Gefühl hilflos ausgeliefert war.

„Luke ist verheiratet“, erwiderte sie. „Und er ist der Typ des treuen Ehemanns.“

Bernard lachte. „Wahrscheinlich hast du Recht.“ Er küsste Billie auf die Wange und stieg aus. „Sag mir Bescheid, wenn du morgen von Luke hörst.“

„Mach ich.“

Bernard ging ins Haus, und Billie startete den Wagen. Sie

überquerte die Memorial-Brücke, fuhr um den Nationalfriedhof herum und kurvte im Zickzack durch die Vorstadtstraßen nach Hause. Wie immer fuhr sie rückwärts in ihre Einfahrt, das hatte sie sich angewöhnt, weil beim Aufbruch meistens Eile geboten war. Im Haus hängte sie ihren Mantel an den Garderobenständer in der Diele und ging sofort die Treppe hinauf, um nach Larry zu sehen.

Sein Bett war leer.

„Larry!“, schrie sie in Panik. „Wo bist du?“ Sie schaute in jedes Zimmer, dann sah sie in der Garage und im Hof nach. Larry war nicht da. Sie rannte wieder ins Haus, inspizierte erneut jedes Zimmer, riss Schränke und Türen auf, guckte unter jedes Bett, durchsuchte jeden Winkel, der groß genug war, dass sich ein Siebenjähriger dort hätte verstecken können.

Becky-Ma kam aus ihrem Schlafzimmer. „Was ist los?“, fragte sie mit zittriger Stimme.

„Wo ist Larry?“, rief Billie.

„In seinem Bett, dachte ich.“

Billie bezwang ihre Panik, ging in Larrys Zimmer und unterzog es einer genauen Musterung. Nicht das geringste Indiz deutete auf eine handgreifliche Auseinandersetzung hin. Im Schrank fand sie den blauen Schlafanzug mit den Teddybärmotiven, den Larry gestern Abend angezogen hatte; er lag anständig zusammengefaltet im Fach. Die Sachen, die sie ihm für die Schule herausgelegt hatte, waren fort. Es sah aus, als habe ihn jemand abgeholt – jemand, dem er vertraute.

Anthony.

Im ersten Moment empfand sie Erleichterung. Anthony war Larrys Patenonkel, er würde dem Kind nichts tun. Doch vor ein paar Stunden hätte sie noch behauptet, dass Anthony Luke nichts tun würde, aber er hatte auf ihn geschossen. Sie musste Larry wiederhaben, und zwar schnell.

Hastig lief sie die Treppe hinunter, um Anthony anzurufen, doch das Telefon klingelte, bevor sie es erreichte. Sie riss den Hörer an sich. „Ja?"

„Hier ist Anthony."

„Wie kannst du nur so grausam sein?", schrie sie.

„Ich muss wissen, wo Luke ist", antwortete er kühl. „Es ist unglaublich wichtig."

„Er ist nach –" Sie hielt mitten im Satz inne. „Wo ist Larry?"

„Bei mir. Es geht ihm gut, mach dir keine Sorgen. Sag mir einfach, was ich wissen muss, und alles kommt wieder in Ordnung."

„Hör zu: Sobald ich meinen Sohn sehe, sag ich dir, wo Luke ist."

„Vertraust du mir denn nicht?"

„Soll das ein Witz sein?"

Anthony seufzte. „Okay. Komm um sieben Uhr zum Jefferson Memorial."

Sie warf einen Blick auf ihre Uhr. Es war kurz nach sechs. „Ich komme."

Sie hängte auf.

„Was gibt es?", fragte Becky-Ma. „Was ist hier los?"

Billie versuchte, gelassen zu wirken. „Larry ist bei Anthony. Ich fahre jetzt los und hole ihn ab."

Sie ging die Treppe hinauf. In ihrem Schlafzimmer nahm sie einen Stuhl, stellte ihn vor ihren Kleiderschrank und stieg hinauf. Sie holte einen kleinen Koffer herunter, legte ihn aufs Bett und öffnete ihn. In ein Tuch gewickelt, lag ein .45er Colt darin.

Im Krieg waren sie alle mit Colts ausgerüstet worden. Obwohl Billie den ihren nur als Erinnerungsstück behalten hatte, hatte sie ihn regelmäßig gereinigt und geölt und auch eine Schachtel mit Munition aufbewahrt. Sie lud die Trommel und steckte die Waffe ein.

Dann rannte sie aus dem Haus und sprang ins Auto.

6.30 UHR: Es war noch dunkel, als Luke in Newport News ankam und auf den kleinen Parkplatz vor dem verschlossenen Flughafengebäude fuhr.

Nach über vierundzwanzig Stunden ohne Schlaf war er vollkommen übermüdet, aber in seinen Gedanken ging es drunter und drüber. Er war in Billie verliebt. Dreihundert Kilometer von ihr entfernt konnte er es sich endlich eingestehen. Aber was war mit Elsbeth? Warum hatte er sie geheiratet? Darauf hatte Billie ihm keine Antwort geben wollen. Er sah auf seine Uhr. Bis zum Abflug blieb ihm noch über eine Stunde. Er stieg aus dem Wagen und ging zur nächsten Telefonzelle.

Elsbeth nahm sofort ab, als wäre sie bereits wach gewesen. Plötzlich war Luke verlegen. „Äh … Guten Morgen, Elsbeth."

„Ich bin so froh, dass du anrufst", sagte sie. „Ich war ganz außer mir vor Sorge. Geht's dir gut?"

„Ja, inzwischen wieder. Stell dir vor, es ist Anthony, dem ich diesen Gedächtnisverlust verdanke. Er hat eine Sonderbehandlung aus Elektroschocks und Drogen an mir vornehmen lassen."

„Warum denn das, um Gottes willen?"

„Er behauptet, ich wäre ein sowjetischer Spion."

„Das ist doch absurd."

„Jedenfalls hat er das zu Billie gesagt."

„Von wo aus rufst du an?"

Er zögerte. Es war nicht auszuschließen, dass seine Feinde Elsbeths Telefon angezapft hatten. „Das möchte ich eigentlich nicht sagen, es könnte jemand mithören."

„Schon gut, ich verstehe. Was hast du als Nächstes vor?"

„Ich muss herausfinden, was ich unbedingt vergessen sollte."

„Wie willst du das anstellen?"

„Das will ich am Telefon lieber nicht sagen."

„Es ist wirklich schade, dass du mir so gut wie gar nichts erzählen kannst." Ihre Stimme klang ein bisschen ungeduldig.

„Eigentlich habe ich vor allem deswegen angerufen, weil ich dich noch ein paar Dinge fragen wollte. Warum können wir keine Kinder bekommen?"

„Das wissen wir nicht. Du warst voriges Jahr bei einem Spezialisten, aber der meinte, es sei alles in Ordnung. Und ich war vor ein paar Wochen bei einer Ärztin in Atlanta. Sie hat mehrere Tests gemacht. Derzeit warten wir auf die Ergebnisse."

„Könntest du mir erzählen, wie es zu unserer Heirat gekommen ist?"

„Na ja, ich hatte dich jahrelang nicht gesehen, und dann haben wir uns 1954 in Washington wieder getroffen", begann sie. „Ich war damals noch bei der CIA. Du hast in Pasadena gearbeitet und bist zu Peggys Hochzeit gekommen. Beim Frühstück saßen wir nebeneinander. Wir haben geredet und geredet – es war, als wären keine dreizehn Jahre vergangen. Später hast du mich in meine Wohnung begleitet, und dort habe ich dich verführt. Mit dem ältesten Trick der Welt ..."

Elsbeth hatte eine hübsche kleine Wohnung, die sie mit modernen, kantigen Möbeln eingerichtet hatte. Während Luke die Martinis mixte, kochte Elsbeth Spaghetti in der winzigen Küche. Luke erzählte ihr von seinem Job.

„Das freut mich riesig für dich“, sagte sie mit neidloser Begeisterung. „Du wolltest ja immer den Weltraum erforschen – jedenfalls hast du schon in Harvard dauernd davon gesprochen.“

„Ja, aber damals hielten es die meisten für eine alberne Träumerei.“

„Ich bin immer noch skeptisch, ob es sich jemals realisieren lassen wird.“

„Ich glaube schon“, erwiderte er ernst. „Die Hauptprobleme wurden während des Krieges von deutschen Wissenschaftlern gelöst. Die Deutschen haben Raketen gebaut, die in Holland abgefeuert wurden und in London niedergingen.“

„Ich war zu der Zeit dort. Es war furchtbar.“ Ein Schauder überlief sie, als sie daran dachte, wie sie im Bombenhagel durch die dunklen Straßen gegangen war. „Unsere Raketen sind also auf dem gleichen Prinzip aufgebaut wie die alten Fernraketen der Deutschen?“

„Richtig. Auf ihrer V 2, um genau zu sein.“ Luke durfte eigentlich nicht über seine Arbeit sprechen, doch Elsbeth war vermutlich noch schärferen Sicherheitsbestimmungen unterworfen als er selbst. Noch nie war ihm ein Mädchen begegnet, das so großes Interesse an Raketentechnik gezeigt hatte.

Sie bat ihn, auf den Herd zu achten, weil sie sich ein bisschen frisch machen wollte. Luke legte Jackett und Krawatte ab und rührte die Soße mit einem Holzlöffel.

„Luke, kannst du mal kommen?“, rief Elsbeth plötzlich.

Er ging ins Badezimmer. Elsbeths Kleid hing an der Innenseite der Tür. Sie stand vor ihm in einem trägerlosen pfirsichfarbenen Büstenhalter und einem dazu passenden Schlüpfer und hielt die Hand vors Gesicht. „Ich hab Seife ins Auge gekriegt! Kannst du versuchen, sie mir rauszuspülen?“

„Beug dich vor, und halt dein Gesicht übers Becken“, sagte er und legte seine linke Hand auf ihren Rücken. Ihre Haut fühlte sich warm und weich an, während er mit der Rechten Wasser schöpfte und ihr das Auge auswusch.

„Schon besser“, sagte sie nach einer Weile und richtete sich auf. Behutsam tupfte er ihr mit einem sauberen Handtuch das Gesicht trocken. Sie lächelte, und ihre Lippen waren etwas geöffnet. Sie zu küssen, war die leichteste Sache der Welt. Elsbeth erwiderte den Kuss, zunächst ein wenig zögernd, doch dann schlang sie die Arme um seinen Hals, zog sein Gesicht zu sich heran und küsste ihn richtig.

Nach einer Weile hob er sie auf die Arme, trug sie ins Schlafzimmer und legte sie aufs Bett. Sie liebten sich langsam und intensiv. „Wie sehr habe ich mich danach gesehnt“, flüsterte sie ihm ins Ohr, und dann schrie sie auf vor Lust und ließ sich erschöpft zurückfallen.

Bald darauf schlief sie tief und fest, während Luke wach lag und über sein Leben nachdachte. Er hatte sich immer eine Familie gewünscht. Doch inzwischen war er 34 und immer noch Junggeselle. Seit dem Krieg hat meine Karriere Vorrang gehabt, sagte er sich. Aber das war nicht der eigentliche Grund dafür, dass er noch immer allein war. In Wahrheit hatte es nur zwei Frauen gegeben, die je sein Herz berührt hatten: Billie und Elsbeth. Billie hatte ihn hintergangen, aber Elsbeth war jetzt bei ihm.

Als der Tag anbrach, stand er auf, kochte Kaffee und trug ihn auf einem Tablett ins Schlafzimmer, wo Elsbeth im Bett saß und mit ihren schläfrigen Augen und dem verstrubbelten Haar hinreißend aussah. Sie lächelte ihn glücklich an.

„Ich möchte dich etwas fragen", sagte er, setzte sich auf die Bettkante und nahm ihre Hand. „Willst du mich heiraten?"

7 UHR: ES WAR noch dunkel, als Anthony vor dem Jefferson Memorial vorfuhr. Larry saß zwischen ihm und Pete auf dem Vordersitz.

Draußen war keine Menschenseele zu sehen.

Die Statue von Thomas Jefferson stand unter einem hohen Kuppeldach und war umgeben von einem doppelten Säulenkreis. Hinten führte eine imposante Treppe hinauf, die normalerweise voll mit Menschen war. Doch um diese Zeit war niemand hier.

„Die Statue selbst ist sechs Meter hoch", erklärte Anthony. „Sie ist hinter den Säulen. Von hier aus kannst du sie nicht sehen."

„Warum sind wir nicht bei Tag hergekommen?", maulte Larry.

Anthony mochte sein Patenkind und hatte schon des Öfteren etwas mit Larry unternommen. Larry war immer begeistert von diesen Ausflügen, aber er spürte, dass heute etwas nicht stimmte. Anthony war anders als sonst, es war viel zu früh, und er wollte zu seiner Mutter.

„Warte mal einen Augenblick, Larry", sagte Anthony und öffnete die Tür. „Ich muss ein paar Takte mit Pete reden." Beide Männer stiegen aus. Es war so kalt, dass ihr Atem kleine Wölkchen bildete.

„Sie nehmen den Jungen und zeigen ihm das Denkmal", sagte Anthony. „Bleiben Sie auf dieser Seite, damit sie ihn sehen kann, wenn sie kommt."

„In Ordnung." Petes Stimme klang etwas gepresst.

„Wir tun dem Kind nichts und seiner Mutter auch nicht, aber sie wird uns sagen, wo Luke ist." Anthony öffnete die Wagentür. „Komm, Larry. Onkel Pete zeigt dir jetzt das Denkmal."

Larry stieg aus. „Wenn wir es angeguckt haben, würde ich gerne nach Hause fahren", sagte er höflich. Anthony lächelte ihn aufmunternd an und nickte. Der Junge griff nach Petes Hand, und die beiden gingen um das Denkmal herum zur Treppe auf der Rückseite. Kurz darauf waren sie im Licht der Autoscheinwerfer vor den Säulen zu sehen.

Wenige Sekunden später tauchte ein Auto auf, ein Ford Thunderbird. Er hielt zwanzig Meter vor Anthonys Cadillac, und eine kleine, schmale Gestalt sprang heraus. Den Motor ließ sie laufen.

„Hallo, Billie", sagte Anthony.

Sie blickte hinüber zu dem Denkmal, wo sie Pete und Larry auf dem hohen Sockel stehen sah, und rührte sich nicht vom Fleck.

Anthony ging auf sie zu. „Mach jetzt bitte keine Szene, Billie, das würde Larry nur beunruhigen."

„Wer beunruhigt hier wen, du Mistkerl?“ Sie war den Tränen nahe.

„Ich musste es tun.“

„Kein Mensch muss so etwas tun.“

Es war Zeitverschwendung, mit ihr zu diskutieren. „Wo ist Luke?“, fragte er.

Billie schwieg eine Weile. „Luke ist auf dem Weg nach Huntsville“, sagte sie schließlich.

Anthony entfuhr ein tiefer Seufzer der Befriedigung. „Ich weiß, dass die Armee in Huntsville ihre Raketen baut, aber das große Ereignis findet doch in Florida statt. Warum also Huntsville?“

„Ich weiß nicht, warum.“

Anthony versuchte, ihr Gesicht zu erkennen, doch dazu war es zu dunkel. „Ich glaube, du verschweigst mir etwas.“

„Es ist mir egal, was du glaubst. Ich nehme jetzt meinen Sohn mit und fahre heim.“

„Nein, das tust du nicht“, erwiderte Anthony. „Wir behalten ihn noch eine Weile.“

„Warum? Ich hab dir doch gesagt, wo Luke ist!“ Billies Stimme war voller Angst.

„Vielleicht kannst du uns noch anderweitig helfen.“

„Das ist unfair!“

„Du wirst es überleben.“ Er wandte sich ab.

Aber das war ein Fehler.

Sie stürzte sich auf ihn und rammte ihm die rechte Schulter ins Kreuz. Sie wog nur 55 Kilo, doch sie profitierte vom Überraschungsmoment und ihrer Wut. Anthony stöhnte auf vor Schmerz und fiel nach vorn auf Hände und Knie. Sofort zog Billie den .45er Colt aus ihrer Manteltasche. Als Anthony versuchte aufzustehen, kniete Billie auch schon neben ihm und rammte ihm den Lauf des Revolvers in den Mund. Sie spürte, wie ein Zahn abbrach.

„Du rufst jetzt deinen Komplizen und sagst ihm genau, was ich dir vorspreche", zischte sie und zog ihm die Waffe aus dem Mund. „Los, ruf ihn!"

Anthony zögerte, bis Billie ihm die Mündung des Revolvers aufs linke Augenlid drückte.

„Pete!", rief er.

„Was ist los?", gab Pete zurück. „Wo sind Sie?"

Anthony und Billie befanden sich zwischen den beiden Autos, sodass Pete sie nicht sehen konnte. Er wirkte verunsichert.

„Larry, hier ist Mami. Steig in den Thunderbird!", rief Billie.

Sofort packte Pete Larrys Arm und hielt ihn fest.

„Der Mann lässt mich nicht!", kreischte Larry.

„Onkel Anthony wird dem Mann gleich sagen, dass er dich gehen lassen soll." Sie drückte den Lauf fester auf Anthonys Auge.

„Ja, ja!", rief Anthony. „Lassen Sie den Jungen gehen!"

„Okay!" Pete ließ Larrys Arm los, und der Junge rannte auf Billie zu. „Nicht hierher!", befahl sie und bemühte sich, ihre Stimme ruhig klingen zu lassen. „Setz dich ins Auto, schnell!"

Larry gehorchte, rannte zum Thunderbird und sprang hinein.

Mit einer peitschenden Bewegung schlug Billie, so stark sie konnte, Anthony die Waffe rechts und links ins Gesicht. Stöhnend lag er da.

„Vergiss das nicht, falls du mal wieder in Versuchung gerätst, ein Kind zu entführen!", sagte sie, während sie rückwärts auf ihr

Auto zuging. Den Revolver hatte sie nach wie vor auf Anthony gerichtet.

Ein kurzer Blick hinauf zum Denkmal zeigte ihr, dass Pete sich nicht von der Stelle gerührt hatte. Schnell stieg sie in ihren Wagen, rammte den Schaltknüppel in den ersten Gang und raste mit Larry davon.

8 Uhr: Bernard goss warme Milch über Larrys Cornflakes, während Billie ein Ei aufschlug, um ihm arme Ritter zu machen, die er besonders gern mochte. Sie trösteten ihr Kind mit Essen, doch Billie hatte das Gefühl, dass sie beide ebenfalls Trost brauchten.

„Ich bring Anthony um, diesen Hurensohn", murmelte Bernard so leise, dass sein Sohn ihn nicht hören konnte.

Billie schüttelte besorgt den Kopf. „Ich fürchte, Anthony wird versuchen, Luke umzubringen", erwiderte sie. „Vor ein paar Stunden hätte ich das noch nicht für möglich gehalten, aber jetzt bin ich eines Besseren belehrt."

Bernard stippte eine Scheibe Weißbrot in die Eierpanade und legte die Scheibe in die heiße Pfanne. „So leicht lässt sich Luke nicht umbringen", meinte er.

„Aber er wähnt sich in Sicherheit – er weiß nicht, dass ich Anthony gesagt habe, wo er ist. Ich muss ihn warnen."

„Du könntest doch am Flughafen eine Nachricht für ihn hinterlassen."

„Darauf will ich mich nicht verlassen. Ich glaube, ich muss selbst hinfliegen." Billie nahm den Flugplan zur Hand. Flug Nummer 271 startete Punkt neun in Washington. Ankunftszeit in Huntsville war 12.04 Uhr, Lukes Maschine landete dagegen erst um 14.30 Uhr. Billie konnte ihn also auf dem Flughafen abfangen. „Ich könnte es schaffen", meinte sie, doch dann sah sie Larry an und zögerte.

„Dem geht's bald wieder prächtig", sagte Bernard. „Ich pass schon auf ihn auf."

Bernard war ausgebildeter Geheimagent und konnte seinen Sohn besser schützen als sie. Okay, dachte sie, ich fliege nach Huntsville.

„Larry, du darfst dir heute mit Daddy einen schönen Tag machen. Wie findest du das?"

„Super!"

„Und ich muss jetzt los." Billie gab ihm einen Kuss, und als sie hinausging, hörte sie noch, wie Bernard sagte: „Ich wette, du schaffst keine zweite Scheibe arme Ritter."

„Klar schaff ich die!", gab Larry zurück.

FÜNFTER TEIL

Der erdfernste Punkt, den der Explorer auf seiner elliptischen Umlaufbahn erreicht, liegt bei 2534 km, der erdnächste bei 360 km. Die Geschwindigkeit des Satelliten beträgt knapp 29000 km pro Stunde.

10.45 Uhr: Lukes Maschine wurde in Winston-Salem aufgetankt, und die Passagiere mussten für ein paar Minuten aussteigen. Vom Flughafengebäude rief Luke bei seiner Sekretärin Marigold Clark an. „Guten Morgen", sagte sie. „Wie geht es Ihnen?"

„Danke, gut, aber ich habe nur ein paar Minuten Zeit. Ist der Start immer noch auf heute Abend angesetzt?“

„Ja, auf halb elf.“

„Ich bin gerade auf dem Weg nach Huntsville – meine Maschine landet nachmittags um halb drei. Ich versuche herauszufinden, warum ich am Montag dort war. Sie wissen auch nicht, wohin ich wollte?“

„Warten Sie ... Ich habe Sie in einem Wagen der Armee am Flughafen abgeholt und hierher zum Stützpunkt gefahren. Sie sind ins Rechenzentrum gegangen und dann allein zur Werkstatt am Südrand des Geländes gefahren.“

„Und danach?“

„Danach habe ich Sie nach Hause gefahren. Ich habe im Auto gewartet. Nach ein paar Minuten kamen Sie wieder heraus, und ich habe Sie zum Flughafen gebracht.“

„Hatte ich etwas bei mir?“, fragte er schnell.

„Nur Ihren kleinen Koffer. Ach ja, und einen Schnellhefter.“

„Einen Schnellhefter?“, fragte er und schluckte.

Eine Stewardess unterbrach ihn. „Bitte gehen Sie wieder an Bord, Sir.“

„War das ein besonderer Schnellhefter?“

„Armeestandardware, dünner Karton, gelbbraun.“

„Und hatte ich den Hefter immer noch, als Sie mich zum Flughafen gefahren haben?“

Die Stewardess unterbrach ihn erneut. „Sir, wenn Sie jetzt nicht an Bord gehen, müssen wir ohne Sie starten.“

„Ich komme, ich komme sofort!“ Er wiederholte seine Frage an Marigold.

„Ich versuche, mich zu erinnern. Nein, ich glaube nicht, dass

Sie ihn am Flughafen noch hatten. Ich sehe Sie noch vor mir, wie Sie ins Terminal gegangen sind, und da hatten Sie in einer Hand eine Tasche und in der anderen … nichts."

„Sind Sie sicher?"

„Ja, ganz sicher. Sie müssen den Hefter irgendwo gelassen haben, entweder auf dem Stützpunkt oder bei sich zu Hause."

Also war der Schnellhefter vermutlich der Grund für seinen Flug nach Huntsville. Er enthielt das Geheimnis, das er entdeckt hatte und das Anthony ihn so verzweifelt vergessen machen wollte. Wenn ich diesen Hefter finden kann, dann kenne ich auch das Geheimnis, um das es geht, dachte er.

„Ich glaube, dieser Hefter ist von entscheidender Bedeutung", sagte er zu Marigold. „Würden Sie sich mal umsehen, ob er irgendwo zu finden ist?"

„Mein Gott, Dr. Lucas, hier liegen Millionen von diesen gelbbraunen Dingern rum!"

„Bitte, halten Sie die Augen auf. Sobald ich in Huntsville bin, suche ich ihn bei mir zu Hause. Wenn ich da nichts finde, komme ich zum Stützpunkt raus."

Luke hängte auf und rannte los, um die Maschine noch zu bekommen.

11 UHR: DIE MATS war eine militäreigene Fluggesellschaft, die vor allem Armeeangehörige beförderte. Anthony trug eine Sonnenbrille, damit niemand die blauen Augen sah, die Billie ihm verpasst hatte. Seine Lippe hatte aufgehört zu bluten, und den abgebrochenen Zahn sah man nur, wenn er sprach.

Trotz seiner Verletzungen war er voller Tatendrang. Er war Luke wieder dicht auf den Fersen, aber er wusste noch nicht genau, wie er in Huntsville verfahren wollte. War es nicht am einfachsten, Luke gleich bei erstbester Gelegenheit zu töten? Oder sollte er ihm folgen und sehen, was er vorhatte?

Als das Flugzeug startete, spürte er plötzlich, dass er seit 48 Stunden auf den Beinen war, und schlief sofort ein. Er träumte, er wäre wieder 21, die hohen Bäume auf dem Campus von Harvard trügen frische grüne Blätter, und vor ihm öffneten sich wie eine breite Straße die Chancen auf ein glanzvolles Leben. Er kam erst wieder zu sich, als Pete ihn rüttelte. Die Flugzeugtür wurde gerade geöffnet. Er setzte sich auf und spürte gleich die warme Luft von Alabama.

Huntsville besaß einen Zivilflughafen – wo Luke landen würde –, aber die Militärmaschinen landeten beim Stützpunkt Redstone Arsenal.

„Ich sehe mich auf dem Stützpunkt um", sagte Anthony zu Pete, während sie ausstiegen. „Sie fahren zum Flughafen und sagen Bescheid, wenn Luke eintrifft."

Am Rande des Rollfelds wartete ein junger Leutnant mit einem Schild: MR CARROLL, AUSSENMINISTERIUM. Anthony schüttelte ihm die Hand.

„Die besten Empfehlungen von Colonel Hickam, Sir", sagte der Leutnant höflich und deutete auf einen olivgrünen Ford.

„Danke sehr", sagte Anthony. Vor dem Abflug hatte er auf dem Stützpunkt angerufen und dreist behauptet, er handele auf direkten Befehl von CIA-Direktor Dulles.

„Colonel Hickam würde sich freuen, wenn Sie bei Gelegenheit im Hauptquartier vorbeischauen würden." Der Leutnant reichte Anthony einen Plan des Stützpunkts. „Das Hauptquartier ist auf dem Plan markiert. Außerdem haben wir bereits eine

Nachricht für Sie: Mr Carl Hobart in Washington erwartet Ihren Rückruf."

„Ich danke Ihnen, Leutnant. Wo finde ich das Büro von Dr. Claude Lucas?"

„Das dürfte im Rechenzentrum sein."

„Hat Dr. Lucas eine Sekretärin?"

„Ja, Sir, Mrs Marigold Clark."

„Gut. Dies ist mein Kollege Pete Maxell. Wenn er mich hier auf dem Stützpunkt erreichen muss, wie stellt er das am besten an?"

Der Leutnant wandte sich an Pete. „Sie können jederzeit eine Nachricht in Colonel Hickams Büro hinterlassen, Sir. Ich werde dann versuchen, Sie zu Mr Carroll durchzustellen."

„Gut. Dann wollen wir mal", sagte Anthony, nickte dem Leutnant und Pete zu, setzte sich in den Ford und fuhr los. Schnurgerade Straßen führten durch wildes Wald- und Buschland; die regelmäßig angelegten, rechteckigen Rasenflächen waren so kurz gehalten wie der Haarschnitt eines Wehrpflichtigen. Die Gebäude waren alle aus braunem Backstein und hatten flache Dächer.

Anthony betrat das Rechenzentrum. In einer Art Vorzimmer standen drei kleine Schreibtische. Zwei davon waren unbesetzt, am dritten saß eine Schwarze von ungefähr fünfzig Jahren. „Guten Tag", sagte Anthony.

Die Frau sah auf. „Guten Tag. Kann ich Ihnen helfen?"

„Ja, das hoffe ich. Ich bin auf der Suche nach Mrs Marigold Clark", sagte er und lächelte so freundlich, wie es nur ging, ohne seine Zahnlücke zu zeigen.

„Das bin ich."

„Ich habe gehört, Dr. Lucas ist auf dem Weg hierher. Ich bin ein alter Freund von ihm. Wissen Sie, wann er kommt?“

„Seine Maschine landet um 14.30 Uhr.“

Gut zu wissen. „Er wird also gegen drei Uhr nachmittags hier sein.“

„Nicht unbedingt. Er wollte erst nach Hause fahren, bevor er hierher kommt.“

Anthony konnte sein Glück kaum fassen. Ich kann dort auf ihn warten und kurzen Prozess machen, sobald er zur Tür hereinkommt, dachte er. Elsbeth ist in Florida, also wird man ihn erst nach Tagen finden …

„Vielen Dank“, sagte Anthony, und bevor Marigold ihn nach seinem Namen fragen konnte, war er wieder verschwunden. Er kehrte zu seinem Wagen zurück und fuhr zu Colonel Hickams Büro, das im Hauptquartier lag. Der Colonel war nicht anwesend, doch ein Sergeant zeigte ihm ein unbesetztes Büro mit einem Telefon. Als Anthony allein war, rief er im Q-Gebäude an, ließ sich aber nicht mit seinem Chef Carl Hobart verbinden, sondern gleich mit dessen Vorgesetztem George Cooperman.

„Hast du heute Nacht auf jemanden geschossen?“, fragte Cooperman, und seine Raucherstimme klang noch rauer als sonst.

„Beweise gibt’s keine, ich habe alle Hülsen aufgelesen.“

„Hast du wen getroffen?“

„Leider nein.“

„Du sollst sofort zurückkommen.“

„Ein Glück, dass ich gar nicht mit dir gesprochen habe.“

„Hör zu, Anthony, du weißt, dass ich dir so viel Leine wie möglich lasse, weil du damit was erreichst. Aber von nun an stehst du allein auf weiter Flur, mein Freund.“

„Das ist genau mein Stil."

„Viel Glück."

Anthony legte auf und überlegte eine Weile. Befehlsverweigerung hatte ihre Grenzen. Er musste die Angelegenheit so schnell wie möglich über die Bühne bringen. Er rief in Cape Canaveral an und ließ sich mit Elsbeth verbinden. „Hast du mit Luke gesprochen?", fragte er.

„Er hat mich heute Morgen um halb sieben angerufen." Ihre Stimme klang zittrig.

„Von wo?"

„Er wollte mir nicht sagen, was er vorhatte. Aber er hat gesagt, dass er dich für seinen Gedächtnisverlust verantwortlich macht."

„Er ist unterwegs nach Huntsville. Ich bin jetzt auf dem Redstone Arsenal und fahre gleich zu eurem Haus, um dort auf ihn zu warten. Wie komme ich rein?"

„Im Garten hinterm Haus steht ein Topf mit einer Bougainvillea, darunter liegt ein Schlüssel. Gib Acht auf Luke, ich möchte nicht, dass ihm etwas passiert."

„Ich tue mein Möglichstes!" Er legte auf, und im selben Augenblick klingelte das Telefon. Anthony zögerte. Wenn es Hobart war, wollte er nicht mit ihm sprechen. Doch Hobart konnte nicht wissen, wo er war. Entschlossen nahm er den Hörer ab.

Es war Pete. „Dr. Josephson ist hier", sagte er. „Sie kam gerade aus dem Flugzeug und sitzt jetzt im Terminal. Sieht aus, als würde sie auf jemanden warten."

„Verfluchtes Weib! Sie will ihn warnen, ihm sagen, dass wir ihm auf den Fersen sind. Sie müssen sie dort wegschaffen, Pete."

„Wie denn das?"

„Mir egal. Hauptsache, sie verschwindet!"

12 Uhr: Der Flughafen von Huntsville war klein, aber sehr belebt. Billie erkundigte sich im Terminal nach Lukes Flug und erfuhr, dass er fast eine Stunde Verspätung hatte. Sie hatte also drei Stunden Zeit totzuschlagen.

Sie holte sich einen Schokoriegel und eine Limonade aus den Automaten. Dann stellte sie den Pilotenkoffer ab, der ihren Colt enthielt, und lehnte sich an die Mauer. Während sie noch überlegte, wie alles weitergehen würde, sprach eine junge Stewardess sie an. „Sind Sie Dr. Josephson?"

„Ja."

„Ich habe eine telefonische Nachricht für Sie." Die Frau reichte ihr einen Umschlag.

Billie runzelte die Stirn. Wer wusste, dass sie hier war? „Danke", murmelte sie, riss das Kuvert auf und las die handschriftliche Nachricht: *Bitte Dr. Lucas anrufen, Huntsville JE 6-4231.*

Das war eine Überraschung! War Luke etwa schon hier? Es gab nur eine Möglichkeit, das herauszufinden. Sie suchte sich eine Telefonzelle.

Kaum hatte sie die angegebene Nummer gewählt, wurde auch schon abgehoben. „Testlabor für Bauelemente", sagte eine Männerstimme.

„Dr. Claude Lucas, bitte."

„Einen Moment, bitte." Kurze Zeit später meldete der Mann sich wieder: „Dr. Lucas ist im Augenblick nicht an seinem Platz. Wer spricht, bitte?"

„Dr. Bilhah Josephson. Ich sollte ihn unter dieser Nummer anrufen."

Sofort wurde der Mann freundlicher. „Oh, Dr. Josephson, ich

bin sehr froh, dass Sie sich melden! Dr. Lucas legt großen Wert darauf, mit Ihnen zu sprechen."

„Ist er denn schon in Huntsville? Ich dachte, er wäre noch unterwegs."

„Der Militärische Abschirmdienst hat ihn in Norfolk, Virginia, aus dem Flugzeug geholt und mit einer Sondermaschine weiterbefördert. Er ist schon über eine Stunde hier. Können Sie zu uns herauskommen?"

„Wo sind Sie denn?"

„Das Labor liegt an der Straße nach Chattanooga, etwa eine Stunde Fahrt von der Stadt aus."

Billie zog einen Notizblock aus ihrer Handtasche. „Sagen Sie mir bitte, wie ich fahren muss."

15 Uhr: Billie hatte sich verfahren. Sie war kurz vor ein Uhr am Flughafen losgefahren ins Zentrum von Huntsville und von dort weiter Richtung Chattanooga. Die Landschaft wurde immer urwüchsiger, die Straßen wiesen Schlaglöcher auf, und Billie fragte sich beklommen, warum das Testlabor für Bauelemente so weit vom Stützpunkt entfernt lag. Weit und breit war nichts zu sehen, was wie ein Gebäude der Armee aussah. Schließlich hielt sie an einer baufälligen Futtermittelhandlung mit einer Telefonzelle davor. Sie nahm den Zettel mit der Nachricht von Luke, auf dem auch die Telefonnummer stand, ging zur Telefonzelle und steckte zehn Cent in den Schlitz. Sie wählte. Am anderen Ende klingelte es einmal, dann wurde abgehoben.

„Kann ich Dr. Claude Lucas sprechen?", fragte sie.

„Da haben Sie die verkehrte Nummer, Schätzchen."

„Ist dort nicht Huntsville JE 6-4231?", fragte sie verzweifelt.

„Doch, aber gelandet sind Sie in einer Telefonzelle auf dem Flughafen Huntsville."

„In einer Telefonzelle?"

„Ja, Madam."

Billie wurde klar, dass sie reingelegt worden war. Luke war nicht in Norfolk aus dem Flugzeug geholt und mit einer Armeemaschine nach Huntsville geflogen worden, sondern sie hatten die ganze Geschichte erfunden, um sie aus dem Weg zu schaffen. Ob Luke überhaupt noch am Leben war? Und wenn er noch lebte, wie konnte sie ihn dann warnen? Da fiel ihr ein, dass Luke eine Sekretärin auf dem Stützpunkt hatte – wie hieß sie gleich? Es klang so ähnlich wie eine Blume …

Marigold!

Billie rief auf dem Redstone Arsenal an und ließ sich mit der Sekretärin von Dr. Lucas verbinden. Eine Frau, die den breiten Dialekt der Südstaaten sprach, meldete sich.

„Ist dort Marigold?"

„Ja."

„Hier ist Dr. Josephson, eine Freundin von Dr. Lucas. Wir haben schon einmal miteinander gesprochen, glaube ich."

„Oh ja, ich erinnere mich. Wie geht es Ihnen?"

„Ich bin sehr in Sorge. Ich habe eine dringende Nachricht für Dr. Lucas. Ist er bei Ihnen?"

„Nein, Ma'am. Er ist zu sich nach Hause gefahren."

„Wenn Sie ihn sehen oder wenn er Sie anruft, können Sie ihm dann bitte etwas von mir ausrichten? Sagen Sie ihm, Anthony ist hier. Er weiß dann Bescheid."

„Ich werde es ausrichten, Dr. Josephson."

„Ich danke Ihnen." Billie hängte ein.

16 Uhr: Anthony war seit 13.30 Uhr in Lukes Haus. Er hatte alles gründlich durchsucht, aber nichts gefunden, und saß jetzt auf dem Sofa und wartete. Plötzlich hörte er ein Auto. Er blickte vorsichtig aus dem Vorderfenster von Lukes Haus und sah ein Taxi, das am Straßenrand hielt. In diesem Augenblick klingelte das Telefon.

Wie gelähmt vor Unentschlossenheit starrte er den Apparat an. Draußen stieg Luke gerade aus dem Taxi. Der Anruf konnte bedeutungslos sein. Es war aber auch möglich, dass man ihm eine entscheidende Information mitteilen wollte.

Nervös nahm Anthony den Hörer ab. „Ja?“

„Elsbeth hier.“ Ihre Stimme klang gedämpft. „Er sucht nach einem Hefter, den er am Montag in Huntsville gebunkert hat.“

Anthony ging ein Licht auf: Luke hatte Fotokopien von den Blaupausen gemacht und diese auf dem Weg nach Washington bei der Zwischenlandung in Huntsville versteckt.

„Weiß sonst noch jemand davon?“, fragte er.

„Seine Sekretärin – sie hat es mir erzählt.“

Draußen bezahlte Luke gerade den Taxichauffeur. Anthony lief die Zeit davon.

„Hier ist er nicht, ich habe das Haus gerade von oben bis unten durchsucht.“

„Dann muss er auf dem Stützpunkt sein.“

„Ich muss Luke folgen, wenn er den Hefter sucht.“

Luke kam auf die Haustür zu.

„Ich hab keine Zeit mehr“, sagte Anthony und knallte den Hörer auf die Gabel.

Er rannte durch die Diele in die Küche und hörte das kratzende Geräusch, das Lukes Schlüssel im Schlüsselloch verursachte.

Er verließ das Haus durch die Hintertür und zog sie leise zu. Außen steckte der Schlüssel noch. Lautlos drehte Anthony ihn um, bückte sich und schob ihn wieder unter den Blumentopf.

16.30 Uhr: Oben auf der Fernsehtruhe im Wohnzimmer stand neben einer Bambuslampe ein dazu passender Bambusbilderrahmen mit einer Farbfotografie, auf der eine blendend schöne Rothaarige in einem elfenbeinfarbenen Hochzeitskleid aus Seide zu sehen war. Daneben stand, im grauen Cut mit gelber Weste, Luke. Er sah sich Elsbeth genau an. Die Frau hätte ein Filmstar sein können.

Das Haus gefiel ihm weniger gut. Beim ersten Anblick, von außen noch, war ihm warm ums Herz geworden: Die schattige Veranda, an deren Säulen Glyzinien emporrankten, gefiel ihm. Im Inneren jedoch dominierten harte Kanten, blitzblank polierte Oberflächen und grelle Farben. Alles war zu sauber, zu ordentlich, und ihm wurde klar, dass er am liebsten in einem Haus wohnen würde, in dem der Hund schlafend in der Diele lag und auf der Zufahrt ein umgekipptes Dreirad den Weg versperrte. In diesem Haus gab es offensichtlich weder Kinder noch Haustiere.

Er fing an zu suchen. Ein gelbbrauner Schnellhefter der Armee musste eigentlich leicht zu finden sein. Als Erstes durchsuchte er den Schreibtisch im Arbeitszimmer, doch er fand nichts von Belang. Dann ging er in den ersten Stock. Im Schlafzimmer öffnete er den Kleiderschrank und sah eine wohlsortierte Garderobe. Am liebsten hätte er sich ein paar Minuten zum Duschen und Umziehen genehmigt, doch er widerstand der Versuchung. Er hatte einfach keine Zeit.

Er durchsuchte das Haus gründlich. Mit jedem Blick erfuhr er mehr über sich und seine Frau: Sie mochten Glenn Miller und Frank Sinatra, sie lasen Hemingway, und sie tranken gern Whiskey.

Den Schnellhefter fand er nicht.

Ein Schlüsselbund mit dem Schlüssel für den Chrysler in der Garage hatte er in der Küchenschublade gesehen. Er beschloss, zum Stützpunkt zu fahren und dort weiterzusuchen.

Bevor er ging, sah er noch die Post in der Diele durch. In seiner verzweifelten Suche nach einem Hinweis riss er die Umschläge auf und warf einen kurzen Blick auf jeden Brief. Einer kam von einer Ärztin in Atlanta.

> Sehr geehrte Mrs Lucas,
> nach Ihrer jährlichen Generaluntersuchung liegen mir nun die Ergebnisse der Blutsenkung vor, und ich kann Ihnen mitteilen, dass alles in Ordnung ist.
>
> Aber Sie haben Untergewicht, Sie leiden an Schlafstörungen, und als Sie bei mir in der Praxis waren, hatten Sie offenkundig vorher geweint. Das alles sind Symptome einer Depression.
>
> Depressionen werden durch Hormonumstellungen ausgelöst, durch ungelöste seelische Probleme wie zum Beispiel Eheschwierigkeiten oder Kindheitstraumata wie etwa den frühen Verlust eines Elternteils. In Ihrem Fall habe ich keine Zweifel, dass der depressive Zustand eine Spätfolge der Tubenligatur ist, die Sie 1954 vornehmen ließen.

Luke ließ den Brief sinken. Eine Tubenligatur war die am weitesten verbreitete Sterilisierungsmethode für Frauen, die keine Kinder haben wollten.

Als er Elsbeth gefragt hatte, warum sie keine Kinder hatten, hatte sie geantwortet: „Das wissen wir nicht.“ Sie hatte gelogen – sie wusste ganz genau, warum sie keine Kinder bekommen konnten. Er warf einen Blick auf den nächsten Absatz des Briefes.

> Dieser Eingriff kann in jedem Alter Depressionen auslösen, wird er jedoch, wie in Ihrem Fall, sechs Wochen vor der Hochzeit vorgenommen ...

Luke war fassungslos. Seine Ehe basierte auf einer Lüge. Obwohl er sich Kinder wünschte, hatte seine Frau sich heimlich sterilisieren lassen und ihn vier Jahre lang belogen. Ich bin offensichtlich ein miserabler Menschenkenner, dachte er. Mit Anthony war ich befreundet, aber er hat versucht, mich umzubringen. Bernard hat sich als treuer Freund erwiesen, doch mit ihm hatte ich gebrochen. Billie habe ich verlassen und Elsbeth geheiratet, und doch hat Billie alles stehen und liegen lassen, um mir zu helfen, während Elsbeth mich von Anfang an hintergangen hat.

Ein großer Nachtfalter stieß gegen die Fensterscheibe. Das Geräusch schreckte Luke aus seiner Grübelei. Er warf einen Blick auf die Uhr und stellte entsetzt fest, dass es schon nach sieben war. Die Zeit drängte. Der Raketenstart war auf halb elf angesetzt. Der mysteriöse Hefter war der Schlüssel zu dem Rätsel, das sein Leben belastete. Da er sich nicht hier im Haus befand, musste er auf dem Stützpunkt sein.

19.30 UHR: BILLIE hatte alles verpatzt. Noch am Mittag war sie an Ort und Stelle gewesen, um Luke zu warnen, doch sie hatte sich mit einem simplen Trick ausmanövrieren lassen. Dann hatte sie Stunden gebraucht, um wieder nach Huntsville zurückzufinden und Lukes Haus ausfindig zu machen. Als sie dort vorbeifuhr, brannte kein Licht. Es gab drei Möglichkeiten. Erstens: Es war niemand da. Zweitens: Anthony saß im Dunkeln und wartete auf Luke, um ihn zu erschießen. Drittens: Luke lag in seinem Blut da und war tot. Die Ungewissheit machte Billie fast verrückt vor Angst.

Sie wusste nicht einmal, ob er sich bei Marigold gemeldet und ihre Warnung erhalten hatte. Da sie keine Ahnung hatte, was sie sonst tun sollte, beschloss sie, Lukes Sekretärin noch einmal anzurufen. Billie hielt an der nächsten Telefonzelle, rief die Auskunft an und fragte nach der Telefonnummer von Marigold Clark. Man nannte ihr eine Nummer in Huntsville, doch als sie dort anrief, sagte Marigolds Mann ihr, dass sie nicht zu Hause, sondern bei einer Chorprobe sei.

„Ich muss sie unbedingt sprechen. Meinen Sie, ich könnte sie bei der Chorprobe kurz stören?“

„Begeistert wird sie nicht sein, aber wenn es wirklich so dringend ist ... Sie ist in der Calvary Gospel Church, Mill Street.“

Billie rannte zu ihrem Wagen. Schnell suchte sie die Mill Street auf dem Stadtplan der Autovermietung und fuhr hin. Die hübsche Backsteinkirche war nicht schwer zu finden. Drinnen waren an die dreißig Männer und Frauen bei der Chorprobe, und eine große Frau, die mit dem Rücken zu Billie stand, dirigierte den Chor mit kraftvollen Bewegungen. Gerade ging ein Lied zu Ende.

Billie ging zu ihr. „Ich bitte um Entschuldigung“, sagte sie. „Sind Sie Marigold Clark?“

„Ja“, sagte die Frau misstrauisch.

„Wir haben heute schon miteinander telefoniert. Ich bin Billie Josephson.“

„Oh! Guten Abend, Dr. Josephson“, sagte sie und wandte sich an den Chor: „Wir machen eine kleine Pause.“

„Haben Sie etwas von Dr. Lucas gehört?“, fragte Billie.

„Nein, seit heute Morgen nicht mehr. Er wollte eigentlich nachmittags zum Stützpunkt kommen, aber er ist nicht aufgetaucht. Was ist denn passiert?“

„Ich weiß nicht, ob schon etwas passiert ist, aber ich weiß, dass jemand versucht, ihn umzubringen.“

Marigold schüttelte ungläubig den Kopf. „Ich arbeite jetzt schon zwanzig Jahre bei der Armee, aber so was hab ich noch nie erlebt.“

„Wenn er noch am Leben ist, ist er in höchster Gefahr.“ Billie sah Marigold fest in die Augen. „Glauben Sie mir?“

Marigold zögerte eine Weile. „Ja, Madam, das tu ich“, sagte sie schließlich.

„Dann helfen Sie mir!“

21.30 Uhr: Auf dem Stützpunkt Redstone Arsenal saß Anthony in dem Ford, den die Armee ihm zur Verfügung gestellt hatte, spähte in die Dunkelheit und behielt aufmerksam die Tür zum Rechenlabor im Auge.

Drinnen war Luke auf der Suche nach dem ominösen Hefter, doch die Zeit arbeitete gegen ihn: In einer Stunde sollte die Rakete starten, und mit jeder Minute, die verging, verringerte sich die Gefahr, die von Luke ausging.

Da öffnete sich die Labortür. Eine Gestalt tauchte auf und ging auf den schwarzen Chrysler am Straßenrand zu, doch sie hatte nichts in den Händen. Sie stieg in ihren Wagen und fuhr davon.

Anthony startete den Motor, schaltete die Scheinwerfer ein und nahm die Verfolgung auf.

Nach etwa anderthalb Kilometern bremste Luke vor einem lang gestreckten Flachbau ab und schwenkte auf den dazugehörigen Parkplatz ein.

LUKE war sich sicher gewesen, dass er die gesuchte Akte im Rechenlabor finden würde. Darum hatte er auch sehr gründlich gesucht. Gefunden hatte er jedoch nichts. Aber es gab noch eine Möglichkeit. Nach Marigolds Aussage war er am Montag auch im Konstruktionsgebäude gewesen. Es war seine letzte Hoffnung. Luke eilte durch einen Korridor. Am Ende des Flurs gelangte er in einen großen, offenen Raum mit einem halben Dutzend Stahltischen. Am anderen Ende führte eine offen stehende Tür in ein Labor. Atemlos sah er sich um. An der Wand waren eine Reihe Spinde, die alle mit Namenstafeln gekennzeichnet waren. Und auf einem Fach stand tatsächlich der Name DR. CLAUDE LUCAS. Er zog seinen Schlüsselbund hervor und wählte einen Schlüssel, der so aussah, als könnte er passen. Erleichtert drehte Luke den Schlüssel herum und öffnete die Tür. Auf einem Regalbrett lag ein Schutzhelm, darunter hingen an einem Haken mehrere blaue Overalls, und auf dem Boden stand ein Paar schwarze Gummistiefel.

Und dort, neben den Stiefeln, steckte ein gelbbrauner Schnellhefter. Schnell nahm er den Hefter heraus und öffnete ihn. Darin lag ein großer brauner Umschlag, der bereits aufgeschlitzt war. Als Luke die darin enthaltenen Unterlagen herausnahm, sah er sofort, dass es sich um Fotokopien von Blaupausen für Raketenbauteile handelte. Mit klopfendem Herzen ging er zu einem der Stahltische und breitete die Papiere aus. Er brauchte nicht lange, um herauszufinden, dass die Zeichnungen den Selbstzerstörungsmechanismus der Jupiter-C-Rakete darstellten.

Ein furchtbarer Schrecken durchfuhr ihn.

Der Selbstzerstörungsmechanismus, mit dem jede Rakete ausgestattet war, ermöglichte es, den Flugkörper, sollte er vom Kurs abkommen und Menschenleben gefährden, während des Fluges zu sprengen. An der Hauptstufe war über die gesamte Länge der Rakete eine Zündschnur gespannt. Am oberen Ende befand sich eine Zündkapsel, aus der zwei Drähte herausragten. Wenn man zwischen den Drähten eine elektrische Spannung erzeugte, wurde die Zündschnur in Brand gesetzt, die dann den Tank aufreißen würde. Der auslaufende Treibstoff würde sich entzünden und die Rakete zerstören.

Ausgelöst wurde die Sprengung durch ein kodiertes Funksignal. Die Blaupausen zeigten zwei identische Stecker, einen für den Sender am Boden, den anderen für den Empfänger an der Rakete. Der eine verwandelte das Funksignal in einen komplizierten Kode, der andere empfing das Signal und setzte, wenn der Kode stimmte, die beiden Drähte unter Spannung.

Ein Diagramm auf einem anderen Blatt – keine Reinzeichnung, sondern eine hastig hingeworfene Skizze – zeigte genau, wie die Stecker geschaltet waren, sodass jeder, dem dieses Diagramm zur Verfügung stand, das Signal nachahmen konnte.

Es war ein genialer Plan: Die Saboteure brauchten weder Sprengstoff noch Zeitzünder, sondern bedienten sich einfach der eingebauten Technik. Das Funksignal konnte von einem Sender übertragen werden, der meilenweit von der Abschussrampe entfernt war.

Der Umschlag war adressiert an einen Mr Theo Packman im „Motel Vanguard“. Und dieser Mr Packman befand sich in ebendiesem Moment vielleicht schon mit einem Funkgerät irgendwo im Gebiet von Cocoa Beach und wartete darauf, die Rakete ein paar Sekunden nach dem Start in die Luft zu jagen.

Luke warf einen Blick auf die elektrische Uhr an der Wand: 22.15 Uhr. Noch konnte er Cape Canaveral anrufen und den Start verschieben lassen. Er griff nach dem Telefonhörer auf dem Schreibtisch.

„Leg wieder auf, Luke!“, sagte eine bekannte Stimme. Luke drehte sich langsam um. Anthony stand in der Tür. In der Hand hielt er eine Pistole, die auf Luke zeigte.

Luke starrte den Mann an, den er so falsch beurteilt hatte. „Wie lange arbeitest du schon für Moskau?“, fragte er. „Seit dem Krieg?“

„Schon länger. Seit Harvard.“

„Warum?“

Anthonys Lippen verzogen sich zu einem seltsamen Lächeln. „Für eine bessere Welt.“

Vor langer Zeit, das wusste Luke, hatten viele kluge und vernünftige Leute an das Sowjetsystem geglaubt, doch hatte die Lebenswirklichkeit unter Stalin diesen Glauben in seinen Grundfesten erschüttert. „Du glaubst immer noch daran?“, fragte er skeptisch.

„In gewisser Weise, ja.“

„Und du bist wirklich bereit, deinen ältesten Freund umzubringen? Für eine Sache, von der du nur noch halb überzeugt bist?“

„Du würdest mich doch auch vor Gericht bringen, wenn du

könntest, und dann würde ich auf dem elektrischen Stuhl landen. Tot ist tot, Luke. Ich sehe da keinen Unterschied." Anthony hob die Waffe und zielte mit ruhiger Hand auf Lukes Herz.

Luke ließ sich hinter den Stahltisch fallen.

Die schallgedämpfte Pistole machte ein heiseres Geräusch. Mit einem metallischen Scheppern schlug die Kugel auf der Tischplatte auf.

Luke rollte sich unter den Tisch. Er schob seinen Rücken direkt unter die Tischplatte, packte mit beiden Händen die Beine am vorderen Ende und richtete sich auf. Der Tisch hob sich vom Boden und kippte langsam nach vorn. In der wahnwitzigen Hoffnung, Anthony über den Haufen rennen zu können, stürmte Luke los, ohne zu sehen, wohin. Dann krachte der Tisch zu Boden, doch Anthony lag nicht unter ihm.

Luke stolperte, fiel auf Hände und Knie und stieß sich den Kopf an einem der Stahlbeine. Vor Schmerzen ganz benommen, rollte er sich zur Seite und setzte sich auf. Als er aufblickte, stand Anthony breitbeinig vor ihm und zielte auf ihn. Er saß in der Falle.

„Anthony!", brüllte eine Stimme. „Halt!" Es war Billie.

Anthony stand wie festgefroren. Luke drehte langsam den Kopf. Billie stand in der Tür. Mit ruhiger Hand hielt sie ihren Colt, dessen Mündung auf Anthony gerichtet war. Hinter ihr stand, sichtlich erschrocken und verängstigt, eine schwarze Frau mittleren Alters.

„Lass die Waffe fallen!", schrie Billie.

Langsam ließ Anthony die Arme sinken, behielt die Waffe jedoch in der Hand.

„Lass sie fallen, oder ich schieße!"

Anthony zeigte wieder sein verzerrtes Lächeln. „Nein, das tust du nicht“, sagte er. Den Lauf der Waffe noch immer auf den Boden gerichtet, begann er, sich rückwärts der offen stehenden Tür zum Labor zu nähern. „Du glaubst nicht, dass eine Rakete mehr wert ist als ein Menschenleben, auch wenn dieser Mensch ein Verräter ist ...“

„Stell mich nicht auf die Probe!“, schrie Billie, aber sie schoss nicht.

Anthony drehte sich um und verschwand durch die offene Tür ins Labor. Sie hörten, wie eine Tür ging, dann war alles still.

Luke rappelte sich auf. Er warf einen Blick auf die Uhr an der Wand: 22.29 Uhr. Ihm blieb noch eine Minute, Cape Canaveral zu warnen. Er griff nach dem Telefon.

„Dr. Lucas hier, geben Sie mir den Startleiter, aber dalli!“

Es gab eine Pause.

Im Hintergrund hörte Luke den Count-down: „Zwanzig, neunzehn, achtzehn ...“

„Hier Willy Fredrickson – was ist denn los, zum Teufel?“

„Jemand hat den Selbstzerstörungskode. Die Bande wird die Rakete in die Luft jagen. Sie müssen den Start sofort abbrechen.“

„Elf, zehn –“, ertönte die Stimme im Hintergrund.

„Woher wissen Sie das?“, fragte Willy.

„Ich habe Schaltpläne der kodierten Stecker gefunden und einen Umschlag, der an einen Mann namens Theo Packman adressiert ist.“

„Das ist kein Beweis. Auf einer so dürftigen Basis kann ich den Start nicht absagen.“

Luke seufzte, von plötzlichem Fatalismus übermannt. „Ich

hab Ihnen erzählt, was ich weiß. Die Entscheidung liegt bei Ihnen."

„Fünf, vier –"

„Verdammter Mist!" Willy Fredrickson hatte sich entschieden. „Count-down abbrechen!", brüllte er.

Mit dem Telefonhörer in der Hand sank Luke auf den nächsten Stuhl. Er hatte es geschafft.

„Der Start ist abgebrochen", sagte er zu Billie und Marigold, die ihn ängstlich ansahen.

„Dr. Lucas!", rief da jemand ins Telefon. „Hier Colonel Hide. Was geht da vor, zum Teufel?"

„Kennen Sie einen gewissen Theo Packman?"

„Äh ..., ja, ich glaube, das ist ein freier Journalist mit einem Faible für Raketen."

„Ich habe einen an ihn adressierten Umschlag gefunden, der Kopien von Blaupausen für das Selbstzerstörungssystem enthält. Deshalb hab ich Fredrickson überredet, den Start abzubrechen."

„Gott sei Dank!"

„Sie müssen sofort versuchen, den Mann zu finden. Das Kuvert war ans Vanguard Motel adressiert."

„Verstanden."

„Packman hat einen Verbindungsmann in der CIA, einen Doppelagenten namens Anthony Carroll. Ich bin mir ganz sicher."

„Ich werde die Agency gleich informieren."

Luke legte auf. Er hatte getan, was er konnte.

„Und nun?", fragte Billie.

„Ich glaube, ich fliege nach Cape Canaveral. Der Start wird

jetzt wohl morgen Abend um die gleiche Zeit stattfinden. Ich wäre gern dabei."

„Ich auch."

Luke lächelte. „Das hast du dir verdient. Du hast die Rakete gerettet." Er stand auf und umarmte sie.

„Die Rakete kann mir gestohlen bleiben. Ich hab dir dein Leben gerettet, du Blödmann." Sie küsste ihn.

Marigold hüstelte. „Von Huntsville nach Cape Canaveral fliegt heute keine Maschine mehr", sagte sie. „Die nächste Möglichkeit ist ein MATS-Flug morgen früh um 5.30 Uhr. Es fährt aber auch ein Zug. Er hält um ein Uhr nachts in Chattanooga. Mit dem Auto könnten Sie in zwei Stunden dort sein."

„Lass uns mit dem Zug fahren", meinte Billie.

Später, als sie bereits auf dem Weg nach Chattanooga waren, sah Billie Luke an. „Eine Frage haben wir noch nicht geklärt", sagte sie. „Wer hat die Blaupausen an Theo Packman adressiert?"

„Es muss jemand in Cape Canaveral sein, einer von den Experten."

„Genau. Hast du eine Ahnung, wer es sein könnte?"

„Ich habe zwar keine Beweise dafür", sagte Luke deprimiert, „aber ich glaube, es ist Elsbeth."

23 UHR: ELSBETH stand mit einer Gruppe von Sekretärinnen und Büroangestellten auf dem flachen Dach des Verwaltungsgebäudes. Sie alle beobachteten mit Ferngläsern die vom Flutlicht angestrahlte Abschussrampe. Doch die Minuten vergingen, und die Rakete startete nicht. Schließlich konnte man sehen, dass Techniker in Overalls ausschwärmten, und Elsbeth wurde klar,

dass sie sich an die komplizierte Aufgabe machten, alle Systeme stillzulegen – die Rakete startete also nicht! Elsbeth konnte es nicht fassen. Sekunden vor der Zündung war der Start verschoben worden! Der Erfolg war so nahe gewesen, der größte Triumph ihres Lebens in Reichweite – und am Ende war ihr doch wieder alles entglitten.

Ohne ein weiteres Wort ließ Elsbeth die anderen stehen und machte sich auf den Weg zum Hangar R. Kaum war sie wieder in ihrem Büro, klingelte das Telefon. Sie riss den Hörer von der Gabel. „Ja?"

„Was ist los?" Es war Anthonys Stimme.

„Sie haben den Start abgebrochen. Ich weiß nicht, warum."

„Luke hat die Papiere gefunden. Er muss bei euch angerufen haben."

„Konntest du ihn nicht daran hindern?"

„Ich hatte ihn schon im Visier – buchstäblich! –, doch da tauchte plötzlich Billie auf. Sie war bewaffnet."

„Ist Luke unverletzt?"

„Ja. Aber Theos Name steht auf den Papieren. Du musst Theo finden, bevor man ihn festnimmt. Sie sind ihm inzwischen sicher schon auf den Fersen."

„Er ist am Strand. Ich kenne sein Auto, ein Hudson Hornet ..."

„Dann nichts wie los!"

Elsbeth knallte den Hörer auf die Gabel, rannte hinaus quer über den Parkplatz und sprang in ihre weiße Corvette. Eine ausgebaute Straße zum Strand gab es nicht, nur eine Anzahl schmaler, ungeteerter Wege, die vom Highway durch die Dünen hinunterführten. Elsbeth entschloss sich, den ersten dieser Wege zu nehmen und dann unten am Strand weiterzufahren, damit sie

Theo nicht verfehlte. Doch plötzlich tauchte vor ihr ein Wagen auf, gefolgt von einem zweiten und einem dritten. Elsbeth blinkte nach links. Vom Strand her kam eine nicht enden wollende Autokolonne: Die Schaulustigen hatten inzwischen erkannt, dass der Start verschoben worden war, und nun wollten sie alle auf einmal nach Hause.

Hinter Elsbeth hielt ein anderer Autofahrer und hupte ungeduldig. Der Zugang zum Strand war hoffnungslos blockiert. Es gab nur noch eine Chance, Theo zu finden: Sie musste ihn an seinem Motel abpassen, aber sie wusste, dass die Polizei Theos Motel kannte, weil der Name auf dem Umschlag mit den Kopien gestanden hatte. Zum Glück war der Stau in der entgegengesetzten Richtung.

Mit Vollgas raste Elsbeth durch die Nacht und stellte beim Vanguard Motel erleichtert fest, dass auf dem Parkplatz weder Polizei noch Armee zu sehen war. Allerdings war Theos Auto auch noch nicht da.

Doch sie brauchte nicht lange zu warten. Zwei Minuten später bog Theo mit seinem gelbbraunen Hudson Hornet um die Ecke. Er hielt am anderen Ende des Parkplatzes unweit der Straße und stieg aus. Er war ein kleiner Mann mit schütterem Haar in Kakihose und Freizeithemd.

Elsbeth stieg ebenfalls aus. Sie öffnete schon den Mund, um Theo etwas zuzurufen, als zwei Einsatzfahrzeuge der Polizei auftauchten. Zwei Zivilfahrzeuge folgten und hielten quer zur Einfahrt, sodass niemand den Parkplatz verlassen konnte.

Theo nahm sie zunächst gar nicht wahr, sondern ging quer über den Platz auf die Rezeption zu. Elsbeth holte tief Luft und ging ihm entgegen.

„Was ist denn passiert?“, fragte er laut, als er sie erkannte.

„Gib mir deine Autoschlüssel“, sagte Elsbeth leise.

„Wozu?“

„Dreh dich um.“

Er warf einen Blick über seine Schulter und sah die Polizeiautos.

„Bleib ganz ruhig. Und gib mir die Schlüssel.“

Er ließ sie in ihre ausgestreckte Hand fallen.

„Geh weiter!“, befahl sie. „Mein Kofferraum ist nicht abgeschlossen. Steig rein.“

„In den Kofferraum?“

„Ja!“ Elsbeth ging ruhig weiter.

Sie erkannte Colonel Hide und ein paar andere von Cape Canaveral. Außerdem waren vier Beamte der örtlichen Polizei dabei und zwei große, gut gekleidete junge Männer, bei denen es sich möglicherweise um FBI-Agenten handelte. Im Augenblick kümmerte sich keiner um Elsbeth.

Elsbeth erreichte unerkannt Theos Wagen und schloss den Kofferraum auf. Der Lederkoffer, der den Sender enthielt, war sehr schwer, und es gelang ihr nur mit Mühe, ihn aus dem Kofferraum zu zerren. Mit einem dumpfen Schlag landete er auf dem Boden. Rasch klappte Elsbeth den Kofferraumdeckel wieder zu.

Sie warf einen Blick in die Runde. Am gegenüberliegenden Ende des Parkplatzes schloss sich langsam der Kofferraumdeckel ihres eigenen Wagens. Theo hatte es also geschafft. Elsbeth biss die Zähne zusammen, nahm den Koffer am Griff und hob ihn an. Er war bleischwer, und sie musste ihn nach ein paar Metern absetzen. Mit der linken Hand schaffte sie weitere zehn Meter, dann musste sie ihn erneut absetzen.

Hinter ihr marschierten Colonel Hide und seine Leute über den Parkplatz auf den Moteleingang zu. Elsbeth betete darum, dass Hide ihr nicht ins Gesicht sah, auch wenn es in der Dunkelheit wenig wahrscheinlich war, dass er sie erkannte. Sie gab die Bemühungen, den Koffer anzuheben, auf und begann ihn stattdessen über den Beton zu schleifen, wobei sie hoffte, dass das Geräusch nicht die Aufmerksamkeit der Polizisten auf sie lenken würde.

Es kam ihr vor wie eine Ewigkeit, bis sie endlich ihren Wagen erreicht hatte. Sie öffnete gerade den Kofferraum, als ein uniformierter Polizist auf sie zukam. Er lächelte sie an. „Kann ich Ihnen behilflich sein, Ma'am?", fragte er höflich.

Im Kofferraum kauerte Theo und starrte sie an. Er war kreideweiß vor Angst.

„Danke, geht schon", antwortete sie. Mit beiden Händen wuchtete sie den Koffer hoch und ließ ihn ins Auto gleiten. Ein unterdrückter Schmerzenslaut entfuhr Theo, als eine Ecke ihn traf. Mit einer raschen Bewegung schlug Elsbeth den Kofferraumdeckel zu.

„Sie reisen ab?", fragte der Polizist.

„Ja."

Er bückte sich, sah durchs Wagenfenster, musterte Vorder- und Rücksitze. Dann richtete er sich wieder auf. „Gute Fahrt!", sagte er.

Elsbeth stieg ein und ließ den Motor an.

Der Polizist setzte sich in einen der beiden Wagen, die die Einfahrt blockierten, und fuhr ihn zur Seite. Elsbeth steuerte durch die entstehende Lücke, bog auf die Schnellstraße ein und trat das Gaspedal bis zum Anschlag durch.

1.30 Uhr: Der Zug verließ den Bahnhof von Chattanooga. In dem engen Schlafwagenabteil zog Luke sein Jackett aus und hängte es auf, dann setzte er sich auf die Kante des unteren Betts und zog seine Schuhe aus. Billie saß im Schneidersitz auf dem Bett und sah ihm zu, wie er seine Krawatte löste. „Wenn das ein Striptease sein soll, dann fehlt noch das gewisse Etwas", meinte sie keck.

Luke lächelte. Sie waren gezwungen gewesen, ein gemeinsames Abteil zu nehmen, weil kein anderes mehr frei war. Und er sehnte sich danach, Billie in die Arme zu schließen. Aber er zögerte.

„Was denkst du?", fragte sie.

„Dass mir das alles zu schnell geht."

„Siebzehn Jahre sind gar nichts?"

„Für mich sind es nur ein paar Tage, denn an mehr kann ich mich nicht erinnern. Und ich bin noch mit Elsbeth verheiratet."

Billie nickte ernst. „Aber sie hat dich jahrelang belogen."

„Ich habe das Gefühl, ich suche eine bequeme Ausrede, und das gefällt mir nicht." Als sie darauf nicht antwortete, fügte er hinzu: „Du glaubst das nicht, oder?"

„Nein", sagte sie. „Ich will heute Nacht mit dir schlafen. Aber ich kenne dich. Du hast noch nie nur für den Augenblick gelebt, nicht einmal in unserer Studentenzeit."

„Ist das denn so schlecht?"

Sie lächelte. „Nein. Und ich bin froh, dass du so bist. Es macht dich so grundsolide und verlässlich. Wärest du anders, ich glaube, dann hätte ich dich nicht …" Ihre Stimme verlor sich.

„Was denn?"

Sie sah ihm in die Augen. „Dann hätte ich dich nicht so sehr geliebt, nicht so lange Zeit", sagte sie leise und wurde rot. Doch dann lachte sie wieder. „Vielleicht solltest du jetzt in dein Bettchen raufsteigen und mir Platz machen. Ich will mich fertig machen."

Folgsam kletterte Luke die kurze Leiter hinauf, legte sich aufs obere Bett und drehte sich auf die Seite, den Ellbogen aufs Kissen, den Kopf in die Hand gestützt. „Wenn du dein Gedächtnis verlierst, dann ist das, als finge das Leben noch mal von vorne an", sagte er. „Jede frühere Entscheidung kann revidiert werden."

Billie streifte ihre Schuhe ab und stand auf. „Mir ginge das auf den Wecker", antwortete sie. Mit einer fließenden Bewegung schlüpfte sie aus ihrer schwarzen Skihose. Sie fing Lukes Blick auf und lächelte. „Schon gut, du darfst zugucken", meinte sie, griff sich unter den Pullover und öffnete den Verschluss ihres Büstenhalters. Dann zog sie den linken Arm aus dem Ärmel, fasste mit der Rechten unter den Pullover, um den Träger von der Schulter zu streifen, schob den linken Arm wieder durch den Ärmel und zog den BH mit der Bravour eines Zauberkünstlers aus dem rechten Ärmel.

„Bravo!", sagte Luke.

Sie betrachtete ihn nachdenklich. „Dann legen wir uns also jetzt schlafen?"

„Ich glaube schon."

„Also gut." Sie stellte sich auf die Kante der unteren Koje, reckte sich zu ihm hinauf und küsste ihn, bevor sie sich in ihr Bett zurückzog.

Er legte sich auf den Rücken und dachte daran, dass sie keinen Meter weit unter ihm lag, dachte an ihre schönen nackten Beine und ihre runden Brüste unter dem weichen Angorapullover. Gleich darauf war er eingeschlafen.

Er hatte einen sehr erotischen Traum, aus dem er nur langsam erwachte, nicht willens, in die Welt der Eisenbahnen und Raketen zurückzukehren. Billie küsste ihn, und hinter den Fenstern zog, Kilometer um Kilometer, Amerika vorbei. Sie waren beide nackt.

„Bist du endlich wach?“, murmelte sie.

„Ich glaube, ja“, sagte er heiser, schlang seine Arme um ihren Rücken und hielt sie ganz fest. Gerade wollte er sich wünschen, es möge bis in alle Ewigkeit so weitergehen, da verlangte sein Körper sein Recht. Wogen reinen Entzückens brachen über ihn herein.

Als es vorbei war, sagte sie: „Halt mich fest.“ Sie vergrub ihr Gesicht an seinem Hals.

Eng umschlungen schliefen sie ein.

SECHSTER TEIL

Der Count-down erreicht null.

Im Blockhaus sagt der Startleiter: „Zündung!“ Ein Mitarbeiter der Crew zieht an einem Metallring und dreht ihn um. Das ist die Handbewegung, mit der die Triebwerke gezündet werden. Vorgeschaltete Ventile öffnen sich und setzen die Treibstoffzufuhr in Gang. Das Ventil für den flüssigen Sauerstoff ist geschlossen, und der Schleier aus weißem Rauch, der die Rakete umgibt, verschwindet schlagartig.

„Tanks unter Druck“, sagt der Startleiter.

In den folgenden elf Sekunden geschieht gar nichts.

8.30 Uhr: Anthony landete auf dem Luftwaffenstützpunkt Patrick, wenige Kilometer südlich von Cape Canaveral.

Er hatte sich schon gefragt, ob er von einem Sonderkommando des FBI in Empfang genommen werden würde, doch gekommen war lediglich Elsbeth. Sie wirkte müde. Zum ersten Mal sah Anthony, dass sie keine zwanzig mehr war. Sie führte ihn zu ihrer weißen Corvette, die draußen in der heißen Sonne stand.

„Wie geht's Theo?“, fragte Anthony, als sie im Wagen saßen.

„Ein bisschen durch den Wind, aber er wird sich erholen.“

„Wo versteckt er sich?“

„In meinem Motelzimmer. Dort bleibt er, bis es dunkel wird. Was ist mit dir? Wird die CIA deine Beschreibung an die Polizei geben?“

„Glaub ich nicht. Die Agency löst ihre internen Probleme am liebsten selbst. Derzeit glaubt man in Washington, ich wäre durchgedreht, und sie wollen mich aus dem Verkehr ziehen, bevor ich sie blamieren kann. Aber wenn sie sich Lukes Geschichte anhören, wird ihnen aufgehen, dass sie jahrelang einen Doppelagenten in ihren Reihen hatten. Kann durchaus sein, dass dann ihre Entschlossenheit, die Sache unter den Teppich zu kehren, noch wächst.“

„Wir sind alle drei noch im Spiel. Wir können unseren Plan immer noch durchziehen.“

Anthony atmete tief durch. In 24 Stunden war alles vorüber – so oder so. Entweder war dann der Weltraum in sowjetischer Hand, oder die Raumfahrt war wieder ein Wettstreit zwischen den Großmächten.

Elsbeth streifte ihn mit einem Seitenblick. „Was wirst du tun nach heute Nacht?“

„Nach Moskau fahren. Ich habe alles, was ich brauche: Pässe, Bargeld, ein paar einfache Dinge zur Tarnung." Anthony hatte beim KGB den Rang eines Majors. Elsbeth war Oberst. Sie war schon länger dabei als er, ja, sie hatte Anthony damals in Harvard überhaupt erst angeworben. „Ich schätze, dass ich eine gehobene Beraterfunktion bekomme", fuhr er fort. „Schließlich kenne ich die CIA besser als irgendwer sonst da drüben."

„Hast du denn gar keine Angst davor überzusiedeln?"

„Doch, natürlich. Am Anfang werde ich mich wohl ziemlich einsam fühlen – keine Freunde, keine Familie, und Russisch kann ich auch nicht. Aber vielleicht heirate ich ja irgendwann und ziehe eine Horde kleiner Genossen groß. Ich hab mich eben vor langer Zeit dazu entschlossen, mein Privatleben höheren Zielen zu opfern."

„Ich habe dieselbe Entscheidung getroffen. Aber bei der Vorstellung, ich müsste nach Moskau ziehen, wird mir immer noch angst und bange."

„Das wird dir erspart bleiben."

„Ja. Die Zentrale will um jeden Preis, dass ich hier bleibe."

Kein Wunder – durch Elsbeth waren russische Wissenschaftler seit vier Jahren bis ins Detail über das amerikanische Raumfahrtprogramm informiert. Sie bekamen alle wichtigen Berichte, alle Testergebnisse, jede Blaupause zu sehen. Die Sowjets hatten es Elsbeth zu verdanken, dass sie im Rennen um die Eroberung des Weltraums die Nase vorn hatten.

Doch ihre Arbeit hatte von ihr, wie Anthony wusste, ein großes persönliches Opfer gefordert. Obwohl sie Luke hauptsächlich geheiratet hatte, um das amerikanische Raumfahrtprogramm ausspionieren zu können, hatte sie ihn immer geliebt.

Und dass sie ihn all die Jahre lang belügen musste, war furchtbar für sie gewesen. Ihr Lohn sollte der Weltraumtriumph der Sowjetunion sein, er rechtfertigte alles.

Zwischen den Palmen vor ihnen am Straßenrand sah er über einem Schild mit der Aufschrift Starlite Motel das riesige Modell einer Weltraumrakete. Elsbeth fuhr langsamer, bog auf das Motelgelände ein und parkte so weit wie möglich von der Straße entfernt. Das Motel war ein zweistöckiges Gebäude mit Innenhof und einem großen Swimmingpool, an dem sich bereits ein paar Frühaufsteher sonnten. Anthony wollte von möglichst wenig Leuten gesehen werden. Er zog daher seinen Hut tief in die Stirn und hatte es sehr eilig, als sie vom Wagen zu Elsbeths Zimmer im ersten Stock gingen.

Theo stand am Fenster und sah auf den Ozean hinaus. Elsbeth stellte die beiden Männer einander vor.

„Wie ist Luke mir auf die Spur gekommen? Hat er Ihnen das erklärt?", fragte Theo.

„Er hat Xerografien auf dem Apparat in Hangar R gemacht. Dort gibt es zur Sicherheit ein Eintragungsbuch neben der Maschine. Man trägt das Datum, die Uhrzeit und die Anzahl der Kopien ein, die man macht, und unterschreibt dann. Luke fiel auf, dass zwölf Kopien mit ‚WvB' abgezeichnet waren, das heißt Wernher von Braun."

„Ich habe immer von Brauns Namen benutzt, weil kein Mensch sich traut, den Chef zu fragen, wofür er so viele Kopien braucht", erklärte Elsbeth.

Anthony nickte. „Aber Luke war etwas bekannt, was weder Elsbeth noch sonst jemand wusste – dass nämlich von Braun an jenem Tag in Washington war. Also ging er ins Postzimmer und fand die Kopien in einem Umschlag, der an Sie, Theo, adressiert war. Er kam zu dem Schluss, dass er hier unten niemandem trauen konnte, und flog deshalb nach Washington. Elsbeth hat mich glücklicherweise angerufen, sodass es mir möglich war, Luke noch rechtzeitig abzufangen, bevor er plaudern konnte."

„Aber jetzt sind wir wieder genauso weit wie vorher", sagte Elsbeth. „Luke hat alles wieder entdeckt, was er eigentlich vergessen sollte."

„Was, glaubst du, wird die Armee jetzt tun?", fragte Anthony.

„Ich glaube, dass sie den Kode ändern."

„Wenn sie den Kode ändern, sind wir arm dran", erwiderte Anthony. „Dann können wir die Rakete nicht mehr sprengen."

„Ich muss rausfinden, was sie vorhaben, und mir dann überlegen, wie wir am besten reagieren." Elsbeth nahm ihre Handtasche und legte sich ihre Jacke um die Schultern. „Kauft euch ein Auto", sagte sie. „Sobald es dunkel ist, fahrt runter zum Strand und parkt möglichst nahe am Zaun des Geländes von Cape Canaveral. Wir treffen uns dann dort."

„Eines muss man ihr lassen: Gute Nerven hat sie", sagte Theo, als sie weg war.

„Die braucht sie auch", erwiderte Anthony.

16 Uhr: Der Count-down stand auf X minus 390 Minuten. Alle Welt wusste inzwischen, dass Theo Packman ein Spion war und Colonel Hide mit vier Polizisten und zwei Männern vom FBI im Vanguard Motel eine Razzia vorgenommen hatte.

Elsbeth war unentwegt auf Achse, um mit ihrem Zeitplan auf dem Laufenden zu bleiben, und achtete darauf, dass ihr keine Änderung im Verfahren entging, doch noch immer hatte sie nicht herausgefunden, wie sich die Experten gegen die drohende Sabotage schützen wollten. Elsbeths Anspannung stieg. Erfuhr sie nicht bald, was geplant war, blieb ihr keine Zeit mehr für Gegenmaßnahmen.

Luke hatte sich noch nicht blicken lassen. Sie hatte Sehnsucht nach ihm, aber sie fürchtete sich auch davor, ihn zu sehen, denn obwohl sie ihn liebte, verwandte sie ihre gesamte Energie darauf, sein Lebenswerk zu zerstören.

Die Wissenschaftler im Blockhaus machten Pause. Ohne ihre Kontrollkonsolen zu verlassen, aßen sie Sandwiches und tranken Kaffee. Elsbeth setzte sich neben ihren Chef Willy Fredrickson, der mit dem Kopfhörer um den Hals ein Käsebrot verzehrte. „Sie wissen wahrscheinlich, dass überall von einem Sabotageversuch die Rede ist", sagte Elsbeth im Plauderton.

Sein Blick verriet Missbilligung – was Elsbeth als Zeichen dafür nahm, dass er genau wusste, wovon sie sprach. Doch bevor er antworten konnte, winkte einer der Techniker herüber. „Fredrickson", sagte er und deutete auf seinen eigenen Kopfhörer.

Fredrickson setzte den Kopfhörer auf, hörte kurz zu und sagte schließlich „Okay" in sein Mikrofon. Dann blickte er auf. „Stoppt den Count-down!", rief er. „Zehn Minuten Verzögerung!" Er biss wieder in sein Brot.

Elsbeth ergriff ihren Block und Bleistift. „Soll ich den Grund erwähnen?", fragte sie erwartungsvoll.

„Wir müssen einen Röhrenkondensator austauschen, der offenbar rauscht."

Kondensatoren waren wichtig für die Bodenüberwachung, und jedes Rauschen – winzige elektrische Entladungen – konnte ein Indiz für den Ausfall des Geräts sein. Überzeugt war Elsbeth von der Erklärung jedoch nicht.

Sie notierte sich kurz etwas, dann stand sie auf und ging hinaus. Vor dem Blockhaus wurden die Schatten länger. Mit großen Schritten ging Elsbeth über den sandigen Rasen zu der betonierten Abschussrampe und betrat auf der Rückseite des Wartungsturms den Stahlraum in dessen Sockel, in dem Büros und der Maschinenpark untergebracht waren. Harry Lane, dem die Aufsicht über den Serviceturm oblag, telefonierte gerade. Elsbeth wartete, bis er aufgelegt hatte.

„Zehn Minuten Verzögerung?“, fragte sie.

„Könnte auch länger dauern.“

Elsbeth kritzelte etwas auf ihren Block. „Der Grund?“

„Austausch eines nicht funktionierenden Bauteils“, sagte er kurz und wandte sich ab.

Es war zum Verrücktwerden. Elsbeth konnte nicht sagen, ob er aus Sicherheitsgründen Stillschweigen wahrte oder ob er einfach bloß unhöflich war. Als sie gerade gehen wollte, kam ein Techniker im ölverschmierten Overall herein. „Hier ist der alte, Harry“, sagte er. Er hielt einen Verbindungsstecker in seiner dreckigen Hand.

Elsbeth wusste genau, was es war – der Stecker für das Gerät, mit dem das chiffrierte Selbstzerstörungssignal empfangen wurde. Rasch ging sie zur Tür hinaus, damit Harry ihre triumphierende Miene nicht sah. Das Herz klopfte ihr bis zum Hals, als sie zu ihrem Auto eilte.

Sie setzte sich auf den Fahrersitz und versuchte, den Plan der Experten nachzuvollziehen. Um Sabotage zu verhindern, ersetzten sie den Stecker durch einen neuen, der anders geschaltet war und auf einen anderen Kode reagierte. Auch am Sender musste ein übereinstimmender Stecker angebracht werden. Die neuen Stecker waren vermutlich im Laufe des Tages aus Huntsville eingeflogen worden. Sie wurden stets in Vierersets hergestellt, wobei das zweite Paar für den Fall eines Defekts in Reserve gehalten wurde. Das Ersatzpaar hatte Elsbeth am vergangenen Sonntag als Vorlage für jene Skizze gedient, mit der sie Theo die Schaltung erklärt hatte. Jetzt muss ich das Ganze noch mal von vorne machen, dachte sie besorgt. Das Ersatzpaar auftreiben und die Schaltung abzeichnen.

Sie fuhr zu Hangar D und ging in den Telemetrieraum, wo sie beim letzten Mal die Ersatzstecker gefunden hatte. Bei Elsbeths Anblick hellte sich Hank Muellers Miene auf. „Achttausend“, sagte er.

„Die dritte Potenz von zwanzig“, antwortete sie.

„Das reicht nicht.“

„Okay, es ist die Summe aus vier aufeinander folgenden dritten Potenzen: $11^3 + 12^3 + 13^3 + 14^3 = 8000$.“

„Sehr gut.“ Er gab ihr zehn Cent und sah sie erwartungsvoll an.

Doch Elsbeth hatte keine Zeit für weitere Zahlenspiele. „Haben Sie das Ersatzpaar für die neuen Stecker aus Huntsville?“, fragte sie so geschäftsmäßig wie möglich.

„Nein“, erwiderte er. „Die Stecker liegen in einem Safe.“

„In welchem Safe?“

„Das haben sie mir nicht gesagt.“

„Ist ja auch egal.“ Sie tat, als würde sie etwas auf ihren Notizblock schreiben. Dann ging sie hinaus und rannte über den sandigen Platz hinüber zum Hangar R. Es gab nur einen Safe, der ihrer Meinung nach infrage kam, und der stand in Colonel Hides Büro.

An ihrem Schreibtisch spannte sie ein Armeekuvert in ihre Schreibmaschine ein und tippte: DR. W. FREDRICKSON – PERSÖNLICH. Dann faltete sie zwei leere Bogen Papier, steckte sie in den Umschlag und klebte ihn zu.

Sie ging damit zu Hides Büro, klopfte und trat ein. Er war allein und saß hinter seinem Schreibtisch. Lächelnd sah er auf. „Mrs Lucas", sagte er. „Was kann ich für Sie tun?"

„Könnten Sie das für Dr. Fredrickson im Safe aufbewahren?" Sie reichte ihm den Umschlag.

„Aber sicher", sagte Hide. Er drehte sich mit seinem Stuhl und öffnete den Schrank dahinter. Elsbeth blickte ihm über die Schulter und sah eine Stahltür mit einem Zahlenschloss. Sie trat näher. Die Skala war unterteilt in die Zahlen 1–99, wobei nur die Zehnerzahlen als Ziffern angegeben waren. Alle anderen Zahlen waren durch Kerben markiert. Die erste Nummer war leicht: 10. Dann wählte Hide eine Nummer knapp unter 30, also entweder 29 oder 28. Die nächste Zahl lag zwischen 10 und 15. Die Kombination lautete also ungefähr 10-29-13, möglicherweise sein Geburtsdatum, der 28. oder 29. Oktober 1911, 1912, 1913 oder 1914. Insgesamt ergaben sich acht Möglichkeiten.

Hide öffnete die Tür und legte den Umschlag hinein. Bevor er die Tür wieder zuklappte, konnte Elsbeth erkennen, dass im Safe zwei Stecker lagen.

„Vielen Dank, Colonel", sagte sie lächelnd und ging.

Sie kehrte in ihr eigenes Büro zurück. Nun musste sie abwarten, bis er sein Büro verließ.

Ein paar Minuten später klingelte ihr Telefon. Es war Anthony. „Wir fahren hier in ein paar Minuten ab“, sagte er. „Hast du, was wir brauchen?“

„Noch nicht, aber es wird nicht mehr lange dauern. Was für ein Auto hast du gekauft?“

„Einen hellgrünen Mercury Monterey, vierundfünfziger Modell.“

„Gut. Sorge dafür, dass Theo heute Abend auf Zack ist.“

„Mach ich.“

In dem Moment ging Colonel Hide an ihrer Tür vorbei. „Ich muss los“, sagte sie, legte auf und verließ ihr Büro. Doch Hide war nicht gegangen, sondern stand in der Tür nebenan und unterhielt sich mit den Mädchen in der Schreibstube. Elsbeth blieb eine Weile stehen und wünschte inständig, er würde endlich weitergehen – doch als er es schließlich tat, ging er in sein Büro zurück.

Und dort blieb er zwei Stunden lang.

Elsbeth wurde schier wahnsinnig. Alle paar Minuten sah sie auf ihre Armbanduhr. Erst fünf Minuten vor halb neun ging Hide endlich wieder an ihrer Tür vorbei. Elsbeth sprang auf und sah noch, wie er die Treppe hinunterging.

Doch dann kam ein anderer Mann durch den Korridor auf sie zu. „Elsbeth?“, fragte er. Ihr Herz setzte einen Schlag aus, dann trafen sich ihre Blicke.

Es war Luke.

20.30 Uhr: Diesen Augenblick hatte Luke gefürchtet.

Er hatte Billie am Starlite Motel abgesetzt. Sie wollte dort ein Zimmer nehmen, sich ein wenig frisch machen und dann rechtzeitig mit dem Taxi nach Cape Canaveral fahren, um den Start mitzuerleben. Er selbst hatte sich auf dem schnellsten Weg ins Blockhaus begeben und sich dort, nachdem ihm mitgeteilt worden war, dass der Start nunmehr um 22.45 Uhr stattfinden sollte, von Willy Fredrickson die Vorkehrungen gegen einen möglichen Sabotageversuch erklären lassen. Die neuen Stecker wurden, wie Willy sagte, in einem Safe aufbewahrt.

Stand er Elsbeth erst einmal gegenüber, dann konnte er ihr in die Augen sehen und sie bitten, ihm die Wahrheit zu sagen. Dann wusste er endlich, ob sie schuldig war oder nicht.

Schweren Herzens stieg er die Treppe im Hangar R hinauf. Als er oben anlangte, tauchte plötzlich aus einem Büro entlang des Korridors eine große rothaarige Frau auf, der man ansah, dass sie sehr nervös war. Sie war noch schöner als auf ihrem Hochzeitsfoto.

„Luke!“, rief sie, als sie ihn erkannte, und kam rasch auf ihn zu. Ihr freudiges Begrüßungslächeln war aufrichtig, doch Luke erkannte auch die Angst in ihren Augen. Sie warf die Arme um ihn und küsste ihn.

Doch er brach den Kuss ab und löste sich aus ihrer Umarmung. Elsbeth runzelte die Stirn und sah ihn prüfend an. Unvermittelt verdüsterte sich ihre Miene. „Hast du etwa mit Billie Josephson geschlafen, du Mistkerl?“

Obwohl sie ihn viel ärger betrogen hatte als er sie, musste alles, was er in diesem Augenblick zu ihr sagen konnte, zwangsläufig nach einer Ausrede klingen. Also hielt er lieber den Mund.

Ihr Zorn verflog so schnell, wie er gekommen war. „Ich muss jetzt weiter. Wir reden später miteinander.“

„Das glaube ich nicht“, sagte er fest. „Zu Hause lag ein Brief an dich. Ich habe ihn geöffnet und gelesen.“ Er zog das Schreiben aus der Jackentasche und gab ihn ihr. „Er stammt von einer Ärztin in Atlanta."

Sie nahm den Brief aus dem Kuvert und begann zu lesen. „O mein Gott", flüsterte sie.

„Du hast dir sechs Wochen vor unserer Hochzeit die Eileiter durchtrennen lassen", sagte er.

Tränen stiegen ihr in die Augen. „Ich wollte das nicht", antwortete sie.

Ruhig nahm er ihren Arm, führte sie in ihr Büro und schloss die Tür. Elsbeth ging zu ihrem Schreibtisch, setzte sich und suchte in ihrer Handtasche nervös nach einem Taschentuch. Luke nahm sich einen Stuhl und setzte sich neben sie.

„Es hat nicht viel gefehlt, und ich hätte mich geweigert", sagte sie. „Die Operation hat mir das Herz gebrochen."

Er sah sie aufmerksam an und bemühte sich um einen sachlichen, distanzierten Ton. „Man hat dich dazu gezwungen, nicht wahr?", fragte er. Elsbeth sah ihn erschrocken an. „Der KGB, meine ich", fuhr Luke fort. „Man hat dir befohlen, mich zu heiraten, damit du das Raumfahrtprogramm ausspionieren kannst. Dann hat der KGB von dir verlangt, dass du dich sterilisieren lässt, damit du nicht in einen Loyalitätskonflikt kommst." Als Luke die tiefe Traurigkeit in Elsbeths Augen sah, wusste er, dass er Recht hatte. „Versuch dich nicht mit irgendwelchen Lügen rauszureden. Ich glaube dir kein Wort mehr."

„Schon recht", sagte Elsbeth.

Sie gab alles zu. Luke lehnte sich zurück. Es war vorbei.

„Ich habe es immer wieder rausgeschoben, weil ich mich einfach nicht entscheiden konnte", sagte Elsbeth. Tränen liefen ihr übers Gesicht. „Morgens war ich fest entschlossen, den Eingriff durchführen zu lassen. Um die Mittagszeit hab ich dich angerufen, und da hast du von einem Haus mit einem großen Garten geschwärmt, in dem unsere Kinder rumtollen können ... Da war ich dann fest entschlossen, meinen Auftraggebern die Stirn zu bieten, aber am Ende habe ich es doch nicht fertig gebracht." Sie putzte sich die Nase und wischte sich das Gesicht. „Was wirst du jetzt tun? Rufst du das FBI?"

„Soll ich?"

„Dann ende ich auf dem elektrischen Stuhl wie die Rosenbergs."

Luke fuhr zusammen. „Um Gottes willen!", rief er erschrocken.

„Es gibt aber noch eine Alternative."

„Und die wäre?"

„Lass mich gehen! Ich setze mich ins erste Flugzeug nach Übersee. Und dort nehme ich eine Maschine nach Moskau."

„Ist das dein Ziel? Willst du in Moskau deine Tage beschließen?"

„Ja." Sie lächelte etwas verkrampft. „Ich bin KGB-Offizier im Rang eines Oberst, musst du wissen. In den Vereinigten Staaten wäre ich nie so weit gekommen."

„Dann musst du sofort aufbrechen", sagte Luke.

„Okay."

„Ich bringe dich zum Tor, und du gibst mir deinen Ausweis, damit du hier nicht wieder hereinkannst." Luke prägte sich ihr Gesicht genau ein. „Und dann müssen wir uns verabschieden."

Elsbeth griff nach ihrem Täschchen. „Lass mich erst noch zur Toilette gehen, ja?"

„Selbstverständlich", sagte Luke.

21.30 Uhr: Elsbeth ging an der Damentoilette vorbei und schlüpfte in Colonel Hides Büro. Es war leer. Sie schloss die Tür hinter sich und lehnte sich, zitternd vor Erleichterung, dagegen. Ihre Augen füllten sich mit Tränen, und die Konturen des Büros verschwammen. Der größte Triumph ihres Lebens war in greifbare Nähe gerückt, aber ihre Ehe mit dem Mann, den sie liebte, war endgültig gescheitert. Sie hatte sich verpflichtet, ihre Heimat zu verlassen und den Rest ihres Lebens in einem Land zu verbringen, das sie noch nie gesehen hatte.

Elsbeth schloss die Augen und zwang sich, langsam und tief durchzuatmen. Dann sperrte sie die Tür ab, ging zum Schrank hinter Hides Schreibtisch und kniete sich vor den Safe.

Sie wiederholte Hides Vorgehensweise beim Öffnen des Safes. Zuerst drehte sie das Zahlenschloss viermal gegen den Uhrzeigersinn und hielt bei 10 inne. Dann drehte sie es dreimal in die entgegengesetzte Richtung und stoppte bei 29. Zum Schluss erfolgten wieder zwei Drehungen gegen die Uhr bis zur 14. Elsbeth zog am Griff. Die Safetür bewegte sich nicht. Von draußen erklangen Schritte und die Stimme einer Frau. Doch die Stimme wurde leiser, und die Schritte entfernten sich.

Die erste Ziffer war die 10, das wusste Elsbeth. Sie versuchte es noch einmal. Die zweite Ziffer war 29 oder 28 gewesen. Diesmal wählte sie 28, dann wieder 14. Die Safetür bewegte sich immer noch nicht.

Sie hatte erst zwei Möglichkeiten von insgesamt acht ausprobiert. Ihre Finger waren schweißnass. Sie wischte sie an ihrem Kleid ab. Als Nächstes versuchte sie es mit 10-29-13, dann mit 10-28-13. Jetzt hatte sie die Hälfte aller Möglichkeiten abgehakt.

Aus der Ferne hörte sie eine Sirene Alarm heulen – zweimal

kurz und einmal lang. Dieses Warnsignal besagte, dass das Personal das Gelände um die Abschussrampe zu verlassen hatte. In einer Stunde sollte der Start erfolgen.

Mit der Kombination 10-29-12 klappte es nicht, doch bei 10-28-12 ging die Tür endlich auf. Erleichtert drehte sie den Griff und zog die schwere Tür auf. Die beiden Stecker lagen noch da. Um sie auseinander zu nehmen und die Schaltung abzuzeichnen, reichte die Zeit nicht mehr. Sie musste sie zum Strand mitnehmen, wo Theo dann den Stecker gleich in seinen Sender einbauen konnte.

Wieder waren vor der Tür Schritte zu hören, und jemand versuchte, die Tür zu öffnen. Elsbeth hielt den Atem an.

„He, Bill, bist du da drin?“ Die Stimme klang wie die von Harry Lane. Er rüttelte am Türgriff, doch dann hörte sie, wie seine Schritte sich entfernten. Schnell holte sie die Stecker aus dem Safe und stopfte sie in ihre Handtasche. Dann schloss sie die Safetür, verdrehte das Zahlenrad und klappte auch den Schrank zu.

Sie öffnete die Tür, schlüpfte hinaus und ging zurück zu ihrem Büro. Luke saß noch genauso da, wie sie ihn verlassen hatte, und brütete vor sich hin. „Ich bin so weit“, sagte sie.

Er erhob sich. „Du fährst von hier aus direkt ins Motel“, sagte er. „Morgen früh fährst du nach Miami und nimmst die erste Maschine, die dich außer Landes bringt.“

„Ja.“ Elsbeth gab ihm ihren Sicherheitsausweis.

Luke steckte den Ausweis ein. „Ich fahre mit meinem Auto bis zum Tor hinter dir her“, sagte er, und sie traten zusammen in die warme Nacht hinaus. Luke begleitete sie zu ihrem Wagen. Ohne ein weiteres Wort stieg sie ein, und als hinter ihr die

Scheinwerfer von Lukes Chrysler Jeep auftauchten, fuhr sie los. Der Weg führte sie an der Abschussrampe vorbei. Elsbeth sah, dass der Wartungsturm auf seinen Schienen ganz langsam zurückglitt und die weiße Rakete startklar im Flutlicht dastand. Sie sah auf die Uhr. Eine Minute vor zehn. Ihr blieben nur noch sechsundvierzig Minuten.

Ohne anzuhalten, verließ sie das Gelände. Die Scheinwerfer von Lukes Jeep im Rückspiegel wurden kleiner und verschwanden nach der ersten Kurve. „Leb wohl, mein Liebster“, sagte sie laut und fing an zu weinen.

Die Lichter der Fahrzeuge, die ihr auf der Küstenstraße entgegenkamen, nahm sie nur noch als verwischte Streifen wahr, und beinahe hätte sie die Abfahrt zum Strand verpasst. Als sie es merkte, trat sie heftig auf die Bremse, drehte sich um die eigene Achse, geriet auf die Gegenfahrbahn und zwang dort ein Taxi zu einer Vollbremsung. Der Fahrer hupte gellend; sein ausbrechender Wagen verfehlte das Heck der Corvette nur um Haaresbreite. Elsbeth kümmerte sich nicht darum, sondern holperte über die unebene Sandpiste zum Strand hinunter.

NACHDEM Elsbeth abgefahren war, blieb Luke vor dem Tor in seinem Auto sitzen und wartete auf Billie. Um 22.15 Uhr traf sie ein; sie hatte sich ein Taxi genommen. Luke bürgte beim Sicherheitspersonal mit seiner Unterschrift für sie, dann stiegen sie in den Jeep und fuhren Richtung Blockhaus. „Elsbeth ist fort“, sagte Luke.

„Ich glaube, ich habe sie gesehen“, erwiderte Billie. „Fährt sie eine weiße Corvette?“

„Genau, das war sie.“

„Wir wären um ein Haar mit ihr zusammengestoßen. Ich habe ihr Gesicht im Scheinwerferlicht erkannt. Sie ist von der Straße abgebogen."

„Sie hatte mir versprochen, direkt ins Starlite zu fahren."

Billie schüttelte den Kopf. „Nein, sie fuhr zum Strand."

„Mist!", sagte Luke und wendete den Jeep.

ELSBETH fuhr langsam den Strand entlang und suchte zwischen den vielen Menschen, die sich wegen des bevorstehenden Starts im Dünengelände versammelt hatten, nach einem grünen Mercury Monterey, doch das Scheinwerferlicht reichte kaum aus, um Farben zu erkennen.

Sie hatte ihre Suche am belebten Ende des Strandes gleich hinter dem Stützpunkt begonnen, hatte Anthony und Theo dort aber nicht gefunden und arbeitete sich jetzt langsam gen Süden vor.

Als sie einen großen Mann erblickte, der durchs Fernglas die Lichter von Cape Canaveral beobachtete, hielt sie erleichtert an und sprang aus dem Wagen. „Anthony!", rief sie leise.

Der Mann ließ das Fernglas sinken, und sie erkannte, dass es ein Fremder war. „Entschuldigen Sie", sagte sie und fuhr weiter. Nervös sah sie auf ihre Armbanduhr: 22.30 Uhr. Die Zeit reichte kaum noch.

Elsbeth fuhr weiter. Endlich sah sie einen Wagen, auf den die Beschreibung passte, doch als sie näher kam, sah sie enttäuscht, dass niemand darin zu sitzen schien. Doch just in dem Moment, als sie wieder beschleunigte, hupte es plötzlich hinter ihr. Sie bremste und blickte zurück. Ein Mann war ausgestiegen und winkte ihr zu. Anthony!

Sie setzte zurück, hielt und sprang aus dem Wagen. „Ich habe die Ersatzschalter!“, rief sie.

Theo stieg aus dem zweiten Wagen und öffnete seinen Kofferraum. „Gib her“, sagte er. „Mach schnell, um Himmels willen!“

22.48 Uhr: Luke raste mit halsbrecherischer Geschwindigkeit den Strand entlang auf der Suche nach der weißen Corvette. Er kümmerte sich nicht um die Protestschreie jener, die von aufwirbelnden Sandfontänen getroffen wurden. Billie, die neben ihm saß und sich nach Kräften festhielt, entdeckte den weißen Sportwagen zuerst. Er stand neben einer dunkleren Limousine.

„Da!“, schrie sie.

„Ich sehe sie!“, rief Luke zurück.

Hinter dem dunkleren Wagen standen drei Leute vor dem offenen Kofferraum. Billie erkannte Elsbeth und Anthony. Der zweite Mann musste Theo Packman sein. Keiner der drei blickte in den Kofferraum, sondern sie starrten alle über die Dünen Richtung Cape Canaveral.

Billie war sofort klar, dass sich der Sender im Kofferraum befand und dass die drei versuchen würden, das Signal zur Sprengung der Rakete zu geben. Billie wandte den Blick ebenfalls Cape Canaveral zu. Zu sehen war nichts, doch sie hörte jetzt ein tiefes, grummelndes Röhren wie von einem Schmelzofen in einer Stahlhütte. Die Rakete hob ab.

„Wir sind zu spät!“, schrie sie.

„Halt dich fest!“, rief Luke.

Sie klammerte sich an den Türgriff, und der Jeep legte sich in die Kurve.

Trotz des ohrenbetäubenden Lärms der Rakete hörte Elsbeth das Aufheulen eines Automotors. Sie blickte sich um und sah, wie Lukes Jeep auf sie zukam. „Schnell!“, schrie sie. „Er will uns rammen!“

Theo befestigte den letzten Draht. An seinem Sender befanden sich zwei Schalter; auf dem einen stand Laden, auf dem anderen Zerstören. Während am Strand tausende von Menschen jubelten, als die Rakete kerzengerade in den Himmel stieg, legte Theo den ersten der Schalter um, den Entsicherungsschalter mit der Aufschrift Laden.

In der Kurve war der Jeep etwas langsamer geworden, doch seine Geschwindigkeit betrug noch immer etwa dreißig Stundenkilometer. Billie sprang aus dem fahrenden Wagen, rannte ein Stück neben dem Jeep her und stürzte.

Elsbeth warf sich in letzter Sekunde beiseite. Dann gab es ein ohrenbetäubendes Krachen und das schrille Geräusch von splitterndem Glas. Das Heck des Mercury wurde zusammengedrückt, das Auto machte einen Satz nach vorn, und der Kofferraumdeckel knallte zu. Luke hatte das Gefühl, dass einer der beiden Männer, entweder Theo oder Anthony, zwischen die beiden Fahrzeuge geraten war, konnte es jedoch nicht mit Sicherheit sagen. Er selbst wurde heftig nach vorn geworfen. Das untere Ende des Steuerrads grub sich in seinen Brustkasten, und er spürte einen scharfen Schmerz. Warmes Blut rann über sein Gesicht.

Stöhnend stemmte er sich hoch und sah sich nach Billie um. Sie saß im Sand und rieb sich die Unterarme, schien aber nicht zu bluten. Auf der Motorhaube des Jeeps lag Theo Packman mit ausgestreckten Armen und Beinen und rührte sich nicht. Anthony kniete im Sand und stützte sich auf die Hände; er sah mitgenommen aus, war aber offenbar nicht verletzt. Elsbeth, die rechtzeitig zur Seite gesprungen war, rappelte sich gerade wieder auf, stürzte auf den Kofferraum zu und versuchte, ihn zu öffnen.

Ohne weiter auf seine Schmerzen zu achten, sprang Luke aus dem Jeep und stieß Elsbeth, die gerade den Kofferraum wieder geöffnet hatte, in den Sand. Sie schrie auf und stürzte.

„Keine Bewegung!", schrie Anthony.

Luke drehte sich um. Anthony beugte sich über Billie und hielt ihr seine Pistole an die Schläfe.

Unterdessen stieg die Rakete immer weiter, und ihr roter Feuerschweif glich einem strahlenden Kometen am nächtlichen Himmel. Solange er noch zu sehen war, konnte die Rakete zerstört werden. Erst in knapp hundert Kilometer Höhe war die erste Stufe ausgebrannt. In dieser Phase sollte sich die erste Stufe mit dem Sprengsatz vom Rest der Rakete trennen, zurückfallen und bald darauf in den Atlantik stürzen. Luke wusste, dass die Abtrennung der ersten Stufe zwei Minuten und fünfundzwanzig Sekunden nach der Zündung erfolgte.

Inzwischen waren etwa zwei Minuten vergangen. Es blieben also noch etwa fünfundzwanzig Sekunden – Zeit genug, einen Schalter umzulegen.

Billie hatte sich auf ein Knie gestützt wie eine Sprinterin im Startblock und verharrte bewegungslos vor dem langen Schalldämpfer von Anthonys Pistole. Noch während Luke klar wurde, dass er nicht bereit war, Billies Leben für eine Rakete zu opfern, beugte sich Elsbeth erneut über den Kofferraum. Er hinderte sie nicht daran.

Doch plötzlich warf sich Billie nach hinten, sodass sie mit

den Schultern gegen Anthonys Beine prallte. Mit einem Hechtsprung war Luke bei Elsbeth und stieß sie vom Wagen fort.

Er hörte mit Entsetzen, dass die schallgedämpfte Waffe losging, als Anthony und Billie übereinander fielen. Hatte Anthony Billie getroffen? Er sah, dass sie sich von ihm fortrollte, sie lebte also. Im gleichen Augenblick hob Anthony den Arm und zielte auf Luke.

Dies war also das Ende. Eine merkwürdige Ruhe kam über ihn. Er hatte getan, was er konnte.

Doch nichts passierte. Plötzlich hustete Anthony, und Blut lief aus seinem Mund. Die Waffe fiel aus seiner schlaffen Hand, und er kippte rückwärts in den Sand, die Augen blicklos in den Himmel gerichtet. Er hatte sich selbst getroffen.

Elsbeth sprang auf und beugte sich zum dritten Mal über den Sender.

Der Feuerschweif am Himmel war nur noch ein Glühwürmchen im Weltraum. Noch während Luke ihm nachsah, erlosch das Licht. Elsbeth legte den Schalter um. Doch es war zu spät. Die erste Stufe war ausgebrannt und löste sich. Luke seufzte. Es war alles ausgestanden. Er hatte die Rakete gerettet.

Billie fühlte Anthonys Puls. „Nichts", sagte sie. „Er ist tot."

Luke sah Elsbeth an. „Du hast schon wieder gelogen", sagte er.

„Und wir hatten doch Recht!", schrie sie hysterisch. „Wir hatten Recht!" Hinter ihr sah man Familien und andere Touristen, die den Start beobachtet hatten, ihre Sachen zusammenpacken. Niemand war nahe genug gewesen, um den Kampf mitzubekommen. Alle hatten nur hinauf in den Himmel geblickt.

Elsbeth stieg in ihren Wagen, knallte die Tür zu und startete den Motor. Statt jedoch auf die Straße zu fahren, nahm sie Kurs aufs Meer und fuhr direkt ins Wasser hinein. Die Corvette kam zum Stehen, als die Wellen ihre Kotflügel umspülten, und Elsbeth stieg aus. Im Licht der Scheinwerfer sahen Luke und Billie, wie sie begann, in den Ozean hinauszuschwimmen. Luke wollte ihr nach, doch Billie hielt ihn am Arm fest.

„Sie wird sich umbringen!“, sagte er in ohnmächtiger Verzweiflung.

„Du kannst sie nicht einholen“, sagte Billie. „Du würdest dich selbst umbringen dabei!“

Luke wusste, dass sie Recht hatte, aber er hätte es trotzdem versucht, wenn sie ihn nicht zurückgehalten hätte. Da verschwand Elsbeth aus dem Lichtkegel der Scheinwerfer. Sie war eine schnelle Schwimmerin, und Luke sah ein, dass er sie in der Dunkelheit niemals finden würde. Niedergeschlagen ließ er den Kopf hängen.

Billie legte die Arme um ihn, und kurz darauf tat er es ihr nach. Sie standen eng umschlungen am Strand und sahen hinauf.

Der Himmel war voller Sterne.

EPILOG

Luke gehörte zu dem NASA-Team, das Apollo 11 auf den Mond schickte.

Zu jener Zeit lebte er mit Billie, die in Baylor die Fakultät für kognitive Psychologie leitete, in einem großen, gemütlichen alten Haus in Houston.

Sie hatten drei Kinder: Catherine, Louis und Jane.

Sein Stiefsohn Larry lebte ebenfalls bei ihnen, verbrachte den Juli 1969 aber bei seinem Vater Bernard.

Am Abend des 20. Juli hatte Luke frei und saß wenige Minuten vor neun Uhr Ortszeit mit seiner Familie vor dem Fernseher. Jane, seine Jüngste, hatte er auf dem Schoß, und neben ihm saß Billie. Die anderen beiden Kinder lagen auf dem Teppich neben dem Hund, einem Labrador namens Sidney.

Als Neil Armstrong den Mond betrat, rollte eine Träne über Lukes Wange. Billie nahm seine Hand und drückte sie.

Die neunjährige Catherine sah ihn ernst an. „Warum weint Daddy, Mama?“, fragte sie flüsternd.

„Das ist eine lange Geschichte, mein Schatz“, sagte Billie. „Eines Tages werde ich sie dir erzählen.“

Explorer 1 sollte ursprünglich zwei bis drei Jahre im Weltraum bleiben. In Wirklichkeit umkreiste er die Erde zwölf Jahre lang. Am 31. März 1970 schließlich trat er unweit der Osterinsel über dem Pazifischen Ozean wieder in die Erdatmosphäre ein, wo er um 5.47 Ortszeit verglühte. Er hatte die Erde 58376-mal umkreist und dabei eine Strecke von insgesamt 2670945000 Kilometern zurückgelegt.

KEN FOLLETT

„Wenn man Talent hat, sollte man es nutzen." Dies ist Ken Folletts Kredo – sehr zur Freude seiner großen Fangemeinde. Seit dem Erfolg seines Spionageromans *Die Nadel* im Jahr 1978 gehört er zu den bekanntesten internationalen

Autoren, und seine Bücher sind auch in Deutschland wahre Verkaufsknüller: Von seinen 14 hierzulande erschienenen Romanen gingen insgesamt mehr als 15 Millionen Exemplare über den Ladentisch.
Wie er das immer wieder schafft? Follett liebt den Erfolg, er ist ihm Ansporn und Bestätigung zugleich. „Es gefällt mir, Bücher zu schreiben, die dann von Millionen gelesen und geschätzt werden", sagt er. Und er weiß auch, dass so viel Erfolg verpflichtet. Follett nimmt sich für jedes seiner Bücher viel Zeit, denn Detailgenauigkeit hält er für unerlässlich. So hat er für seine Romane schon so interessante Themen recherchiert wie den Bau der englischen Kathedralen für *Die Säulen der Erde*, das Leben im viktorianischen England für *Die Pfeiler der Macht* und den schottischen Bergbau für *Die Brücken der Freiheit.*
Für *Das zweite Gedächtnis* machte er sich nicht nur kundig über Spionage während des Kalten Krieges, sondern las auch alles, was er finden konnte, über Gedächtnisverlust und die Behandlung von Schizophrenie in jenen Tagen.
In seiner knapp bemessenen Freizeit spielt Ken Follett Bassgitarre in einer Band, mit der er auch schon gefeierte Auftritte auf der Frankfurter Buchmesse hatte. Der Autor lebt mit seiner zweiten Frau Barbara, die Abgeordnete des britischen Unterhauses ist, im Londoner Stadtteil Chelsea in einem zweihundert Jahre alten Haus an der Themse.